WOLFGANG BORTLIK

Spätfolgen

ZWEI LEICHEN IM KELLER Melchior Fischer geht es nicht allzu gut. Seit Tagen regnet es ununterbrochen, ständig wird ihm das Fahrrad geklaut und sein Inneres spielt nach einer Fastenkur verrückt. Dabei sollte er doch gegen ein großzügiges Honorar einen Beitrag über den Kampf gegen die Atomkraftwerke in den 1970er-Jahren schreiben. Fischer hatte dort am Rande teilgenommen, sein sechs Jahre älterer Bruder Balz hingegen richtig in der Szene mitgemischt, bevor er bei einem Unfall ums Leben kam. Melchior durchforstet nun den Nachlass seines Bruders und entdeckt dabei ein Tagebuch mit verstörendem Inhalt. Hat Balz möglicherweise einen Mord begangen?

Fischer will zunächst nichts damit zu tun haben, hat er sich doch soeben in die hübsche Maria verliebt. Doch die Entdeckung lässt ihm keine Ruhe – potenziellen Gegenspielern aber ebenso nicht, die die Vergangenheit am liebsten dort belassen wollen, wo sie ihrer Meinung nach hingehört: ins Vorvorgestern.

Wolfgang Bortlik, geboren 1952 in München, lebt mit Unterbrechungen seit 1965 in der Schweiz, momentan in Riehen bei Basel. Er hat drei erwachsene Kinder und als Hausmann mit dem seriösen Schriftstellerhandwerk begonnen.

Studiert hat er in München und Zürich, aber keinen Abschluss gemacht. Danach hat er im Buchhandel gearbeitet und ist bis heute diesem Metier verbunden. 1998 erschien sein erster Roman. Rezensiert er gerade keine Bücher, so sinniert er an Sportgedichten, damit der gewöhnliche Sportfan der NZZ am Sonntag nicht gänzlich die schönen Künste missen muss. »Spätfolgen« ist sein zweiter Krimi um den Hobby-Detektiv Melchior Fischer.

Bisherige Veröffentlichungen im Gmeiner-Verlag:
Beitrag in »Berner Blut« (2013)
Beitrag in »Zürich, Ausfahrt Mord« (2011)

WOLFGANG BORTLIK

Spätfolgen

Kriminalroman

GMEINER SPANNUNG

Personen und Handlung sind frei erfunden.
Ähnlichkeiten mit lebenden oder toten Personen
sind rein zufällig und nicht beabsichtigt.

Besuchen Sie uns im Internet:
www.gmeiner-verlag.de

Im Ehnried 5, 88605 Meßkirch
Telefon 07575/2095-0
info@gmeiner-verlag.de

1. Auflage 2015

Herstellung: Mirjam Hecht
Umschlaggestaltung: U.O.R.G. Lutz Eberle, Stuttgart
unter Verwendung eines Fotos von: © Virage / Fotolia.com
Druck: GGP Media GmbH, Pößneck
Printed in Germany
ISBN 978-3-8392-1664-4

Der Autor bedankt sich für die Förderung durch:

Fachausschuss Literatur

Kanton Basel-Stadt
Kultur

kulturelles.bl
Kanton Basel-Landschaft
Bildungs-, Kultur- und Sportdirektion

Mein verwirrter Zustand ging mit mir durch
und gab mir die wahnsinnigsten Einflüsterungen,
denen ich der Reihe nach gehorchte.
Knut Hamsun

Der Mensch ist erst wirklich tot,
wenn niemand mehr an ihn denkt.
Bertolt Brecht

My head's gonna blow brains all over the floor
Pressure like I never felt it before
It's like a drug I never did before
Joey Ramone

PROLOG

Zusammen. Endlich. Sie halten Händchen. Alle drei. Sie ist in der Mitte. Dort, wo sie hingehört. So voller Kraft und Willen, so unglaublich glücklich. Energisch geht sie los, zieht die beiden mit sich. Er ist links von ihr, der andere hält ihre rechte Hand. Endlich sind sie zusammen. Die vielen Gefühle machen sie ein bisschen schwindlig. Sie weint. Aber nicht, weil sie so bewegt ist, sondern wegen des Tränengases. Das ist die Prüfung ihres Glücks. Luft anhalten und durch. Die Augen brennen. Sie bekommt nun doch Angst. Ein Messer aus Gas sticht ihr in die Lunge. Keine Luft, in der engen Brust kein Atem mehr. Husten, würgen. Dabei wollen sie nur etwas für eine lebenswerte Zukunft tun. Sie drei zusammen. Sie werden die Zufahrt zum Baugelände des geplanten Atomkraftwerks besetzen. Zusammen mit vielen anderen Gleichgesinnten. Zehntausenden.

Da vorne jedoch, auf der Straße zur Baustelle, hat die Polizei eine Kette gebildet, eine Absperrung hingebaut. Gesichts- und seelenlose Roboter. Schilde, Helme, Gasmasken. Bedrohliche Außerirdische. Sturmtruppen. Aus Megafonen scheppern Befehle: »Gehen Sie nicht weiter! Sie machen sich strafbar! Dies ist Privatgelände!«

Es knallt wieder. Dumpfes Sausen. Weiße Wolken, die sich plötzlich in der grünblauen Landschaft bilden. Tränengas. Der weiße Nebel wunderbar. Schneidet in die Augen. Panik. Sie sieht, wie vor ihr ein Demonstrant einen Stein aufhebt und in Richtung Polizei wirft. Sie möchte das auch tun, sie hat dieselbe Wut in sich. Die Gasschwaden hindern sie, halten sie auf. Sie spürt dankbar, wie ihre Begleiter ihre Hand drücken. Sie bleiben stehen. Ratlos. Tatenlos.

Aus Megafonen scheppern die Befehle der Anführer: »Zusammenbleiben. Nicht provozieren lassen. Keine Gewalt! Langsam zurückweichen. Unser Widerstand bleibt gewaltfrei. Keine Panik!«

Auf dem Rückzug, auf der Flucht. Nur weg da! Immer wieder laufen sie in die Gaswolken hinein. Über ihren Köpfen zischen die Petarden dahin. *Diese verdammten Arschlöcher sollen endlich damit aufhören*, denkt sie, *wir gehen ja schon. Wir haben es versucht, aber es hat nicht geklappt, und jetzt gehen wir wieder heim. Hört auf! Genug Gas, genug Macht! Glücklich bin ich trotz alledem!*

»Achtung, da vorne sind Bahngleise!« Es spricht sich schnell unter den flüchtenden Demonstranten herum. Man sieht so gut wie nichts. Wieder ziehen trübweiße Schwaden heran. Sie stehen vor einem Hügel, nein, keine natürliche Erhebung, das muss der Bahndamm sein. Wo geht es hier weiter?

»Nicht auf die Gleise gehen. Vorsicht!«, scheppert es aus einem Megafon.

Sie bleibt automatisch stehen, dann wird sie hochgezogen, über zertrampeltes Gras. Da ist Stein, ein Betonsockel. Vielleicht der Bahnsteig. Stopp. Schweratmend hält sie an, eine Hand liebkost ihren Hinterkopf. Sie kann nicht sagen, wer von den beiden das tut. Sie bleibt einfach stehen. Von hinten drängen andere. Links und rechts hasten Schemen vorbei. Sie kriegt einen Stoß in den Rücken, stolpert. Stopp! Sie weiß nicht, ob sie das geschrien hat oder einer der beiden. Sie steht wieder fest auf dem Betonboden. Sie sieht nichts. Da ist wieder ein sausendes Geräusch. Diesmal keine Gaspetarde. Das Geräusch wird lauter. Schrecklich laut. Der Schnellzug? Plötzlich bemerkt sie, dass sie die Hände frei hat.

Wo sind die beiden hin? Angst überflutet sie wie eine große Welle. Ein metallisches Kreischen. Der Schnellzug bremst. Sie schlägt die Hände vor das Gesicht. Schreie. Er ist plötzlich da und umarmt sie. Wenigstens er ist da. Sie lässt sich von ihm ein paar Stufen hinunterführen, weg vom Lärm, vom Tränengas, weg, nur weg.

Er hält ihre linke Hand ganz fest. Ihr rechter Arm. Niemand da, diese Hand zu halten. Es kommt ihr so vor, als ob ihr der rechte Arm amputiert worden wäre. Phantomschmerz. Der andere fehlt. Der andere ist verschwunden.

1

Melchior Fischer hat keine besonders gute Laune. Er blättert in den gelbstichigen Seiten einer schlampig gehefteten Broschüre. Die Texte sind mit einer Schreibmaschine getippt, bei der ab und zu ein Buchstabe aus der Reihe tanzt. Das Heft hat Fischer in seiner Bibliothek gefunden. Es ist eine Kampfschrift aus der Mitte der Siebzigerjahre, altes, totes Papier. Der Widerstand gegen die Atomkraftwerke in Deutschland und der Schweiz wird zum letzten Gefecht gegen den Kapitalismus heraufbeschworen.

Der Kampf gegen die AKWs hat in Europa jene breite Öffentlichkeit und Infragestellung der kapitalistischen Wirklichkeit ansatzweise wieder geschaffen. In der Anti-AKW-Bewegung ist wieder ein Forum entstanden, in der sich massenhaft die Verweigerung gegenüber der Selbstverständlichkeit und scheinbaren Unersetzbarkeit des kapitalistischen Systems ausdrücken kann.

Fischer gähnt ausgiebig. Was er da liest, gefällt ihm nicht. Es ödet ihn an. Das ist verdammter Politjargon aus dem letzten Jahrhundert. Theorie. Das sind verlorene Illusionen. Verkokelte Traumreste. So haben die sich das vorgestellt, die Politischen damals, vom Widerstand gegen das Atomkraftwerk direkt hinein in die soziale Revolution. Dass die Bauern, die Häuslebesitzer, die jungen Lehrerehepaare mit kleinen Kindern, die rund um die radioaktiven Drecksschleudern leben mussten, nun sofort in die Revolutionäre Marxistische Liga eintreten und den Kapitalismus zum Teufel schicken würden. Fischer nimmt die Brille ab und kratzt sich hinter dem Ohr. Er hat das ja ebenfalls geglaubt als junger Mensch. Wie alt war er damals? Achtzehn, neunzehn? Er war davon überzeugt, dass ein Umbruch kommen muss, dass sich das Volk vereint gegen die alten Mächte stellt. Dass diese Ungeheuerlichkeit, die Gefahr der Atomkraft, auch noch den Hinterletzten aufrütteln und ihm die Brutalität und die Menschenverachtung des Kapitalismus zeigen würde. Dass dann von einer neuen Aufklärung endlich das Reich der Vernunft installiert und sowieso alles besser würde. Aber wie die Gegenwart zeigt, haben sich nicht nur Fischer, sondern auch andere, wesentlich renommiertere Geistesheroen diesbezüglich geirrt.

Fischer kratzt sich hinter dem anderen Ohr. Damals waren solche totalisierenden Texte wie der aus der Anti-Atombroschüre für ihn eine Offenbarung, jetzt geht ihm dieses Zeug ziemlich zäh hinunter. Keine Leidenschaft, keine Abenteuergeschichten, keine Love-Storys im Schatten des Kühlturms, keine Action, alles bloß blutleeres Räsonieren, ein armseliges Menü aus politischem Trockenfutter.

Einen dieser ellenlangen Artikel gegen die Atomlobby hat Fischers Bruder Balz geschrieben. Der stand damals an führender Position in der Bewegung gegen die Atomkraftwerke in der Schweiz. Jetzt, fast 40 Jahre später, nach dem Schock von Fukushima, soll Melchior Fischer etwas Schriftliches über diesen Widerstand abliefern. Selbstverständlich nicht unverdauliches Zeug über politische Ökologie, sondern richtige Geschichten mit Schmiss, mit Emotionen. Schuld an allem ist Eduard Mendota, ein alter Freund von Fischer, einer aus der grauen Vorzeit, den verwunschenen Tagen, aus der Zeit, in der das Wünschen noch geholfen hat. Einer immerhin, der auch heute noch an Fischer denkt. Vor zwei Tagen hatte er hier angerufen.

»Um Himmels willen, Mann, hängst du wieder in diesem verdammten Vorort herum, bei den alten Leuten und den jungen Lehrerfamilien? Schämst du dich nicht? Ich versuche dich schon den ganzen Tag zu erreichen. Hast du dein Handy verloren? Was machst du bloß immer in dieser grünen Hölle?«

Fischer hütet während der Osterferien das Häuschen im nördlichen Vorort von Basel, am Almagellweg, wo seine Exfrau Katharina und die Kinder Rebecca und Tim mittlerweile leben. Er hatte etwas pikiert geantwortet, dass er eben nicht so ein urbaner Teufel sei und gerne Zeit am Stadtrand von Basel im Grünen und in der Ruhe verbringe. Außerdem fahre er dabei mit dem Fahrrad herum, betreibe Sport und baue dabei überschüssige Fettpolster ab. Und tatsächlich habe er sein Mobiltelefon in der Stadtwohnung liegen lassen. Absichtlich!

Mendota hatte nur gekichert. Er nennt sich Kulturmanager, ist stets in Schwarz gekleidet und lebt mehr von einer anständigen Erbschaft als von seiner eigenen Hände Arbeit. Er hat gut lachen. Er neigt nicht zur Korpulenz. Er ist klein und sehnig. Hat möglicherweise einen Knacks wegen seiner fehlenden Körpergröße, schleppt dennoch jede Menge hübscher Frauen ab, zu Wellnesswochenenden nach Baden oder sogar Baden-Baden. Vielleicht fördert aber auch das nicht unbeträchtliche Familienvermögen, von dem Mendota zehrt, seine Attraktivität.

Fischer stellen sich als geistigem Hilfsarbeiter bedeutend größere Probleme mit der Finanzierung seines Lebens. Vor Urzeiten hat er einen Roman veröffentlicht, doch Nachruhm war ihm nicht beschieden. Nun publiziert er höchstens noch in Wartezimmerzeitschriften, schreibt dort schlecht bezahlte Kolumnen über Themen wie Schamhaarrasur und Solariumsucht. Lauter Zeug, das Fischer die Schamhaaresröte ins Gesicht treibt. Ab und zu schanzt ihm der gut in der offiziellen und privaten Kulturförderung vernetzte Mendota einen einigermaßen rentablen Auftrag zu. Der umtriebige und stets adrenalingesättigte Kulturmanager hat einige Verdienste als literarischer Anreißer und Vermittler in Basel, ist der ebenso behäbigen wie ausgabenscheuen Kulturbürokratie dieser Stadt wohl zu nervös und zu unberechenbar. Der Literaturbetrieb wird hier gepflegt wie ein Kranker, der sein Spitalbett möglichst nicht verlassen soll, solange die Krankenkasse noch zahlt. Da sind Aufregung und Umtriebe selbstverständlich nicht so gut.

Mendota hatte angerufen, als Fischer gerade damit fertig war, im Vorortshäuschen die Katze zu füttern und die Zimmerpflanzen zu gießen. Das Telefon hatte ihn aus einer kleinen Meditation mit Blick auf die grüne Hölle gerissen.

»Also, was ist denn so dringlich, dass du mich in meinem Refugium stören musst?« Fischer war völlig klar gewesen, dass der Anruf seines Freundes wie immer Abwechslung, aber auch Unruhe in sein Leben bringen würde.

»Ha, ha, Refugium ist gut. Exil träfe es besser. Du versteckst dich doch bloß vor der abscheulichen Wirklichkeit, Fischer, gib es zu. Egal. Ich rufe wegen eines kleinen Auftrags an, keine große Sache, aber wahrscheinlich ein guter Job. Du weißt ja, Fischer, die Katastrophe in Japan im Atomkraftwerk, Fukuirgendwas, Super-GAU, Kernschmelze, Angst und Schrecken. Endlich mal wieder eine richtige Krise mit der Atomenergie! Das hat auch hierzulande mächtig aufs Gewissen gedrückt und die Erinnerung aufgefrischt. Kurzum, das Kunsthaus in Aarau macht demnächst eine Ausstellung über Kunst und Atomkraft oder vielmehr Kunst gegen das Atomkraftwerk. Oder so ähnlich. Mir ist nicht so ganz klar, wie die das kunsthistorisch verbraten, aber es geht um hehre Dinge: widerständische Kultur, Verantwortung des Künstlers gegenüber seiner Umwelt und so weiter. Jedenfalls ist ein opulenter Katalog für diese Ausstellung im Entstehen, und es gibt Bedarf an ästhetischen wie auch politischen Beiträgen. Und originell muss es sein, vielleicht sogar sehr persönlich. So etwas kannst du schreiben, oder?«

Fischer war zusammengezuckt und hatte aufgestöhnt. Sein Blick hatte sich von der grünen zu seiner inneren Hölle gewandt. Ausgerechnet Aarau, seine Heimatstadt! Dort in der Nähe war vor über 30 Jahren ein solches Atomkraftwerk in Betrieb genommen worden. *In Gösge stoht en AKW und wär's nid glaubt, chas sälber gseh.* Die ganze Region hatte damals getobt. Pro und kontra. Es wurde schlussendlich zu Fischers politischer Feuertaufe. Erstmals hatte er sich offen gegen seinen Vater und die anderen Autoritäten gestellt und Seite an Seite mit seinen Brüdern gegen dieses AKW gekämpft. Er hatte es zumindest versucht, damals, bei diesem völlig untauglichen Versuch, die Straße zum Baugelände des Atomkraftwerks zu besetzen. Da hatte er gestanden, bangen Gemüts und doch beschwingt, entschlossen und doch auf dem Sprung, und hatte zugesehen, wie die Staatsmacht mit einem beispiellosen Polizeieinsatz und viel Tränengas auf ihn und seinesgleichen losging. Auf ihn und all die anderen Menschen, die wirklich nur das Beste wollten. Damals war ihm vieles klar geworden.

Gleichzeitig hatte sich Fischer an den tragischen Unfall damals im Bahnhof Däniken erinnert, bei dem ein Demonstrant unter den Schnellzug von Zürich nach Bern geraten und gestorben war. So lange her, das alles schon. Das lag begraben, tief unter den Gesteinsschichten der Zeit. Er hatte noch einmal aufgestöhnt, sodass Mendota es hören musste. Der war ganz locker geblieben und hatte noch ein bisschen über die hiesige Literaturszene gelästert und dann gefragt, ob Fischer denn länger im Vorort verweile, falls es textlich noch etwas zu besprechen gebe.

Er werde sicherlich hier übernachten, hier sei es ruhig und gemütlich, er schlafe eingelullt im Rauschen des ewigen Regens, hatte Fischer geantwortet. Denn seit Tagen waren die Schleusen des Himmels weit offen und es goss in Strömen aufs weite Erdenrund, zumindest auf Basel und Umgebung. Diesmal hatte Mendota aufgestöhnt, sich dann aber anständig verabschiedet und die Verbindung unterbrochen.

Fischer kratzt sich schon wieder hinter dem Ohr. Es ist ganz klar, er braucht das Geld und wird also einen Text für das Kunsthaus Aarau schreiben. Deshalb liest er in diesen alten Schriften, die er in seinem Fundus entdeckt hat. Viel ist es nicht, aber es reicht vorderhand aus, um sich ein bisschen zu orientieren. Doch Fischers Gedanken sind nicht wirklich bei der Sache. Sein Denken umkreist Reisschleim, Möhrenbrühe, stilles Wasser, Trinkmolke, Hefeflocken. Das sind die Sachen, die jetzt gerade seine Nahrung sein dürfen. Melchior Fischer fastet und dieses Zeug darf er sich einverleiben, ohne dabei sein leichthin gegebenes Gelübde zu brechen. Was für ein Wahnsinn für ihn, der sich den leiblichen Genüssen in letzter Zeit so hingegeben hat. Gut, er hat schon zwei, drei Kilo abgenommen in den letzten beiden Tagen, aber er fühlt sich wie der nasse Wischlappen, der vor dem Fenster im Dauerregen hängt. Fischer hat Hunger, in ihm brodelt es wölfisch. Außerdem fallen ihm nach kurzer Zeit die Augen zu, beim Fernsehen, beim Lesen, beim Sinnieren. Er weiß nicht, ob das vom Fasten kommt oder ob er einfach einer grundlegenden Jahrhundertmüdigkeit verfallen ist, einem Sehnen und Streben in sich, alles zu verschlafen, traumgrunzend in Morpheus' Armen zu liegen, bis die Verhältnisse sich wieder gebessert haben. Durchschlafen, alles überschlafen, diese ganze unerträgliche Unübersichtlichkeit namens Welt.

Möglicherweise sind auch die Tabletten gegen seinen Heuschnupfen schuld an der Müdigkeit. Die frühen Fruchtstände von Haselstrauch und Birke sind pures Gift für Fischer. Sobald der Frühling mit seinem blauen Band winkt, überkommt ihn die Seuche. Im April, dem grausamsten Monat, läuft seine Nase, die Atmung rasselt, die Schleimhäute sind trocken und jucken. Rettung liegt nur in der Chemie. Augentropfen, Nasenspray und ein kleines Dragee jeden Tag, das laut Packungsbeilage neben der Müdigkeit ebenso gewisse Sehstörungen verursachen kann. Sei's drum, ein blinder Fischer sieht das ganze Weltelend wenigstens nicht mehr.

Er schüttelt nachdenklich das weiße Plastikfläschchen und schaut sich das Etikett genau an. Trinkmolke, besonders fein. Um Himmels willen! Warum hat er sich nur von Katharina zu dieser Kasteiung überreden lassen? Seit sie seine Exfrau ist, seit sie feierlich und beurkundet geschieden sind, kommunizieren sie fast normal über Alltägliches wie den gegenseitigen Stand der Gesundheit. Sie können auch wieder über die Dinge reden, die sie noch gemeinsam betreffen. Über die beiden Kinder und ihre Entwicklung. Über die Schule. Über die Aufgabenverteilung, was den Nachwuchs betrifft, etwa die Übernahme von Transporten oder die Besuche von Schulaufführungen und Sportveranstaltungen. Rebecca spielt Volleyball und Tim Gitarre. Katharina und die Kinder befinden sich südlich von Neapel, in der Frühlingssonne, während hier in der Aprilnässe das Leben verschimmelt. Seit Tagen hängt eine dichte Wolkendecke über Stadt und Land und lädt seine feuchte Fracht ab. Fischer geht ans Küchenfenster. Falsch leuchtet der echte Schneeball mit seinen weißen Scheinblüten vom Gartenrand in den trüben Mittag. Das aufdringliche Gelb des Goldglöckchens, der Forsythie, vergeht schon langsam.

Fischer erblickt eine der alten Damen aus dem Mietshaus nebenan, die ihren wohlgefüllten Hackenporsche hinter sich herzieht. Es scheint gerade kein Regen zu fallen. Die Seniorin kommt, dem sorgsam gewellten Haar nach, aus dem Coiffeursalon. Es sieht so aus, als ob die Frau eine getigerte Katze auf dem Kopf trägt. Oder einen Waschbären. Sie schreitet zügig aus und biegt dann ab zu ihrem Wohnblock. Plötzlich hält sie an und schaut in seine Richtung. Es ist ihm, als ob die alte Frau sorgenvolle Blicke auf den reichlich ungepflegten Garten wirft, in dessen Mitte das Häuschen steht und in dem der todesmüde Fischer vor sich hinleidet.

Alte Hexe, kümmere dich um deine eigene Frisur, denkt er und stellt die extrafeine Trinkmolke weg. Er wartet, dass ein Tier vom Kopf der Seniorin springt, bevor sie in den Wohnblock tritt. Nichts dergleichen geschieht. Als Fischer sich vom Fenster wegdreht, erklingt auf einmal ein sonores Rauschen. Regen. Es rieselt und schüttet schon wieder. Aprilwetter, Wasser stürzt herab, uns zu verschlingen. Niederschlag beherrscht das Welttheater. Draußen schütteln sich Schneeball und Goldglöckchen vor Ekel, als die nassen Tropfen auf sie einschlagen.

2

Aarau, die Provinzmetropole, ist ein wohlanständiges Städtchen, eine original Schweizerische Wertarbeit von Kantonshauptstadt. Einst sogar, zu napoleonischen Zeiten, von März bis September 1798, im ersten Jahr der Helvetischen Republik, war Aarau die Hauptstadt der Schweiz, wovon noch eine Prachtstraße, eine Avenue hin zum historischen Zentrum namens Laurenzenvorstadt zeugt. Heute summt und brummt die Stadt vor Geschäftigkeit. Es gibt hier vorzügliche Arbeitsplätze in der Aufzucht und der Verwaltung der Menschen durch die Menschen, in der Vermittlung von Bildung und Gesundheit, auf allen relevanten Gebieten des tertiären Sektors. Die Stadt mit knapp 20.000 Einwohnern hat einen Fußballklub, der in einem maroden, doch charmanten kleinen Stadion spielt und bei seinen Anhängern stets ein anregendes Herzflattern hervorruft, da er zumeist gegen den Abstieg aus der obersten Schweizer Spielklasse kämpfen muss.

Ansonsten spielt hier das Standortmarketing eine wichtige Rolle. Auch in diesem Städtchen hängt man dem Glauben an, dass eine Kunstszene für Identität, Emotion und sexy Lebensqualität sorgt, weshalb die Hauptstadt des sogenannten Kulturkantons sogar ein Kulturkonzept ihr Eigen nennt. Im Normalfall sind die meisten Kulturschaffenden zügig nach Zürich oder

Basel, Berlin oder New York verschwunden. Das Kulturfördergeld aus der alten Heimat jedoch wird immer noch gerne genommen.

Doch auch das manuelle Schaffen war in Aarau ehedem vorhanden, die Produktivkräfte tobten sich aus. In bester Lage am Rande des historischen Zentrums entstand 1819 eine später weltbekannte Feinmechanikfabrik, in der einst Fischers Vater angestellt war. Lustig klapperten die Räder am Stadtbach und produzierten die nötige Energie. Die Landflüchtigen kamen zuhauf und verkauften ihre Produktivkraft. »Schweizer Qualität und Wertarbeit setzen sich immer durch«, so die Worte von Fischers Vater. Der war maßlos stolz auf die Produkte »seiner« Firma. Fischer war es egal, dass der Zirkel, den er im Schulunterricht bei fruchtlosen geometrischen Zeichenversuchen ruinierte, möglicherweise von seinem Vater zusammengebaut worden war.

Kurz vor seiner Pension war es dann um den Job von Vater Fischer geschehen. »Seine« Firma brauchte ihn ganz plötzlich nicht mehr. Bald darauf wurde die ehemalige Zirkelschmiede verkauft, der Standort Aarau schlussendlich dichtgemacht.

Melchior Fischer war da schon längst fort aus der Kantonshauptstadt. Sofort nach Ablegung der Reifeprüfung war er aus dem Elternhaus geflohen. Schon seine beiden älteren Brüder Kaspar und Balz hatten das unwirtliche Heim so schnell wie möglich verlassen. Bloß weg, rette sich wer kann! Vater Fischer war nach seiner Entlassung erkrankt. Die Erkenntnis, dass ihn überhaupt keiner mehr brauchte, setzte ihm zu. Er erkrankte schwer und verabschiedete sich bald von diesem Leben. Mutter Fischer blieb in Aarau, weil sich ihr ältester Sohn Kaspar mitsamt Familie mittlerweile dort angesiedelt hatte.

Fischer gähnt herzhaft, dann stößt er säuerlich auf. Nur nicht an die extrafeine Trinkmolke denken. Er hat sich mittlerweile durch das vorhandene Material der Anti-Atomkraft-Bewegung gelesen. Mit diesen Texten kann er nichts mehr anfangen. Er braucht intimere Informationen. Er wüsste schon, wer ihm die geben könnte. Sein Bruder. Balz, der mittlere Fischersohn. Aber der ist seit 25 Jahren tot. Ein Autounfall. Eine schreckliche Geschichte. Fischer fröstelt. Daran will er nicht denken. Das Klingeln des Telefons rettet ihn. Schon wieder Mendota.

»Fischer, ich habe mich gleich nach deiner Zusage mit dem Aarauer Kunsthaus und dem Herausgeber des Katalogs kurzgeschlossen. Man freut sich auf deinen profunden Artikel. Alter Freund, schaue in dich, erzähle uns, wie es damals war, als man verlacht und denunziert wurde als Kernkraftgegner. Erzähl etwas Persönliches, erzähl, wie du verunglimpft wurdest, als im Solde Moskaus stehender Lakai. Berichte von der Kriminalisierung der Bewegung gegen das schleichende Gift. Schreib dir die Seele aus dem Leib, Alter, erzähl den Nachfahren, wie du dich gefühlt hast – stigmatisiert als AKW-Gegner. 12.000 Zeichen mit Leerschlägen, als Gage habe ich einen Tausender rausgeholt. Geht das in Ordnung? Abgabetermin in, sagen wir mal, vier

Wochen. Einen Vertrag vom Kunsthaus kriegst du noch. Und nun: Schreib!« Mendota atmet schwer am anderen Ende der Leitung. Dann fragt er noch einmal, ob Fischer wirklich im Vorort bleibe.

»Ja, das hab ich dir doch schon gesagt. Willst du mich vielleicht heute Abend zu einem Fünf-Gang-Menü in der Stadt einladen, weil eine deiner Hetären unpässlich ist? Erstens faste ich immer noch und zweitens habe ich diese Pollenallergie, da bleibe ich besser im Haus. Und ich fange hier auch gleich an zu schreiben, für diesen elenden Museumskatalog.«

Mendota schnaubt: »Habe ich das richtig verstanden, Genosse, du fastest? Du kasteist dich in vollem Bewusstsein, du baust Gewicht ab, um dich besser zu fühlen? Oder um flinker laufen zu können, wenn die alte Welt hinter dir her ist? Geht es dir gut dabei? Bist du dir ganz sicher in deinem Bemühen? Das ist im höchsten Maße unmenschlich.«

Fischer versucht, optimistisch zu klingen. Fasten sei prima, das alte Kampfgewicht habe er bald erreicht. Man fühle sich leicht und zu allem bereit. Mendota schnaubt noch einmal und unterbricht abrupt das Telefongespräch.

Fischers Optimismus bricht in sich zusammen. Verdammtes Fasten. Und dann noch Schreiben. Viel, viel einfacher gesagt als getan. Sein Kopf ist leer. Seine Augen sind entzündet. Seine Nase läuft. Sein Magen knurrt. Diese Körpermaschine läuft überhaupt nicht rund, und das hat Auswirkungen auf den Geist. Aber die tausend Franken stehen im Raum. Die braucht Fischer. Was soll er nur schreiben von der Anti-AKW-Bewegung, über diese längst vergangene Zeit? Jetzt ist das wieder auf die politische Agenda gekommen. Die unsichtbare Gefahr. Radioaktive Strahlung. Doch, und da ist sich Fischer bombensicher, nach kurzer Zeit werden sich diese Ängste wieder verlieren und man wird einfach weitermachen. Und auf den nächsten Knall warten.

Sein Bruder fällt ihm wieder ein. Balz. Der steckte damals bis über beide Ohren in der Geschichte. Da müssten wahrlich noch Sachen vorhanden sein, in seinem Nachlass. Der ist in Aarau, unter dem Dach, im Haus seines ältesten Bruders Kaspar, in dem auch die Mutter wohnt. Aber will er, Fischer, überhaupt in diese Vergangenheit eintauchen, zumal es eine unangenehme, verminte Geschichte ist? Er hat Angst vor ihr. Da sind schwarze Löcher. Hohlräume und Verdrängtes. Fischer kann nicht auf seine Vergangenheit bauen. Doch vielleicht ist das jetzt die Gelegenheit, diese Leichen im Keller endgültig zu beerdigen. Vielleicht ist die Zeit gekommen, sich gewissen früheren Ereignissen zu stellen. Auf nach Aarau! Dabei könnte man ja etwas in alten Wunden wühlen oder sonstige Dummheiten begehen. Dann kann er auch ins nur sieben Kilometer entfernte Gösgen fahren, wo das Atomkraftwerk fröhlich vor sich hindampft, um sich vor Ort inspirieren zu lassen. Überhaupt, wann hat er zum letzten Mal seine Mutter oder seinen Bruder Kaspar gesehen? Wie lange ist das her? Leben die überhaupt noch? Immer nur kümmert Fischer sich um sich selbst. Immer nur ist er der arme Hund. All sein Mitgefühl konzentriert sich immer nur auf sich. Auf diese lausige Figur, die er abgibt in diesem irdischen Jammertal. Sein Sohn Tim hatte letztes Jahr eine der Pubertät geschuldete religiöse Phase, dabei hat sich Fischer etwas um den Glauben gekümmert. Sie sind schon verlockend, diese Anlegestellen im ungewissen Lebensmeer, diese Pfähle und Pfosten zur Orientierung in der Unüberschaubarkeit. Es ist dieses Gewisse in der Religion, der feste Glauben an sich, der so attraktiv ist. Glauben kann man immer. Ohne Voraussetzungen, ohne Stress. Der Glaube betoniert all die Löcher der Ungewissheit und der Schuld in einem aus. Der Glaube imprägniert die verletzliche Seelenhaut.

Tims Glaube war dann allerdings relativ zügig wieder vergangen, weil der ihm zugeteilte Seelsorger ein ausgesprochener Rockmusikhasser war, und Tim damals gerade fanatisch Gitarre geübt hatte, um auf diesem Instrument noch besser und berühmter zu werden als all jene Saitenheroen aus der Schallplattensammlung seines Vaters. Fischer war froh über den Pragmatismus seines Sohnes. Aber sonst, alle Achtung, diese Religion, ein gottverdammt starkes Konzept, um ein bisschen Sinn in die Existenz hineinzuprügeln!

Wahrscheinlich ist er, Fischer, nun doch noch vor Hunger wahnsinnig geworden. Er muss Nahrung in das größte Loch in ihm, in seinen Magen, kriegen. Und wenn es Trinkmolke extra fein ist. Es schmeckt entsetzlich, Fischer wird schlecht. Er reißt das Küchenfenster auf. Feiner Regen spritzt herein und benetzt sein Gesicht. Das beruhigt ihn wieder. Er stellt die fatale Flasche mit der Molke in den Kühlschrank. Dieses Fasten hat allerdings nebenbei einen gewaltigen Vorteil: Man braucht fast kein Geld mehr. Keinen teuren Alkohol, kein luxuriöses Fleisch, keine speziellen Brotwaren und keine kostspieligen Obstsäuren werden benötigt. Fasten füttert das Portemonnaie.

Fischer holt sein Notebook und setzt sich an den Küchentisch. Schmal und silbern liegt das Ding vor ihm. Er klappt den Computer nicht auf und greift sich stattdessen einen Schreibblock. Wohlan, er muss zurück in die Vergangenheit. Tempi passati, Geschichte. Die hat er einmal studiert. Das ist auch so ein schwarzer Fleck in seiner Historie. Dass er das nicht durchgehalten und schließlich abgebrochen hat. Warum um Himmels willen hat er denn bei dem bisschen Studium schlapp gemacht? Es hat ihn immer interessiert, vor allem dieses frühe Geschehen, von dem es keine so klaren Zeugnisse gibt. Er hat sich letzthin in der Universitätsbibliothek ein paar Bücher über die Völkerwanderung ausgeliehen. Hunnen, Goten, Awaren, Vandalen, Langobarden. Das Thema fasziniert ihn immer noch. Ganze Völker, die auf der Suche nach einem besseren Leben in Asien und Europa herumziehen, die meist vom Osten her gen Süden wandern. Migration. Ein uraltes Thema. Die Angst vor dem Fremden sowieso. Fischer überlegt in letzter Zeit öfters, ob er nicht im reifen Alter seine Studien der Ur- und Frühgeschichte an der hiesigen Universität wieder aufnehmen sollte. Um dieses geheimnisvolle Geschehen in Europa vom vierten bis zum sechsten Jahrhundert zu untersuchen. Nur schon die Namen dieser reiselustigen Stämme faszinieren ihn, und wie prächtig fremdartig ihre Anführer heißen: der Vandale Geiserich, der Westgote Alarich, der Alamanne Chnodomar oder der Langobarde Alboin, den Hunnen Attila nicht zu vergessen. Diese Wanderungsbewegung ganzer Völker zu erfassen, vielleicht zu verstehen und dabei eine atemberaubende Entdeckung zu machen, das stellt sich Fischer als wunderbar vor. Er ist immer noch fit genug, Neues zu speichern. Glaubt er jedenfalls. Auch wenn dieses Maschinchen da oben in seinem Kopf wegen all der körperlichen Entschlackung und Enthaltsamkeit schon etwas stottert.

In schöne Gedanken gehüllt, sieht Fischer durch das Küchenfenster, wie ein Renault älteren Baujahrs langsam durch den Almagellweg rollt, eine gräuliche Abgaswolke hinter sich herziehend. Diesel, denkt Fischer verträumt, direkt aus dem Heizölkeller getankt. Das Innere der angerosteten Karre füllen vier Herren gut aus. Fischer braucht keinen zweiten Blick. Hier handelt es sich um die neue Völkerwanderung. Migration. Armutsdruck. Die Armen suchen die Heimstätten der Reichen auf. Dieses Auto voller zwielichtiger Herren ist ein Besuch jenseits der nahen Grenze, der lohnende Ziele für Einbrüche in der Schweiz ausbaldowert. Fischer sieht das fremdländische Kennzeichen, merkt es sich aber nicht. Wieso auch? Er steht auf Seiten der Besitzlosen. Vielleicht sind die vier Autoinsassen eine neue Bande à Bonnot und damit die Nachfolger jener anarchistischen Räuberbande um Raymond Callemin, genannt »La Science«, und Jules Bonnot, die um

1911 herum in Frankreich und Belgien Raubüberfälle beging, bei denen sie ganz clever Automobile benutzten. Die Polizei hatte damals noch keine.

Die Expropriation der Expropriateure ist für Fischer immer noch eine Forderung mit Sex-Appeal. Doch der angerostete Renault mit den vier vermeintlichen Ganoven fährt so langsam und stößt dabei eine so fiese Abgaswolke aus, dass er Aufsehen erregt. Das ist selbstverständlich nicht die richtige Annäherung ans Objekt der Begierde. Hier in diesem Sträßchen haben die Gardinen Augen, hier brechen aus jedem Sonnenstore misstrauische Blicke hervor. Fischer weiß das, hat es selbst erlebt. Fremde in Sicht! Von denen kommt nichts Gutes! Alles Verbrecher! Dann klacken Schlösser und rattern Rollos in den Häusern des Vororts. So zieht auch der Renault anscheinend unverrichteter Dinge, aber mit einer atompilzförmigen Rauchwolke aus dem Auspuff wieder ab.

Plötzlich hört Fischer ein Keifen. Er öffnet vorsichtig das Fenster. Gleich spritzt wieder Regen herein. Eine hohe, alte Stimme schimpft, wahrscheinlich dem wegfahrenden Auto nach. Es stinkt nach verbranntem Kraftstoff. Fischers Nase ist unglaublich sensibel geworden durch das Fasten. Es liegt allerhand in der Luft. Durch die Benzinwolke riecht Fischer aber auch Gesottenes, Gebratenes. Plötzlich hat er einen unmenschlichen Hunger. Sein Magen beginnt zu rumoren. Er schließt das Fenster vor dem Regen und atmet tief durch. Durch die Nase ein, durch den Mund aus. Nichts Orales aufkommen lassen. Das bringt nichts. Fischer geht entmutigt in die Küche, zum beunruhigend vor sich hin brummenden Kühlschrank. Er öffnet ihn nur aus lauter Gewohnheit. Drin ist nicht viel. Die vermaledeite Trinkmolke, extrafein, ein stilles Wasser, ein Rest Grüntee. Eine Substanz in einer Müslischale, die aussieht, als ob jeden Moment dort neues Leben entstünde. In diesem Kühlschrank sieht es genau so aus wie in Fischers Innerem. Er macht die Tür wieder zu und legt sich entmutigt aufs Sofa.

3

Therese Fischer, Mutter

Also ich darf jetzt einmal schnell die Familienverhältnisse der Fischers erklären. Vorweg werden Sie sich vielleicht fragen, wie man ein Kind Melchior taufen kann. Ich weiß es auch nicht mehr. Ich habe mich damals nicht gegen diesen Namen gewehrt. Kaspar war unser Ältester. Zwei Jahre später, 1952, kam der Balz. Ich war noch jung. Der Dritte kam dann völlig unerwartet, 1958. Melchior, unser Nachzügler. Mein Mann hat mir Vorwürfe gemacht. Ich hätte nicht aufgepasst. Wieso ich? Warum hat er sich nicht zurückhalten können? Sonst hat er ja auch immer nur von Sicherheit, Vernunft, Kontrolle und so geredet. Aber es ist halt geschehen und da kam er, der Dritte. Melchior. Sie ahnen es. Die heiligen drei Könige. Mein Mann hatte plötzlich diese fixe Idee und war nicht davon abzubringen. Nicht, dass er religiös gewesen wäre. Er mochte die Kirche und die Pfaffen überhaupt nicht. Er mochte eigentlich keinen Menschen. Ich frage mich oft, wen er eigentlich gern gehabt hat. Sich selbst wohl auch nicht. Er fühlte sich zeit seines Lebens betrogen und hintergangen. Und jetzt noch drei Kinder, die seine jüngere Frau bedeutend mehr geliebt hat als ihren Ehemann. Ja, so wird's wohl gewesen sein. Ich hab mich mit der Bedeutung von Melchior getrös-

tet: König des Lichts. Kommt aus dem Hebräischen. Ich hab das mal nachgeschlagen. Mein kleiner König des Lichts. Melechor. Er war so ein liebes Baby. Immer schön geschlafen, viel geschlafen, zufrieden gelächelt, keine Schreianfälle wie der Balz. Ach je, der arme Balz.

Melk, so nannten wir ihn schließlich. Sein Verhältnis zum Vater war genauso schlecht wie das der beiden anderen Buben. Sie haben es dem Vater mit gleicher Münze zurückgezahlt. Der Kaspar hat immer nur gesagt, dass sein Alter ein reaktionäres Schwein sei. Mit 19 ist er weg, kaum hat er die Matura gehabt, weg aus dem Haus und aus Aarau. Ins Deutsche, weit weg, zum Studieren. Der Balz hat in den fruchtlosen Diskussionen mit dem Vater meist nichts gesagt. Er ist dafür geblieben, damit hat er den Vater gestraft. Der Balz hat sich in Aarau als Kommunist oder Anarchist betätigt. Beim Widerstand gegen das Atomkraftwerk und auch sonst.

Sogar ich hab kein gutes Gefühl gehabt wegen diesem ganzen Atomzeugs und der Radioaktivität und dem Dreck, der dann jahrtausendelang bleibt. Aber mein Mann, wie immer, stand bombensicher zu seiner Meinung: Wir brauchen den Atomstrom, sonst werden wir vom Ausland abhängig. Und du kannst deinen Mixer und die elektrische Zahnbürste vergessen, wenn kein Saft mehr auf der Steckdose ist. Die sind doch alle von Moskau gesteuert, die gegen die Kernkraftwerke sind!

Das stand ja damals auch überall in der Zeitung. Dass meine Söhne von Moskau gesteuert sein sollen, habe ich für Unsinn gehalten. Die waren ja so selbstständig und wehrten sich resolut gegen jede Steuerung. Als dann der

Kleine, der Melchior, angefangen hat mit dem Widerstand, hat mich das nicht gewundert …

Also daran war der Balz schuld. Der hat den Melk mitgenommen zu solchen Aktionen. Ich hab mir das immer so gedacht, dass der Balz sich damit am Vater gerächt hat, indem er den Melk früh in solche linken Sachen hineingezogen hat. Mein Mann hat getobt, aber Melchior hat dann mit 17, 18 ganz kühl gesagt, er ziehe aus – und zwar ausgerechnet in die Kommune vom Balz. Der hat damals in so einer Wohngemeinschaft gelebt, Männlein und Weiblein durcheinander, bis er mit der Lisa was hatte. Die war seine große Liebe. Am Anfang war alles wunderbar, und ich habe wirklich gehofft, dass der Balz den Rank findet und dass eine eigene Familie ihn zur Ruhe kommen lässt. Dass er nicht mehr so den Helden spielen muss und seine politischen Ansichten ein bisschen ändert. Das Kind kam ja dann, die Hera. Der Name, ich weiß, ich dürfte ja nach einem eigenen Melchior nichts deswegen sagen, aber Hera. So heißt die griechische Göttermutter, ich hab nachgeschaut, also Hera als Name für ein unschuldiges Baby, ich weiß nicht. Es war ja ein hübsches Kind, ein süßes Dingelchen. Meine Enkelin. Meine erste.

Lisa, die Freundin von Balz, war aus guten Verhältnissen. Aus zu guten Verhältnissen, hat mein Mann immer gesagt. Aus einer großen Familie hier in Aarau, den Zurbuchens, alteingesessene Industrielle. Lisa hat halt auch gegen die Herkunft rebelliert. Aber sie war mir immer etwas unheimlich, so abwesend manchmal, auch mit dem kleinen Wurm. Ich war ein paar Mal bei der Lisa und hab ihr geholfen mit der Kleinen. Da hat die plötzlich ganz merkwürdig über den Balz geredet, als ob sie Furcht vor ihm hätte. Dabei hat der Balz vor ihrer Familie Schiss gehabt, geradezu eine Angst – und einen Hass auch, das hat er mir einmal gesagt. Ich hab aber nicht zugehört, hab das gleich wieder vergessen, hab mich wohl selbst belogen, weil ich so glücklich war über das Enkelkind. Zwischen Balz und Lisa hat es nicht gestimmt, die waren voller Misstrauen statt voller Liebe. Da war irgendetwas Schlimmes, Kaputtes zwischen den beiden, etwas Ungutes ist da passiert, das habe ich gefühlt. Das spürt eine Mutter.

4

Melchior Fischer, der König des Lichts, will wieder in die Stadt. Im Vorort hat er seine Pflichten erfüllt, nun wird es ihm langweilig. Ihm scheint, ringsum gebe es nur alte Leute und junge Lehrerfamilien. Und Autos. Fischer kommt es manchmal so vor, als ob die Leute nur deswegen in den Vorort ziehen, weil er genügend Parkplätze für ihre drei Autos und zwei Motorräder bietet. Als er aus dem Haus tritt, steht sein Fahrrad nicht mehr da. Verdammt. Er hat es neben dem Briefkasten abgestellt. Hat er es umplatziert, wegen des Regens? Er schaut in die Garage. Vor lauter Fasten ist ihm sein Kurzzeitgedächtnis abhanden gekommen. Nein, da steht kein Fahrrad in der Garage. Auch weiter unten am Almagellweg und um die Ecke nicht. Hat vielleicht irgendein Schweinehund sein Fahrrad gestohlen? Das gibt es doch nicht. Fischer späht entnervt ins Regengrau, das Wasser läuft ihm in den Kragen. Was für ein Idiot stiehlt bei solchem Mistwetter ein Fahrrad?

Ein Schirm kommt daher. Ein ausladender, schwarzer Regenschirm. Darunter ein Plastikmantel im Leopardenfellmuster, Beine in dunklen Wollstrümpfen und grünen Gummistiefeln. Es ist die Nachbarin mit der farbigen Frisur. Sie erwidert Fischers halblauten Gruß nicht und fragt nur, ob er etwas suche.

»Ja, mein Fahrrad!«

»Das haben heute früh zwei Herren aufgeladen. Ich dachte, da wären Sie dabei gewesen.«

»Da war ich nicht dabei, verdammt noch mal, die haben mein Rad geklaut!«

Die Stimme der älteren Dame bleibt völlig neutral. Es ist keine Spur des Bedauerns darin: »Verhüllt in diese Regenjacken erkennt man die Leute ja nicht mehr. Sonst hätte ich schon Alarm geschlagen.«

Sie stellt sich schließlich als Lydia Graf vor, während Fischer nur seinen Nachnamen knurrt. Auf seine weiteren Fragen erwidert die Frau, dass die beiden Diebe das Fahrrad in einen weißen Lieferwagen geladen hätten, direkt vor dem Haus. Sie habe es von ihrem Fenster da oben aus gesehen. Es seien auch keine Zigeuner oder Ausländer gewesen. Das Auto habe ein Basler Nummernschild gehabt. Die beiden Diebe seien normale Kerle gewesen, nein, sie habe nichts Auffälliges erkennen können. Sie habe ja wirklich gedacht, dass er, der Herr Fischer, dabei gewesen wäre. Er müsse halt zur Polizei deswegen, meint die alte Dame noch und geht weiter. Der Schirmpilz, der riesige schwarze Regenschirm mit den dünnen Beinchen darunter, verschwindet wieder im Regen.

Fischer ruft ein überlautes »Danke«, das eine Spur zu grimmig klingt. Vielen Dank für die nutzlose Information, denkt er und gibt dem nächstliegenden Stein der Gartenumrandung einen Tritt. Das Ding bricht sofort in mehrere Stücke. Er schlägt sich vors Hirn. Das ist der hohle Stein, in dem der Hausschlüssel für die Kinder deponiert wird. Katharina hat diesen Pseudofelsen einst geschenkt bekommen. Eine sichere Sache, niemand würde in diesem täuschend echt aussehenden Steinimitat einen Schlüssel vermuten. Jetzt liegt das Ding da in Stücken. Fischer will sich danach bücken, als es richtig zu regnen beginnt. Wie aus Kübeln. Ein satter Schauer platscht auf ihn. Ihm reicht das jetzt. Er muss los, weg von diesem Unglücksort, er will zurück in die Stadt. Zuerst sprintet er noch Richtung Bushaltestelle, dann lässt sein Tempo nach, dennoch erreicht er keuchend noch den 34er, der ihn ins Kleinbasel bringen wird.

Grundsätzlich braucht er dringend ein wenig Zuwendung, denkt Fischer, als er in der Stadt zu seiner bescheidenen Wohnung stiefelt. Ein bisschen kardiale Schrittmache, sonst zieht sich sein Herz endgültig zu einem toten Muskel zusammen. Soll er vielleicht diese hübsche Frau, diese Maria Irgendwas anrufen, mit der er sich neulich nach einem Konzert der englischen Band *Chumbawamba* so nett unterhalten hat? Wo hat er nur ihre Handynummer? Er hat sie sich notiert, geblendet von der rundgesunden Präsenz dieser Frau. Sorgfältig hat er den Zettel auf seinem Schreibtisch abgelegt. Doch da liegen sonst schon immer mehrere Zettel. Viele Zettel in allen Größen. Beschriftet, bekritzelt, gefaltet, angekaut, Buchtipps, gescheite und dumme Ideen, Hieroglyphen, rätselhafte Zahlen, Notizen zur Völkerwanderung und Alarichs Belagerung von Rom, halbe Sätze für einen Roman, Hinweise über das Heilfasten und Einkaufszettel für die Zeit danach. Aber die Telefonnummer von Maria Irgendwer befindet sich nicht darunter. Schließlich wählt Fischer einen Anschluss in der 60 Kilometer entfernten Kantonshauptstadt Aarau. Die Nummer kennt er immer noch auswendig.

Seine Mutter ist am Telefon nicht so euphorisch, wie Fischer sich das vorgestellt hat, aber selbstverständlich freut sie sich auf seinen Besuch. Ja, der Kaspar sei ebenfalls zu Hause und nicht im Ausland, erwidert sie auf Fischers Frage. Was es denn so Wichtiges gebe, dass er schon morgen nach Aarau kommen wolle? Fischer räuspert sich verlegen. Er wolle sie halt wieder einmal sehen und besuchen und reden mit ihr und … Seine Mutter lacht leise auf, ja gut, also, sie freue sich.

Fischer kann den Telefonhörer fast nicht mehr halten, so müde ist er plötzlich. Er muss noch ein bisschen die Augen zumachen und meditieren, bevor er sich auf eine Reise begeben, bevor er überhaupt irgendetwas machen kann.

Anderntags fährt er durch den langen Tunnel im Rumpfgebirge. Unter grauem Himmel fährt er dahin, rattert ins schwarze Herz des Berges und wieder heraus. Aus der Dunkelheit kommt er in ein noch tieferes Grau als das, welches er zurückgelassen hat. Auf der anderen Seite des Rumpfgebirges, im sogenannten Mittelland, ist das Wetter noch viel schlechter, feuchter und trostloser. Lange vor Aarau sieht er das riesige Wasserdampfungetüm des Atomkraftwerks Gösgen, das sich organisch mit den tief hängenden Wolken verbindet. Bald erblickt Fischer den Kühlturm, dieses merkwürdig geformte Bauwerk, das sich trutzig gegen den Regen erhebt. Dort hat er vor fast 35 Jahren gestanden, ganz in der Nähe wenigstens. 1977. Die Hosen voll, in jeder Beziehung, im Tränengas der Polizei. 19 Jahre alt war er da. Ganz schön lange her. Der Zug fährt durch den Bahnhof Däniken, wo anlässlich dieser Demonstration ein Mensch ums Leben gekommen ist. Offensichtlich von den Tränengasschwaden desorientiert, ist ein junger Mann auf die Gleise und vor einen heransausenden Schnellzug gestolpert. Aber das hat Fischer ganz vergessen.

Den Bahnhof von Aarau hat er anders in Erinnerung. Aus dem ehrwürdigen Altbau ist ein postmoderner Glasriegel geworden, voll mit allerhand Schnickschnack. Der Bahnhof als Beginn und Ziel einer Reise ist offensichtlich passé. Jetzt geht es mehr darum, den Reisenden zu allerhand Konsum zu verführen, als ihn von einem Ort zum andern zu befördern. An der vorderen Fassade des Glasbaus prangt immerhin die momentan größte Bahnhofsuhr der Schweiz. Fischer ist schwer beeindruckt. Das passt zu Aarau, der ›Stadt mit dem eigenen Vogel‹, so wie sie sich einst genannt hat, nicht nur, weil sie einen Adler im Wappen führt.

Dafür ist das früher sehr zentral postierte Denkmal zum hundertsten Geburtstag des Eidgenössischen Schützenvereins verschwunden. O tempora o mores. Ordentlich die Straßen aufgerissen und herumgebaut wird immer noch. Ein paar Männer aus dem ganz fernen Süden, die in ihren dünnen Klamotten auf ein paar Bänken bei der Bushaltestelle in der Aprilkälte bibbern, gestikulieren wortreich.

Gerade wird am Himmel wieder der aschgraue Vorhang zugezogen und es beginnt zu nieseln. Regen in Aarau. Die staubtauben Steinpaläste der letzten Großbanken werden schwarz, wo sie die Nässe trifft. Große kranke Flecken. Die Post ist verglast und bunt und gibt vor, ein prosperierendes Unternehmen zu sein. Ein Hotel im Kotbraun der frühen Siebzigerjahre steht trutzig gegen den immer stärker werdenden Niederschlag. Die Autos rauschen und verspritzen große Wasserfontänen. Die Ampellichter spiegeln sich in unendlich tiefen Pfützen auf der Bahnhofstraße.

Fischer kennt das, diese Feuchtigkeit, die in die Knochen und nicht mehr weggeht, die nicht mehr aus dem Körper heraus will. Man sieht sich selbst dabei zu, wie man verschimmelt. Er ist im Zug eingeschlafen und torkelt halb wach noch ein bisschen, während er die Bahnhofstraße entlangläuft und an diesem kleinen, staubigen Parkplatz vorbeikommt, wo er sich immer mit Thekla verabredet hatte. Unter verkrüppelten Platanen hat Fischer hier gebangt und gewartet. Öfters vergebens. Seine erste große Liebe. Thekla, die Tochter vom Hausmeister des Gymnasiums. Eine Klasse unter ihm. Latein und Griechisch. Er, Fischer, nur Trotz und Obstruktion. Er war ein harter Kerl, der es den Lehrern schwer machte. Ein vor Unsicherheit arroganter Typ, der alles besser wusste. Dann Thekla. Wie gut sie roch. Und ihre Küsse, die seltsam nach Tinte schmeckten, aber genau so süß waren, wie er, Fischer, es sich erhofft hatte. Wie sie zitterte, wenn er sie ungeschickt anfasste. Wie sie im Regen standen und keine Ahnung hatten, wo sie hingehen sollten mit ihrer unbestimmten Leidenschaft. Thekla wusste, wo die Schlüssel für die Turnhalle der Oberschule hingen. So saßen sie im Dunkel, umbrandet vom Geruch nach Schweiß, gewachsten Böden, Reinigungsmitteln und Muskelsalben und knutschten ungeschickt.

In Aarau hat es immer nur geregnet, so kommt es Fischer jetzt vor, da er am Regierungsratsgebäude vorbei bergan stapft. Sein ältester Bruder Kaspar wohnt im Grünen, seine Mutter hat dort eine kleine Parterrewohnung. Fischer beeilt sich. Links und rechts auf seinem Weg triefen die Skelette hoher Hecken. Moos hat sich am Boden angesetzt und verbreitet sich rasend schnell. Es gluckst und rieselt. Wasser, das sich hier überall sammelt, vom Regen, es fließt den Berg hinunter in die Altstadt von Aarau. Es wird glucksen und rieseln und fließen und der Wasserspiegel wird langsam und unmerklich steigen. Und eh man sich's versieht, wird sich ein stiller See statt der Stadt Aarau da ausbreiten.

Kaspar Fischer, acht Jahre älter als sein jüngster Bruder, steht in der Tür. Er füllt sie gut aus. Fischer grinst, als Kaspar staunend brummt: »Mein lieber Melk, du bist ja nur noch Haut und Knochen. Hast du Krebs?«

»Nicht dass ich wüsste. Aber dafür hast du ganz schön Speck angesetzt, Alter«, sagt Fischer und drückt sich an ihm vorbei. Melk dürfen nur die engsten Familienangehörige zu ihm sagen.

Kaspar putzt mit einem Schluck ein halbes Glas Weizenbier weg. Vor Fischer steht ein stilles Wasser. Kaspars späte Leibesfülle hat ihm das Fasten vorübergehend vergoldet. Verena, Kaspars Frau, ist mit den beiden fast erwachsenen Töchtern in den Ferien. Tauchen und Surfen im Roten Meer.

Fischer verdreht die Augen und atmet durch die Nase aus, als Kaspar ihm das erzählt. Aktivitäten, in denen sich späte Lebenslust manifestiert. Frauen können einfach nicht richtig sublimieren, in Würde altern. Fischer schluckt hart an seinem stillen Wasser. Verena ist so alt wie er und sie war seine zweite Aarauer Liebe, die, so empfindet Fischer es gerade, der ewige Regen von ihm weggespült hat. Er hat nie einen Boden, einen Halt in dieser Stadt gefunden. Auf zerweichten Pfaden, im tiefen Sumpf ist er unglückliche Wege gegangen. Und rings um ihn verstecktes Unglück und Elend, verheimlichte Untaten, alles Verbrecher. Wenn der große, stille See über Aarau liegt, dann werden die Wasser die Leichen aus den Kellern spülen. Die nachlässig verscharrten Toten werden noch einmal ans Tageslicht geschwemmt. Aus jedem Keller mindestens einer.

Verena war ein stiller, ernsthafter Teenager. Nicht so überdreht wie Fischer und Konsorten. Deswegen sah man auf den ersten Blick auch nicht, wie hübsch sie war. Wie ernsthaft schön. Bis Fischer an einem der Klassenfeste während des letzten Gymnasiumjahrs der Blitz traf. Er war bei diesen halb ekstatischen, halb peinlichen Anlässen immer der Discjockey. Dem Grad seiner Coolness nach hätte Fischer in jenen konturlosen Mittsiebzigerjahren musikalisch gnadenlos sein müssen und nur solche Außenseiter-Bands wie Hawkwind oder The Deviants auflegen dürfen. Aber längst hatte der Soul seine Seele erweicht und so legte Fischer die schweißtreibenden Songs von Wilson Pickett und Sam & Dave auf, von Otis Redding und Aretha Franklin, schließlich sogar die süßen Hits der Supremes. Staksige Bewegungen, zögerliches Tanzen und unzureichendes Hinterteilgewackel war der dürftige Lohn seiner Anstrengungen.

Ein paar Unzufriedene verlangten sogar irgendwelche holländischen Hitparadensongs von DJ Fischer, der verzweifelt seinen Platz hinter den Reglern behauptete und als ultimative Waffe Hot Chocolate mit ›Brother Louie‹ nachschob. Plötzlich stand Verena auf der Tanzfläche und begann, sich zu bewegen. Ein Licht ging von ihr aus und Fischer bekam eine Gänsehaut. Verena war wie ein Magnet. Alle tanzten plötzlich, versuchten dabei, sich so elegant zu bewegen wie sie, die völlig versunken dahinfloss. Fischer blätterte wild in seiner Plattensammlung. ›Emma‹, einen weiteren Hit von Hot Chocolate, diese Scheibe hatte er doch auch noch irgendwo. Er war sich ganz sicher. Verflucht. ›Brother Louie‹ ging langsam dem Ende zu. ›Emma Emmeline‹. Ah, da war das Ding ja. Mit einem dissonanten Ratschen begann der Song, weil Fischer in der Eile die Single nicht auf den Plattenteller brachte und ihm dann der Tonarm herunterfiel. Doch der Misston ging in einen sanften Basslauf über, süßeste Seele allüberall. Verena tanzte weiter, war immer noch das Zentrum der Tanzfläche, das Auge des Hurrikans, der Mittelpunkt des Universums.

Später, als Fischer erschöpft den Discjockeyposten verlassen hatte und sich in einem Sitzkissen an einer

Flasche warmen Biers festhielt, saß Verena plötzlich neben ihm. Sie tippte ihn an, berührte leicht seinen Arm. Fischer zuckte wie nach einem elektrischen Schlag zusammen und ließ das Bier fallen. Durch einen Schleier aus Begeisterung und Wahnsinn sah er Verena lächeln. Hot Chocolate sei ihre Lieblingsband, meinte sie, dazu könne man so schön tanzen. Das sei Musik, die wie Honig dahinfließe. Fischer brachte Verena nach Hause, sie gingen Kilometer um Kilometer, erst an der Bahnlinie entlang, dann durch öde Wohnsiedlungen, in einen im Süden von Aarau gelegenen Vorort. Verenas Eltern besaßen dort ein Einfamilienhaus auf einem Handtuch von Land, umgeben von identischen Liegenschaften. Es waren kleine, eingeschüchterte Leute, die hier wohnten. Verenas Vater war Stationsbeamter bei der Eisenbahn, die Mutter Hausfrau und Aushilfe am Bahnhofskiosk.

Die Gemeinden rund um die Kantonshauptstadt Aarau haben Namen, die wie besonders heimtückische Krankheiten klingen: Suhr, Buchs, Rohr, Speuz. Oder Küttigen und Gränichen. Was klingt wie eine virulente Art von Vitaminhusten. Verena und Fischer liefen und liefen, manchmal gingen sie schnell, manchmal langsam, durch komplizierte gegenseitige Berührungen verzögerte sich ihr Marsch. Sie wanderten durch die von trüben Straßenlaternen verstärkte Dunkelheit des Vororts. Sie querten lautlose, rechtwinklig geteilte Siedlungen, wo Häuser standen wie kleine Festungen. Aus den Fenstern flimmerte manchmal künstliches, blaues Licht. Sie trafen keinen einzigen Menschen an. Fischer ging, nach einem scheuen Abschiedskuss mit einer wie zufälligen Zungenberührung, die ganze Strecke wieder zurück, aber er hatte jedes Gefühl für Distanz und Zeit verloren und dachte später, die ganze Wanderung habe nicht länger als zehn Minuten gedauert.

5

Ein Eichhörnchen flitzt über den graubraunen, schattengestreiften Waldboden. Das Licht der tiefen Sonne reicht längst nicht mehr überallhin. Da ist ein Kratzen und Schaben im Düsteren. Das rostrote Nagetier rettet sich einen borkigen Stamm hinauf. Ein paar Bäume schütteln den Kopf, dann ist es wieder still. Es ist ein lauer Freitagabend im Mai des Jahres 1987. Der Rohrer Wald wird hier geteilt von der schnurgeraden Landstraße, die von Rupperswil über Rohr nach Aarau führt. Die Gemeinde Rupperswil ist allgemein bekannt für ihre Zuckerraffinerie. Die Gemeinde Rohr gibt es nicht mehr, sie ist mittlerweile eingemeindet in die Stadt Aarau. Ein Danaergeschenk eigentlich, denn die populistische Volkspartei ist in dieser Vorortsgemeinde besonders stark vertreten.

Auf diesem Teilstück des wohl ausgebauten Straßennetzes des Kantons Aargau fährt ein metallicbrauner Subaru. Das Auto ist schnell unterwegs. Aber die Straße, links und rechts vom zurechtgestutzten Forst gesäumt, ist übersichtlich und trocken. Mit Wildwechsel ist hier normalerweise nicht zu rechnen. Kein Eichhörnchen würde es wagen, diese Teerschlange zu queren. Schon gar nicht gegen das Fauchen und Brummen der entsetzlich großen und lauten eisernen Tiere, die hier entlangjagen.

Es fahren nur wenige Autos zu dieser Stunde. Entweder sind die Leute schon zu Hause oder noch nicht unterwegs. Der Subaru rast dahin, sein Lenker scheint sich diesbezüglich nicht viel zu überlegen. Er dreht das Autoradio lauter, als der Moderator der gerade laufenden Pop-Sendung verkündet, dass die britische Disco-Band Hot Chocolate zwei Jahre nach ihrer offiziellen Auflösung ein Best-of-Album herausgegeben habe, welches sofort an die Spitze der englischen Hitparaden gezischt sei. Der japanische PKW, knappe zehn Jahre alt, fährt mittlerweile mit über hundert Stundenkilometern. Das ist nicht ungewöhnlich, auf dieser verlockend geraden Strecke durch den Rohrer Wald gibt es immer wieder eklatante Geschwindigkeitsüberschreitungen.

Der Radiomoderator sagt gerade einen Song von Hot Chocolate an, als das Auto nochmals beschleunigt. Auf einmal bricht es nach rechts aus. Doch dann, kurz bevor das Fahrzeug dem mit hohem Gras und niederen Büschen bewachsenen Randstreifen gefährlich nahe kommt, ruckt es wieder zurück und hält die Spur.

Der Mann im Radio erzählt von »Emma«, dem ersten großen Hit der Band Hot Chocolate. Das Lied handle von einer Schauspielerin, die den Durchbruch nicht schafft und daraufhin Selbstmord begeht. Plötzlich zieht das Auto wieder nach rechts und bricht ungebremst ins halbhohe Gehölz zwischen Straße und Wald. Ein Moment der Zerstörung und des Chaos 'stört die Ruhe des Waldes. Mit einem schrecklichen Knall fährt das Auto geradewegs an den Stamm eines

Nadelbaums. Ein hässlicher, fetter Laut, als sich das Blech zusammenschiebt, ein Kreischen von Metall auf Metall, der Motor heult auf, bevor er verstummt, ein Bratzen und Bröckeln, als die Windschutzscheibe des Autos zerbricht.

Das Autoradio wird von der Stromversorgung gekappt, Errol Brown, der Sänger von Hot Chocolate, und seine Band verstummen. Der Fahrer, von unheimlichen Kräften auf den Lenker gedrückt, bewegt sich nicht mehr. Er sitzt da, den Kopf gesenkt, den Körper verdreht, zerdrückt, sein halblanges Haar ist geschmückt von glänzenden Glassplittern. Außer ihm befindet sich niemand im Auto.

Beleidigt schütteln ein paar Bäume ihre Kronen und bedauern den Kollegen, in den sich das eiserne Untier verbissen und ihm unheilbare Wunden beigefügt hat. Ein Eichhörnchen steht bockstill auf einem Ast und schaut aufmerksam auf das noch zischende und röchelnde Ungeheuer.

Der Name des Verunglückten lautet Balthasar, genannt Balz Fischer. Die Polizei kann nichts Genaues über den Hergang des Unfalls sagen. Es gibt keine Hinweise auf eine Fremdeinwirkung. Die Leiche muss aus dem Wrack heraus geschweißt werden. Es war offensichtlich kein Alkohol im Spiel, auch kein Herzanfall. Möglicherweise ist der Lenker kurz eingeschlafen. Auf jeden Fall ist er viel zu schnell gefahren. Die Untersuchungsbehörden schließen die Akte mit dem Befund: selbst verschuldeter Unfall mit tödlicher Folge.

Fischers Mutter weint. Ihre Tränen fließen auch heute noch, wenn man mit ihr über den Autounfall redet, bei dem ihr zweiter Sohn gestorben ist. In der Familie wurde danach nie mehr groß über dieses tragische Unglück gesprochen. Oder Fischer hat das einfach alles verdrängt. Balz ist die sprichwörtliche Leiche im Keller der Familie. Fischer reicht seiner Mutter die erste Textilie, die er in die Pfoten kriegt, ein Geschirrtuch.

Sie lächelt unter Tränen und hängt das Tuch sorgfältig über einen Küchenstuhl, um ein Tempotaschentuch aus ihrer Schürzentasche zu kramen. »Iss endlich etwas, Bub, du schaust ja furchtbar aus. Diese Fasterei, die kann doch nicht gesund sein.«

Fischer murmelt Unverständliches und schielt sehnsüchtig auf seinen älteren Bruder Kaspar, der sich ein Stück Torte genommen und unter munterem Kauen noch mehr Kaffee nachgegossen hat. Am besten bricht Fischer hier und jetzt sein Fastengelübde. Die ersten hiesigen Erdbeeren leuchten so rot auf dem Kuchen, den seine Mutter gebacken hat. Aber wenn Fischer den fülligen Kaspar sieht, dann fühlt er sich plötzlich trotz seines Hungers ganz gut.

Unterdessen wieselt die Mutter um sie herum. Sie kann einfach nicht still sitzen. Auch mit fast 80 Jahren nicht. Ihre Unrast hält sie von weiteren Tränen ab. Nein, Fischer will keine Cremeschnitte und keinen Bienenstich. Er will auch kein Käse- oder Wurstbrot. Und schon gar kein Bier und kein Schnäpschen. Das stille Wasser ist ihm wirklich und wahrhaftig genug. Danke, Mama, danke!

»Balz ist umgebracht worden!« Das hat Melchior Fischer damals bei der Beerdigung zu Kaspar gesagt. Der hat ihn zweifelnd angeschaut und sich um seine beiden heulenden Kinder gekümmert. Die feine Lisa, die Lebensgefährtin von Balz, und ihre gemeinsame Tochter, die kleine Hera, waren nicht zum Begräbnis gekommen. Fischer ist sich damals absolut sicher gewesen, dass Lisa auf irgendeine Weise verantwortlich für den Tod des armen Balz war.

Kaspar, der Älteste und Vernünftigste der Brüder, hat während der Trauerfeier geredet. Vom Schmerz der Eltern, die ihr Kind begraben müssen. Von der Grausamkeit des Geschehens sowie dem Unverständnis über das Ende eines hoffnungsvollen Lebens von einem, der sich stets für die Schwachen und Benachteiligten eingesetzt habe.

Melk Fischer, bereits in Basel wohnhaft, war nur widerwillig zur Abdankung nach Aarau gekommen. Er hätte Kaspar für dieses Gesülze am liebsten eine reingehauen. Aber seine Mutter stützte sich mit letzter Kraft am Arm seines Vaters. Fischer betrachtete dessen starres, hartes, aber doch schon gebrochenes Gesicht genau. Er war sich plötzlich nicht mehr sicher, ob er seinen Vater wirklich so verabscheute. Sein Hass hatte sich im Schmerz aufgelöst.

Einige unauffällige Schattengestalten, Hippies oder Punks, Genossen von Balz, trieben sich auch auf dem Friedhof herum. Dann sah Fischer, wie Verena den von der Rede würdevoll in den Schoß der Familie zurückschreitenden Kaspar umarmte und ihn lange so festhielt. Verena, seine zweite große Liebe, war jetzt die Frau seines ältesten Bruders. Was für ein grauenhafter Witz! Die restliche Beerdigung lief nur noch in Zeitlupe ab. Die Geräusche drangen merkwürdig verzerrt an Fischers Ohr. Schwere Regentropfen schlugen auf die Erdhaufen neben dem Grab ein. Schwere Tränen. Er betrank sich an diesem Tag wie selten in seinem Leben und konnte nicht mehr eruieren, wie er wieder zurück nach Basel gekommen war.

Nach dem tragischen Tod von Balz wurden mehrere Kisten mit seinen Büchern, Platten, Kassetten und Ordnern hier in Kaspars Haus eingelagert. Fischer wurde immer wieder daran erinnert, weil seine Mutter viel später noch über die herzlose Lisa klagte, die weder auf der Beerdigung gewesen war, noch sich um irgendetwas gekümmert habe. Der Vater und sie hätten alle diese Sachen ausräumen müssen, weil Lisa samt Tochter plötzlich verschwunden gewesen sei.

Fischer vermutet, dass im Nachlass von Balz, bei all dem alten Zeug, dem Papierkram, noch Schriftliches vorhanden sein müsste über den Widerstand gegen das Atomkraftwerk, das er für seinen Katalogbeitrag brauchen könnte. Balz hatte damals wie um sein Leben geschrieben. Fischer hatte es jeden Tag miterlebt in der Wohngemeinschaft, in der er sich als Teenager ganz selbstverständlich herumtrieb. Balz saß stundenlang an der Schreibmaschine. Verfasste vor allem Artikel für die nationale und internationale linke Presse, über die unheiligen Zusammenhänge von Atomkraft und

Kapital, von Staat und Atomwirtschaft. Seine ständigen Leserbriefe wurden im rechtsbürgerlichen, reaktionären Aargauer Tagblatt längst nicht mehr abgedruckt. Aber Balz schrieb und schrieb. Ein gewaltiger Papierausstoß, ein Taifun an Wörtern, die die vernebelnden Wolken über der Wahrheit vertreiben, das Böse verjagen sollten. Fischer war unendlich stolz auf seinen Bruder gewesen.

Nun jedoch wäre es schön, wenn in den Schriften von Balz auch persönlichere Notizen, individuellere Einsichten als der ewige Politkram enthalten wären. Heutzutage muss es menscheln im Text, Fischer braucht Emotionen, Liebe, Verzweiflung, Hoffnung, Tod und Teufel. Etwas, das ein Aufhänger sein könnte für diesen Katalogtext, den er schreiben soll. Er könnte Balz beispielsweise als Prototyp des herzensguten, romantischen, jedoch auch handfesten AKW-Gegners besingen und bejubeln. Balz, der zwar diesen trockenen Politkram geschrieben, nebenher aber geheime Aufzeichnungen verfertigt hat von der Gebrochenheit des modernen Helden, vom Rasen und Rauschen des Blutes beim Widerstand gegen den Staat. Nun ja, vielleicht verlangt Fischer zu viel. Eigentlich weiß er von vornherein, dass er so etwas sicher nicht finden wird im Estrich.

Fischer berichtet, dass er einen Beitrag über den seinerzeitigen Widerstand gegen das Atomkraftwerk Gösgen schreiben soll und erfährt von seiner Mutter, dass sie und Kaspar vor geraumer Zeit ziemlich viel von dem alten Kram weggeworfen hätten. Bücher und Broschüren. Stockfleckiges altes Zeug. Pläne. Zeitschriften. Balz muss ein obsessiver Sammler gewesen sein. Nur Handschriftliches und Getipptes sowie Zeitungsartikel seien noch gelagert, oben auf dem Dachboden, in ein paar Bananenkisten. Und Briefe!

Mutter Fischer laufen schon wieder die Tränen über die Wangen. Kaspar, der Bär, steht auf und nimmt sie in die Arme. Es sieht komisch aus, wie Therese Fischer strampelt und zappelt in der mächtigen Umarmung ihres Ältesten. Nach Luft japsend schimpft und schluchzt sie.

Fischer hat heute keine Kraft mehr, diesen Nachlass zu sichten. Er wird noch einmal herkommen, nächste Woche, um den Inhalt der Kisten zu untersuchen. Er setzt sich zu seiner Mutter, ganz nah, und hört ihr zu, wie sie von ihren Enkelkindern erzählt, vom Sonnenschein ihrer alten Tage. Selbstverständlich fragt sie nach Tim und Rebecca, die sie schon so lange nicht mehr gesehen hat. Fischer erschrickt. Seine Kinder. In den Ferien. Gut geht es ihnen. Prima. Er gibt Auskunft, stockend nur, denn er merkt, dass er selbst nicht so viel weiß über seinen Nachwuchs. Aber bevor er alle Schuld auf seine Exfrau abschiebt, verabschiedet er sich überstürzt von seiner Mutter und von seinem Bruder.

6

Zurück im Vorort geht Fischer erst einmal zur Polizei, um den Diebstahl seines Fahrrads zu melden. Er muss ein Protokoll anfertigen lassen, damit ihm die Versicherung ein neues Velo bezahlt. Mittlerweile hat er aber selbst schon wieder einen Drahtesel gekapert, ein schnittiges Herrenfahrrad, das unabgeschlossen an einer Bushaltestelle herumstand. Damit radelt er hin zum schmucken Polizeiposten inmitten des Dorfes. Er stellt das Vehikel in gebührendem Abstand ab und betritt die Amtsstube. Dort ist alles so ruhig, als ob das Verbrechen endgültig abgeschafft worden sei. Kein Mensch am Empfangsschalter. Erst nach ein paar Minuten tritt ein fülliger Uniformierter kauend und schluckend aus einem Nebenzimmer. Er kommt Fischer bekannt vor. Kann es sein, dass er ihn schon im Almagellweg gesehen hat, wie er dort mit einem Hund an der Leine durchmarschiert ist? Ist der Polizist einer der bedauernswerten Hundebesitzer, die mit ihrem vierbeinigen Liebling auf Gassi gehen müssen, bei Wind und Regen, frühmorgens und spätabends? Geschieht ihm recht!

Umständlich setzt sich der Uniformierte, bringt seinen Bauch in Position und drückt auf dem Keyboard eines Computers herum. Fischer sagt ein freundliches Grüezi, das ihm nur ein Knurren einbringt. Der Polizist tippt weiter, schluckt dabei und stöhnt bei jedem Tastendruck, als ob das eine Riesenarbeit wäre. Er erhebt sich wieder und zieht umständlich sein Jackett aus. Er hängt es an den Bürostuhl, sinkt auf diesen nieder und probiert noch mehr Tasten an seinem Computer aus. Dann schluckt er wieder und wartet. Endlich scheint sich ein befriedigendes Resultat abzuzeichnen. Ein zweites Knurren bedeutet Fischer schließlich, sein Anliegen vorzubringen. Die Aufnahme des Diebstahlprotokolls dauert eine gute Stunde. Die Finger des fülligen Polizisten wandern alles andere als flink über die Tastatur. Beim Geburtsdatum nennt Fischer seine Geburtsstadt Aarau.

Der Polizist blickt auf und sieht Fischer strahlend an: »Aarau? Was für eine schöne Stadt. Da habe ich meine Karriere begonnen. Eine ruhige Stadt. Früher jedenfalls. Ach, Aarau!«

Fischer ist sich nicht so sicher, ob er antworten soll. Auch bei der Tatortadresse Almagellweg wird der Hemdsärmelige lebhaft. Seine rote Nase leuchtet sowieso, sein Blick wird interessiert und forschend.

»Klarer Fall von Kriminaltourismus. Zigeuner wahrscheinlich«, sagt er und seufzt dabei, als ob das gesamte Gewicht der Welt auf seinen Schultern liege: »Auch hier, im ruhigen Vorort, ist nicht mehr alles sicher, das kann ich Ihnen durchaus sagen.«

Fischer erklärt, dass er eigentlich in der Stadt wohne, nicht am Almagellweg. Er hüte nur ab und zu das Haus seiner Exfrau, während der Abwesenheit der Bewohner. Ein etwas komplizierter Sachverhalt, sozusagen ein Fall von verminderter Sesshaftigkeit, meint Fischer lächelnd, aber der Polizist zeigt keine Gemütsregung. Er korrigiert stöhnend ein paar Zeilen und schnarrt plötzlich, dass er Korporal Bärtschi Erwin heiße und als Auskunftsperson bereit stehe, sollte es Probleme mit der Versicherung geben. Dann ist es eine gute Minute ganz still, bis Fischer sämtliche Telefonnummern angibt, über die er irgendwie zu erreichen ist.

Der Polizist tippt sie säuberlich ein. Als Nächstes vernimmt Fischer die Frage, ob es ein Rennrad gewesen sei, oder möglicherweise gar so ein teures Bikedings, Mountain oder so?

Fischer schüttelt den Kopf und antwortet: »Ein normales Cresta«, worauf der Polizist lediglich wiederholt: »Zigeuner«! Es nütze auch das Abschließen des Fahrrads nichts. Hopp, in den Lieferwagen und ab über die Grenze, nach Westen damit. »Ziemlich sicher Zigeuner«, murmelt der dicke Polizist und wieder gelingen ihm drei Anschläge.

Fischer ist am Dieb selbst nicht interessiert. Ihm geht es vor allem um die Versicherungssumme. Sein alter Freund Werner, mittlerweile Inhaber eines florierenden Bike-Shops, hat ihm das nun gestohlene Fahrrad ja praktisch geschenkt, dazu aber eine großzügige Rechnung und Quittung ausgestellt. Wenn Fischer die Summe abzüglich Selbstbehalt in Händen hält, dann wird der pekuniäre Druck wieder ein paar Tage von ihm gewichen sein.

»Gipsy Kings, ay ay ay ay!«, summt der immer noch tapfer tippende Korporal Bärtschi plötzlich gut hörbar, doch recht falsch in der Tonlage.

Fischer grinst, doch dann hört er sich selbst summen: »I was only seventeen when I fell in love with a gipsy queen.« Uriah Heep, die langhaarige Pathos-Band aus den 1970er-Jahren, deren Orgellastigkeit man gerne verfiel. Der erste Hit der Gruppe hieß ›Gipsy Queen‹. Das war Theklas Song. Wenn Fischer ihr den ins Ohr summte, dann wurde sie weich und willig. Sie hatte tatsächlich etwas von einer Zigeunerkönigin. Mandelaugen blitzten, ein Dunkelbraun, in das man hineinstürzte, und Fischer wehrte sich nicht gegen das Versinken darin.

Thekla Ribeiras Eltern waren Teil einer Völkerwanderung in die wohlhabende Schweiz gewesen. In den frühen Sechzigerjahren des 20. Jahrhunderts war Vater Ribeira aus dem Alentejo ins Land gekommen, um den Tiefbau-Unternehmen beim Bau der Schweizer Autobahnen zu helfen. Zuerst durfte der Portugiese nur allein einreisen, als sogenannter Gastarbeiter und Saisonnier. Erst später, nachdem er sich als Arbeitskraft bewährt hatte, durfte er seine Frau und die damals fünfjährige Thekla in die Schweiz nachholen.

Im Mai 1967 arbeitete Vater Ribeira beim Bau der allerersten Schweizer Autobahntankstelle Kölliken, am eben eröffneten Teilstück Oensingen-Hunzenschwil der A1. Die mobilen Hoffnungen in der Schweiz waren groß. Die Politiker und Wirtschaftsfachleute befürchteten gar, dass die Eidgenossenschaft im Herzen Europas schnöde umfahren werden würde, wenn man keine Schnellstraßen quer durch das Land anlegte, mindestens bis hin zu den Alpen. Schon vier Jahrzehnte zuvor hatte sich eine schweizerische Vereinigung zwecks Förderung des Baus einer Autostraße von Basel bis zur italienischen Grenze gegründet. Mitte der 1960er-Jahre kostete das Benzin 40 bis 50 Rappen der Liter und die neueste Errungenschaft an den Tankstellen war der Münztank, wo man für ein paar Fünfliber eine Füllung bekam.

Als ein Bagger zu früh seine Ladung fallen ließ, ging Vater Ribeiras linkes Bein unterhalb des Knies drauf. Danach fand er als Schulhausabwart einen neuen Job. So kam Thekla nach Aarau und in Fischers Blickfeld.

Er seufzt in süßer Erinnerung und erntet einen unverständigen, ja mahnenden Blick von Korporal Bärtschi Erwin. Der füllige Polizist überreicht ihm das Protokoll schließlich zur Unterschrift.

Zurück im Almagellweg sieht Fischer zuerst die Scherben des hohlen Steins, das ehemalige Versteck für den Hausschlüssel. Verdammt, diese Pendenz hat er ganz vergessen. Die Trümmer muss er wegräumen und vor allem schnell einen Ersatzstein besorgen. Wo gibt es so ein Ding zu kaufen? Das wird sich im World Wide Web finden lassen. Er stellt das seinerseits gestohlene Fahrrad ab, geht ins Häuschen und wird auf einen Schlag unendlich müde. Er kann kaum noch stehen, gähnt bis zur Maulsperre und macht es sich bequem. Er liegt da und kann doch nicht einschlafen. Er hört den Wagen der Müllabfuhr vorbeirumpeln, dann knattert das Mofa des Postboten daher. Die durchdringende Stimme der Hausmeisterin von gegenüber übertönt kurzzeitig das Keckern der Elstern, die hier gleich im Pärchenverbund auftreten. Dann rauscht schon wieder der Regen und schafft einen gleichmäßigen akustischen Hintergrund. Es geht alles seinen Lauf. Der Alltag spielt sich ab. Fischer ist ganz Ohr, er kann das Geschehen akustisch einordnen. Es passiert das, was passieren muss. Der tröstliche Soundtrack eines gewöhnlichen Tages. Nichts stört. Fischer fühlt sich geborgen. Er wird hierbleiben. Die letzte Nacht in der Stadt, in seiner Zweizimmerklause im Waschbetonblock, die hat ihm gereicht. Neuerdings wohnt eine Studentenwohngemeinschaft im Nachbarhaus, haltlose junge Menschen, die auch das schlechte Wetter nicht davon abhält, im gemeinsamen Hinterhof lautstarke Partys zu feiern. Und wenn es im Freien wirklich zu feucht wird, feiern diese elenden Hipster auf ihrem Balkon weiter, normalerweise bis in die frühen Morgenstunden. Fischer aber braucht seinen Schlaf, jetzt mehr denn je.

Zwei Stunden später steht er einigermaßen erfrischt wieder auf, um den gerade expropriierten Drahtesel in die Garage zu stellen. Er wird das Fahrrad später zu Bike-Werner bringen, um es ein bisschen aufzupeppen oder vielleicht einzutauschen. Als er das Garagentor schließt, sieht er Rebeccas Katze, die ihn aus sicherer Entfernung beobachtet. Fischer lockt sie, doch das Tier hebt nur die linke Pfote und versucht – bei seiner Leibesfülle einigermaßen erfolglos – mitleiderregend auszusehen. Dieser Katzenblick ist nichts als Berechnung. Fressen wird verlangt. Eine Gegenleistung ist nicht vorgesehen! Fischer ergibt sich in sein Schicksal, geht ins Haus und füllt den Napf auf der überdachten Terrasse mit glibbrigen, stark riechenden, undefinierbaren Stücken aus einem blauen Plastiktütchen. Der schauderhafte Duft umwallt Fischer. *Pressed Rat and Warthog*. Ihm wird schlecht. Er lehnt sich gegen die Hauswand und atmet tief durch. Langsam geht es ihm wieder besser. Die Katze sieht in kurz mitleidig an und widmet sich dann ihrem Futter. Auf Fischer warten Trinkmolke, Tee und möglicherweise ein Tässchen Fleischbrühe. Nein, Gemüsebrühe. Fünf Kilo hat er nun schon dank seiner Fastenbemühungen abgenommen. Der Hunger hat sich ganz tief in sein Inneres zurückgezogen und nur manchmal grollt und grummelt er dort, aber eher schoßhündisch als wölfisch.

Das Telefon klingelt. Fischer erwartet keinen Anruf. Es werden wohl eine Versicherungsvergleichsanstalt oder ein Telekommunikationsgrundversorgungsanbieter sein, die ihn Geld sparen lassen und ihm das Leben erleichtern wollen. Er hebt ab. Die Stimme am Telefon ist nicht so forsch professionell wie erwartet. Fischer versteht zuerst kein Wort. Wer ist am Apparat? Bärtschi? Wer? Ach so, Korporal Bärtschi Erwin, Polizeiposten Vorort. Es geht um das Diebstahlsprotokoll. Der dicke Bulle hat bei Fischers Geburtsjahr 1858 ins Formular geschrieben. Das könne doch nicht stimmen. Nein, das stimmt in der Tat nicht. Fischer verspricht, die hundert Jahre auf seinem Protokolldoppel sofort nachzukorrigieren. Der Polizist hustet und meint dann, dass er noch eine dringliche Information habe. Der Almagellweg nämlich gehöre zur bevorzugten Zone der Schlafzimmerräuber.

Schlafzimmerräuber?

Auch die Dämmerungseinsteiger seien in so einem stillen Teil des von eher Wohlhabenden bewohnten Vororts immer aktiv, das dürfe man nicht unterschätzen. Die kriminelle Energie dieser Diebe sei einfach unglaublich, setzt der Polizist kurzatmig noch einen drauf.

Dämmerungseinsteiger?

Fischer bedankt sich bei Korporal Bärtschi und nimmt sich vor, die beiden Wörter, die er soeben gelernt hat, bei nächster Gelegenheit wiederzuverwenden. Als es langsam dunkel wird, verspürt er eine gewisse Nervosität. Zuerst schiebt er sie aufs Fasten. Die demütig genossene Gemüsebrühe liegt ihm etwas schwer im Bauch. Dann ertappt Fischer sich dabei, wie er sich beim Fernsehen plötzlich im Sessel umdreht, um einem möglicherweise hinter ihm stehenden Kriminaltouristen die Handkante auf die Nasenwurzel zu schmettern. Fischer geht sogar so weit, die Verandatür zu kontrollieren, ob sie wirklich abgeschlossen ist. Als er später tatsächlich noch ums Haus geht, erstrahlt die Schockbeleuchtung am Nachbarblock. Also hier ist alles voll abgesichert. Schlafzimmerräuber und Dämmerungseinsteiger haben keine Chance.

Fischer geht regenfeucht zurück ins Häuschen und weiß nicht so recht, was er jetzt tun soll. Für seinen Text mit dem fantasielosen Arbeitstitel »Atomkraft – nein danke!« fällt ihm nichts ein. Den schiebt er schön vor sich her. Immerhin arbeitet es in ihm. Schon bedrängen ihn wieder Erinnerungen an diese Zeit, seine Jugend. Kein Wunder, denn wenn Fischer versucht, in seine Zukunft zu sehen, dann muss er sich mit Schaudern wenden. Also zurück in die Vergangenheit.

Er setzt sich ans Notebook und sucht die Band Hot Chocolate auf Youtube. Ja, da ist alles vorhanden, was er braucht. Süßeste Seele. *Emma Emmeline. I'm gonna make you the biggest star this world has ever seen.* Errol Brown, der glatzköpfige Sänger mit dem voluminösen Schnauzbart. Fischer fällt das Spielsystem der Band auf. Zwei hinten, drei vorne. Offensiver Soul-Disco. Da wird nicht auf Defensive gespielt, da werden keine langen Pässe versucht. Da steht man im freien Raum und nimmt den Ball an, um ihn sofort weiterzuleiten: drei Farbige, zwei Weiße. Wie die Equals, eine seiner liebsten Bands aus den Sechzigerjahren. Eddy Grant und Co. ›Viva Bobby Joe‹ und ›I won't be there‹, auch das hat Fischer in seiner kurzen Karriere als Schul-DJ oftmals aufgelegt. Aber das Publikum wollte lieber die schaurigen Spitzenreiter der aktuellen Hitparade, um sich ungelenk auf der Tanzfläche zu verrenken. Oder sie verlangten nach einem widerlichen Stehblues als Vorwand, ihre Körper aneinander zu reiben und heimlich zu betatschen. Bis auf Verena, die Göttliche. Für die gab es nur Hot Chocolate. Sie interessierte nur die Musik, nicht die Band, von ihr aus konnte auch ein Roboter Schlagzeug oder ein Eichhörnchen Gitarre spielen. Musik sei zum Tanzen da, nicht um sich darüber Gedanken zu machen. Typisch Mädchen. Keine Ernsthaftigkeit im Popdiskurs. Für Fischer war Rock und Pop und Rumtata die Welt, das waren *seine* Säulen des Herkules, seine Überrollbügel in der grausamen Realität der zweiten Hälfte des 20. Jahrhunderts. Rockmusik hatte ihm seine Jugend vergoldet, seinen Intellekt befeuert, und er war stets begierig darauf, dieses süße Seelenflattern zu bekommen, welches ihm ein guter Rock'n'Roll-Song bescherte. Auch heute noch!

So erschienen ihm Verenas Anmerkungen zu Hot Chocolate als windig, sogar blasphemisch, aber sie war seine Freundin und große neue Liebe nach Thekla. Ja, Fischer lobte als liebeskranker Opportunist Verenas diesbezügliche Meinungen über den grünen Klee, um sie eventuell zu mehr Intimität zu erweichen. Verena stand – wie alle guten Frauen damals – auf ernsthaften Diskurs, und Fischer laberte hormongequält herum, dahin gehend, wie wichtig die subjektive Sicht sei und der Gebrauchswert der Songs und dass man die Popgötter von ihrem Thron stürzen müsse. Aber derlei Politgequake oder theoretisches Gesülze wollte Verena nicht hören, jedenfalls nicht allzu lange. Ihr stand der diskursive Sinn vor allem nach der Erörterung von Zukunftsaussichten. Aber auch Fragen nach dem Sinn des Lebens fanden ihr Wohlwollen. Fischer schickte sich in sein Schicksal und versuchte, fein und sensibel zu sein. Das Gute im Menschen galt es zu beschwören. Verena war dann seinem Zärtlichkeitsbedürfnis und seinen Zudringlichkeiten gegenüber bedeutend aufgeschlossener. Fischer durfte sie ab und zu in ihrem Zimmer besuchen und über Nacht bleiben. Nicht, dass es orgiastisch geworden wäre. Beileibe nicht! Sie redeten nicht nur, aber sie redeten viel. Verenas Eltern duckten sich weg, wenn Fischer kam. Er war durchaus ehrerbietig und keinesfalls unverschämt, das hätte er sich niemals erlaubt. Es kam einfach zu gar keinem Kontakt. Verenas Eltern schienen sich vor Fischer zu verstecken, so als ob er ein Eindringling aus der fremden Welt da draußen war, der nur Unglück und Chaos in ihren Schlupfwinkel brachte.

Doch Fischers Liebe zu Verena hatte keine Chance. Sie war eindeutig zu gut für ihn. Zu ernsthaft. Zu ... einfach alles! Sie schob ihn schließlich ganz langsam weg, vorsichtig, Schritt um Schritt trieb sie ihn sozusagen ab. Unaufhaltsam ging sie auf Distanz. Fischer suchte die Schuld bei sich selbst. Er versuchte verzweifelt, sich zu ändern. Das war gänzlich vergebene Liebesmüh. Fischer war einfach noch ein Kind, er konnte sich gar nicht ändern, weil da gar keine Substanz war, er konnte gar nicht anders, als oberflächlich, lächerlich und verzweifelt liebeshungrig zu sein. Von diesem tragischen Verlust behielt er sein Leben lang ein übersteigertes Schuldbewusstsein.

Außerdem suchte er damals für sich allerlei Entschuldigungen für Verenas Verhalten und hielt eine ganz kleine Flamme der Hoffnung am Leben. Er wollte nicht wahrhaben, was allzu offensichtlich war: Sie wollte einfach nichts mehr mit ihm zu tun haben. Dann stand Fischer plötzlich mit abgesägten Hosen da. Er heulte zum Steinerweichen. Zum Felsenzerbersten.

Der zerbrochene, hohle Felsbrocken fällt ihm wieder ein. Gleich morgen wird das erledigt. Nein, heute, Mitternacht ist ja schon vorbei. Fischer klappt den Computer zu und geht zu Bett. Er legt sich auf die Schlafcouch in der guten Stube im Erdgeschoss. Von der Terrasse her sieht ihm die Katze dabei zu. Sie müsste noch mal gefüttert werden. Aber es ist schön, so flach zu liegen. Sich anzuschmiegen an die Polster. Fischers Hirn rotiert, quasi im Leerlauf, während sich der Schlaf anschleicht. Seine Kinder lachen lauthals in seinem Kopf, als sie schöne Steine suchen am Fluss im Tessin. Die letzten gemeinsamen Ferien der Familie im Tal der hundert Täler. Sie bauen Steinmänner und alles ist noch so im Gleichgewicht wie diese Skulpturen. Una famiglia, ma che bella! Rebecca und Tim, seine Kinder, die wie zwei strahlende Sonnen auf ihn zukommen. Gemeinsam suchen sie in den Felsen nach dem Schlüssel für das Häuschen klein. Dann sieht Fischer vor seinem inneren Auge, wie das Gesicht seiner Mutter versteinert, nachdem er ihr gestanden hat, dass Katharina und er sich trennen werden. Dabei schläft Fischer schon tief und fest.

7

Kaspar Fischer, der Älteste:

Mein Bruder Melk war nicht angetan davon, dass ich seine Freundin geheiratet habe. Also die Exfreundin. Ich weiß nicht einmal, ob Verena in diesem Sinne je seine Freundin gewesen ist. Nicht lange und nicht so richtig, das hat sie mir erzählt. Jedenfalls habe ich die Ex-Angebetete meines damals wie heute schwer pathetischen und heftigst romantisierenden Bruders geehelicht. Gut möglich, dass das ein schwerer Schlag für den guten Melchior war. Aber eigentlich war sowieso Balz sein großer Bruder, nicht ich. Nun, das ist jetzt nicht etwas, was mich am Leben verzweifeln lassen hat. Ich war froh, damals so schnell wie möglich aus Aarau wegzukommen. So wie später auch Balz und Melchior. Da war eine konstante Fluchtbewegung, eine Abwanderung in dieser Familie vorhanden. Nach dem Tod unseres Vaters hat sich die Nervosität gelegt und Melk und ich kommen jetzt einigermaßen gut miteinander aus.

»Irgendjemand hat Balz umgebracht«, hat er zu mir gesagt am Begräbnis unseres Bruders. Ich hätte es eher so formuliert: »Irgendetwas hat Balz umgebracht!« Aber mein jüngster Bruder war felsenfest davon überzeugt, dass es eine leibliche Täterschaft geben muss. Wie und weshalb, darüber konnte er auch nichts sagen. Ich hatte

eher das Gefühl, dass es ein Unfall war. Weiß der Teufel, was Balz im Auto in die Quere gekommen ist, vielleicht ist er am Steuer eingeschlafen, vielleicht war er doch betrunken. Möglicherweise hat er nur mit Promille den ständigen Knatsch mit seiner Freundin Lisa ertragen. Dass die beiden ständig Krach hatten, das hab sogar ich gewusst.

Der gute Balz hatte einige Charakterzüge unseres Vaters geerbt. Er war auch so starrsinnig, so eingepackt in einen Panzer, der das Ich vor der bösen Umwelt schützen sollte. Feinde ringsum! Als kleiner Szenekönig hier im überschaubaren Aarau hatte Balz die Wahrheit gepachtet. Er war eine Führungspersönlichkeit der hiesigen Bürgerinitiative gegen das Atomkraftwerk, zugleich ein Autonomer oder ein Anarchist, was immer man von solchen Bezeichnungen und Qualifikationen heute halten will. Wir hatten nur wenig Kontakt, nachdem ich ins Ausland geflüchtet war. Von Balz kam alle halbe Jahre ein Brief über irgendwelche politischen Fragen. Was Persönliches stand eigentlich nie drin. Auch nicht, dass er mit dieser Lisa ein Kind bekommen würde. Er hat mir nie geschrieben, dass er Vater wird, immer nur so Politkram. Theorie. Er hat lange von der Besetzung dieses Atomkraftwerksgeländes in Gösgen geschwärmt, eine Aktion, die prompt von den ultralinken Parteien versaubeutelt wurde. Damals wurden die gutgläubigen Demonstranten ins Tränengas getrieben und geopfert, um zu zeigen, wie böse die Polizei und der Staat sind. Damit dann alle Opfer dieser Brutalität Wunden leckend zu den Linksparteien abwanderten. Bei der Pseudobeset-

zung des AKW-Geländes ist einer umgekommen, fällt mir grad ein. Irgendein Unfall mit einem Zug oder so. Der Tote hatte auch einflussreiche Eltern hier in Aarau, wie Lisa, die Freundin von Balz. Komische Frau, das! Aus zu guten Verhältnissen. Großbourgeoisie!

Apropos Frau, zum ersten Mal gesehen hab ich Verena irgendwann um 1980 herum in der Wohngemeinschaft eines Freundes im Zürcher Kreis 4. Sie studierte und hatte als amtierende Schneekönigin das schönste und größte Zimmer der gemeinschaftlich genutzten Fünfzimmerwohnung belegt. Ich war zu Besuch in der Schweiz, das war während der Jugendunruhen. Ich sollte für ein deutsches Politperiodikum etwas darüber schreiben. Ich also zu Frank, einem Bekannten vom Gymnasium, der in Zürich lebte. Wir hatten immer noch Politkontakt. Früher gab es das ja noch: Politkontakt! Das Überbleibsel von der Forderung, keine Trennung von Politischem und Privatem zu kennen. Internationale Solidarität und so. Ich saß also mit Frank in der Küche und wir salbaderten über die politische Relevanz dieses Zürcher Teenager-Aufstandes gegen die blankgeputzte Stadt und ihre noch blankgeputzteren Kulturtempel.

Plötzlich taperte ein schon älterer Typ herein und fummelte am Kühlschrank herum, ohne ihn aufzubekommen. Das Ding war so ein altes amerikanisches Modell mit einem Klapphebel an der Tür, ziemlich massiv und schwer, ein Stromlinienbaby. Der ratlos auf den Kühlschrank stierende Mann versuchte, den Hebel nach rechts und nach links zu drücken. Nichts. Er hätte den Hebel einfach zu sich heranziehen müssen. Dem Typen standen mittlerweile die wenigen Haare zu Berge, doch Frank und ich kamen gar nicht auf die Idee, ihm zu helfen. Wir saßen einfach am Küchentisch und beobachteten stumpf und ungerührt den Mann vor dem Eiskasten. Der versuchte noch einmal vergebens, den Hebel zu bewegen, brummte anschließend irgendwas in seinen nicht vorhandenen Bart, blickte sich dabei aber nicht um und bat uns auch nicht um Hilfe. Dann schlich er wieder ab. Eine Minute nach dem fruchtlosen Besuch dieses Mannes in der Küche tauchte Verena auf. Sie hat Frank bloß kalt angeschaut, sodass selbst mir ein bisschen flau dabei geworden ist, hat den Kühlschrank aufgehebelt und ist mit einer Flasche Mineralwasser zurück in ihr Zimmer gerauscht. Ich hab nur gedacht: Verdammt, was ist das für eine Klassefrau!

Frank hat mir dann erzählt, dass der ältere Typ der berühmte Otto Friedrich wäre, der erfolgreiche Schriftsteller. Die Verena habe was mit dem. Mit so einem alten Zausel. Der war damals schon gut 50 und gut doppelt so alt wie die Verena. Kurz darauf hat dieser Friedrich, ein ausgeprägt liberaler Gutmensch, so einen Roman über die ökologische Bewegung geschrieben, etwas naiv und kitschig und pathetisch, und dabei hat er es sich mit den literarischen Gralshütern des Landes gründlich verscherzt.

Verena habe ich ohne Otto Friedrich bei einem Besuch in Aarau kennen gelernt. Am Bahnhof stolperte ich über eine Tasche, die eine junge Frau gerade aus dem Schließfach geholt und auf den Boden gestellt hatte. Ich landete auf allen Vieren und dann entschuldigte sich nie-

mand anderes als Verena bei mir. Ich habe sie sofort wiedererkannt und sie gleich darauf angesprochen, aber sie konnte sich nicht mehr an diese Kühlschrank-Geschichte in der Zürcher WG erinnern. Ich war auf jeden Fall hin und weg. Wir haben dann kurz nach dem tödlichen Unfall von Balz geheiratet, man könnte sagen, um meine Mutter zu trösten, die Kinder folgten. Erst später hat mir Verena gestanden, na ja, erzählt, dass sie vor langer Zeit ein Techtelmechtel mit meinem jüngsten Bruder gehabt hat.

8

Ein Pfund Schweinsvoressen in einem Brattopf im Öl anbraten, mit Pfeffer, Nelkenpulver und Salz würzen, herausnehmen. Den Zucker, etwa 100 Gramm, in einer Fleischpfanne hellbraun karamellisieren, ein Pfund vorher eingeweichte Dörrbirnen hinzufügen und im Karamell wenden, mit zwei Gläsern Most oder Weißwein ablöschen. Das Fleisch zufügen, aufkochen, bei schwacher Hitze gut eine halbe Stunde köcheln lassen. 700 Gramm festkochende Kartoffeln schälen und in Würfel von drei Zentimeter Kantenlänge schneiden. In den Brattopf geben und etwa 20 Minuten köcheln lassen, bis die Kartoffeln weich sind. Erst am Schluss die Erdäpfel mit dem Fleisch und den Birnen vermischen. Dann …

Fischer erwacht. Er hat geträumt. Real und farbig. Laut und deutlich. Er erinnert sich genau. Vor lauter Fasten und Hungern träumt er schon ganze Kochrezepte zusammen. Notabene eine Mahlzeit, welche üblicherweise als typisches Regionalgericht aus Aarau und Umgebung gilt. Ein Gericht mit dem schönen Namen Schnitz und Drunder. Fischer hat Hunger. Trost ist ihm lediglich die Waage in Katharinas Bad, die mit einem künstlichen Piepsen anspringt, sobald er sich draufstellt. So wie der Zeiger auf der Skala bei einer zweistelligen Zahl auszittert, hat er tatsächlich bald sein Kampfgewicht wieder.

Als er die Post aus dem Briefkasten holen will, sind seine Plastikschlappen vor der Tür verschwunden. Hat die auch jemand gestohlen? Es waren nigelnagelneue Flipflops. Bequem von Anfang an und schön schwarz. Zieren sie jetzt die Füße eines Kriminaltouristen aus dem nahen Ausland? Fischer atmet tief durch. Wahrlich, das Verbrechen regiert in diesem Vorort. Weil es gerade nur tröpfelt aus dem ständigen Himmelsgrau, wagt er sich barfuß und in Boxershorts hinaus. Die hohe Hecke des Nachbargrundstücks und allerhand Gebüsch und Gebäum verdecken ihn. Um diese Zeit ist der Almagellweg meist menschenleer. Fischer sieht plötzlich einen seiner Flipflops gleich neben dem Briefkasten. Der Riemen ist entzwei. Er ist eindeutig zerbissen. Schwarze Plastikstückchen liegen herum. Es sieht ganz so aus, als ob ein Tier dafür verantwortlich wäre. Muss wohl schon länger fasten, das Vieh, wenn es Plastik frisst, denkt sich Fischer. Er hört Stimmen. Beschämt schaut sich Fischer um, ob ihn denn nun jemand in diesem unzureichenden Aufzug gesehen hat. Er späht um die Hecke. Ein paar ältere Damen, darunter diese Frau Graf, stehen zwei Blocks weiter und diskutieren lautstark. Fischer sieht nur, dass es um einen großen, grauen Haufen geht. Er schaut genauer hin. Es ist ein Abfallsack, der offensichtlich aufgerissen worden ist. Irgendwelches Zeug liegt auf der Straße verstreut, Papier und anderer Unrat. Fischer geht zurück ins Haus. Das geht ihn nichts an.

Er zieht sich an, macht sich wetterfest und holt das Fahrrad aus der Garage, um in die Stadt zurückzufahren. Er stülpt einen frischen Plastiksack über den feuchten Sattel, steigt auf und kommt ungefähr zehn Meter weit.

»Der Fuchs!« Fischer erschrickt, als er das hört. Er bremst, fällt fast vom Fahrrad und kann sich gerade noch auf den Beinen halten. Die Stimme, die gerufen hat, kennt er.

»Der Fuchs war das!«, erklingt es wieder. Frau Graf steht da, gleich hinter der Hecke. Auf der Lauer.

»Der Fuchs ist ein schlauer Bursche. Der kommt aus seinem Versteck am Bahndamm und reißt die Abfallsäcke auf, die schon am Abend vorher an die Straße gestellt werden. Das weiß wirklich jeder, dass das nicht erlaubt ist, und dass man den Abfallsack erst am Morgen an der Straße deponieren darf.« Frau Graf sieht Fischer vorwurfsvoll an, als ob er an allem schuld wäre. »Der Fuchs ist unser neuer Nachbar, mein Herr. Er erobert sich neue Gebiete. Schauen Sie ruhig mal nach, ob sie im Garten nicht einen Fuchsbau haben.«

Gut, meine Dame, möglicherweise hat der Fuchs meine Flipflops gefressen oder verschleppt, denkt Fischer. Er hebt die Arme wie zu einem päpstlichen Segen und sagt beruhigend: »Eine richtige Schweinerei ist das, genau!«

Dann tut es Fischer in der Nase weh. Es riecht süßlich, faulig. Es ist ein überwältigender Geruch, der ihm ins Gehirn sticht. Ein olfaktorischer Schrei. Das Aroma des Todes. Es riecht nach verrottetem Fleisch. Irgendjemand in der Nachbarschaft deponiert sein Gammelfleisch im Abfall. Kein Wunder, wird da der Fuchs gickerig. Auch Reineke kennt sicherlich das unfreiwillige Fasten, trotz der guten Jagdgründe, die er hier hat.

Doch Frau Graf reißt ihn aus seinen Gedanken. »Ein schönes neues Fahrrad haben sie da. Hat die Versicherung schon gezahlt?«, fragt sie ganz unschuldig. Fischer denkt, dass es mit der sozialen Kontrolle im Almagellweg etwas zu weit geht, setzt sich nach einem kargen Abschiedsgruß wieder aufs Fahrrad und lässt nach ein paar Minuten, in denen er ordentlich in die Pedale getreten hat, den Vorort hinter sich. Auf der Brücke über den Fluss hat sich dann das Wetter wieder so weit besonnen, einen heftigen Regenguss auf Fischer und die Welt loszulassen.

Mendota erwartet ihn in der Bar, die dem Literaturhaus angegliedert ist. In dieser Stadt hat die Literatur kein solides Standbein in der Geldaristokratie oder im vermögenden Bildungsbürgertum. Mäzene und Sponsoren für den Text sind selten. Hier in Basel können Schriftsteller noch so richtig schön darben. Arm und umso kreativer sein. Nichtsdestoweniger gibt es eine lebendige, wenn auch kleine Literaturszene, die allerdings eher im Privaten gedeiht. Das gefällt dem großen Anreißer Mendota nicht so sehr. Er will mehr Lärm und Rambazamba in der Literatur, weiß aber nicht so recht, wie er stille Bücher zu großen Lautsprechern aufblasen kann.

Fischer nippt an einem Kamillentee. Er nickt nur müde zu Mendotas Ausführungen und zupft an seinen regennassen Hosen herum. Es ist heiß in dieser Bar, die feuchte Wärme raubt Fischer den Atem. Er kann kaum mehr die Augen offen halten. Gleich schnarcht er weg, er muss sich zusammenreißen. Was erzählt der alte Mendota da bloß wieder für uninteressantes Zeug? Er, Fischer, will lediglich wissen, ob er für seinen Beitrag zu diesem Atomkraftwerk-Kunstkatalog das Honorar im Voraus beziehen kann. Nicht nur seine Hose, auch er ist klamm. Er braucht das Geld, und wenn er dann überhaupt etwas schreibt, so wird es eine Hommage an Balz, er wird seinem Bruder ein literarisches Denkmal setzen. Aber nun ist er, Fischer, eindeutig zu müde, um den Redestrom Mendotas zu unterbrechen. Der legt gerade erst los:

»Ein undankbares Gesocks sind diese jungen Literaten. Und typisch schweizerisch dazu, eine Kulturbande, die verzwergt auf einem Holzboden herumhüpft, bewusstlos und bewusstseinslos zu den Klängen der Stipendien und des Kulturgeldes aus Helvetias Kassen. Verwalsert ist diese Bande, im schlimmstmöglichen Ausmaß verwalsert. Der Gehülfe feiert wieder Urständ. Der am Leben verzweifelnde Kleinbürger, der Prototyp des Hosenscheißers ist wieder da als Romanheld, ein Typus, den Dünnpfiff, mangelnde Aufstiegschancen und geistige Unzulänglichkeit plagen. Der kleine Angestellte, der in der Zentralbank das Geld des südamerikanischen Diktators zählt und dabei stolz aufs Bankgeheimnis verweist. Was uns sagen soll, dass die Pest nicht die großen Bonus-Zwacker, sondern die subalternen Wadlbeißer sind. Dabei weiß der Gehülfe, dass das Leben so groß sein kann. Er lebt ja, zumindest in der Fantasie seines Schöpfers, nur für die Ahnung und scheue Sehnsucht: Wenn er nur ein einziges Mal, nur ein allereinziges Mal … doch jetzt ist es zu spät! Himmelarsch, und Autoren und Autorinnen tragen stolz diese lange Nase der Kleinwerkliteratur vor sich her, den Pinocchio-Zinken der Kreativwalserwriting-Seminare in diesem Land, die Auszeichnung für angewandten Eskapismus!«

Um Himmels willen! Fischer kann das nicht mehr hören, dieses Genöle. Aber Mendota schimpft sich erneut in sein Bewusstsein hinein: »Fast noch schlimmer ist die Kulturjournaille, grad was die Literatur betrifft. Von einem sehr bequemen Minderwertigkeitsbewusstsein gegenüber inländischem Schaffen getragen, vervielfachen diese quer gefickten Schnallen …« Mendota stockt und räuspert sich, als ob er sich für dieses schlimme Schimpfwort schämen würde.

Fischer ist auch etwas aufgeschreckt, aber er ist nicht sicher, ob er dieses Votum überhaupt richtig verstanden hat. Hat sein Kumpel jetzt »sehr bedrückte« oder »schwer gebückte« gesagt? Oder vielleicht auch »hehr beglückte« oder gar »fair gepflückte Schnallen«? Und war das Substantiv wirklich »Schnallen« oder nicht doch »Schabracken« oder »Schaluppen«? Fischer ist nur noch müde.

Aber schon legt der Kollege wieder los: »Lassen wir dieses elende Pack in Ruhe, bringt ja nix! Ich bin glücklicherweise kein eingetragener Bürger dieses Landes, denn die Helvetische Konföderation ist pompös auf dem Weg nach unten in die Hölle. Nicht nur literarisch.

Auf diesem Gebiet nimmt, nicht zu Unrecht, mittlerweile schon gar keiner mehr die Schweiz wahr. Auch sonst ist der Zusammenbruch, das Ende nah. Die atomare Rauchwolke hängt schwer über dem Land. Die führenden Politiker, was für Charaktermasken und armselige Karikaturen sind das bloß! Und das Volk, dümmer als Brot, maßt sich die Demokratie an. Über jeden Dünnpfiff wird abgestimmt. Das Volk hat immer recht. Ha, sag ich da nur! Und wie sich die Schweiz bei internationalen Kontakten und Geschäften gerade anstellt, das ist absolut zum Verzweifeln. Man muss ja im Ausland Angst haben, wenn man dort für einen Schweizer gehalten und deswegen angepöbelt oder leicht misshandelt wird. Ihr Schweizer gehört zu den wirklichen Verdammten dieser Erde. Aber ihr seid letztendlich selber schuld an eurem Elend!«

Diese Beschuldigungen kennt Fischer aus den Medien, die gierig auf jeden masochistischen Zug aufspringen. Er kann nichts dafür, Angehöriger einer Nation zu sein, die viel zu spät erkannt hat, dass sie nichts Besonderes ist. Er schafft es aber nun, Mendotas Monolog zu unterbrechen. Beim Wort Vorschuss runzelt sein Kollege jedoch die Stirn. Hm, hm. Ob Fischer denn heißes Material für den Aarauer Katalog gefunden habe? Etwas Neues, Aufsehenerregendes? Mendota lehnt sich über den Tisch, zu Fischer, der gerade einen kleinen Aufruhr im Magensäuregebiet bekämpfen muss, da die Kellnerin mit einem Teller Pommes Frites aus der Miniküche der Bar kommt und einem soignierten Herrn auftischt. Dieser unsensible Gast nimmt die große Portion umgehend in Angriff. Goldgelb leuchtet die in Öl frittierte Kartoffel. Und wie das duftet! Fischers Innereien schreien verzweifelt um Hilfe in alle Richtungen.

»Das ist übrigens Hans Eugène Habich, der neue Literaturkritiker des hiesigen Intelligenzblattes«, wird Fischer ins Ohr geflüstert. Mendota deutet mit dem Kopf und rollt dabei vielsagend mit den Augen. Fischer sieht, dass der Mann gerade einen einsamen Kampf mit der Flasche Ketchup ausficht, die sich ums Verrecken nicht öffnen lassen will. Wenn er mit der Literatur auch so leidenschaftlich umgeht wie mit dem kantigen Fläschchen, dann besteht Hoffnung, denkt sich Fischer und unterdrückt ein Rülpsen.

Plötzlich stehen zwei kleine Gläser mit einer herrlich klaren Flüssigkeit auf der Theke. Fischer schaut Mendota fragend an.

»Zwei Zibärtle, um unseren Pakt auf alle Ewigkeit zu beschließen, unser Deuteronomium, dem wir uns besinnungslos, Pardon, bedingungslos unterwerfen. Gesetz sei Gesetz, Abkommen sei Abkommen auf Tafel oder im Glase, so soll dieser Schnaps notfalls unser beider Blut bedeuten«, gibt sich sein alter Freund recht kryptisch und trinkt sein Glas auf ex.

Wie unter Hypnose schüttet auch Fischer den hochprozentigen Schnaps in sich. Er keucht zuerst, als die Hitze sich in seinem Inneren ausbreitet. Dann spürt er einen wütenden Schmerz hinter seinen Rippen umherjagen. Ab diesem Zeitpunkt weiß er nichts mehr und wird frühmorgens am Tag darauf, eingewickelt in recht verbraucht riechende Bettwäsche, in seiner Stadtwohnung erwachen. Bei einem Blick in den Badezimmerspiegel wird Fischer auf seinem nicht mehr ganz weißen T-Shirt einen entsetzlich roten Fleck auf Herzhöhe entdecken, der sich aber schnell als harmlos und verursacht durch Tomatenketchup herausstellen wird.

9

Der Tau trieft von ihr, so frisch ist sie. Maria Irgendwas. Fischer hat ihren Nachnamen schon wieder vergessen. Er wundert sich, dass sie seinem wirren Ansinnen überhaupt Folge geleistet hat. Man hat sich nur ganz kurz beschnuppert, nach jenem wunderbaren Konzert der Combo mit dem außergewöhnlichen Namen Chumbawamba, bei dem die beiden Frauen und die drei Männer aus England so prächtig musiziert und a capella gesungen haben. Eine Band, die das alte Kampflied »Bella Ciao« so ergreifend interpretiere, müsse man einfach lieben, hat Maria Irgendwer nach dem Konzert gemeint und ihn, den begeistert dazu nickenden Fischer, anscheinend sympathisch gefunden.

Um seinen Schnaps-Kater zu bekämpfen, war er schon früh morgens unter die Dusche gegangen. Im lauen Wasserstrahl hatte ihn ein sehr körperliches Verlangen angesprungen. Zwangsläufig kam ihm die hübsche Maria in den Sinn, und so war er noch triefend nackt in seiner Wohnung herumgetrampelt, um ihre Handynummer zu suchen. Ein jäher Blitz in seinem übergenau arbeitenden Gehirn hatte ihn daran erinnert, dass er den betreffenden Notizzettel nicht im dringlichen Pendenzenhaufen und auch nicht im superdringlichen Stapel mit dritten Mahnungen und Einladungen zu Vernissagen mit ordentlichen Apéros ohne längere

Ansprachen abgelegt, sondern mit dem Magnet an der Kühlschranktür befestigt hatte. Dort fand sich die gesuchte Telefonnummer dieser Maria. Weil es – wie gesagt – noch früh am Tag war, hatte Fischer sie zum Frühstück eingeladen. Er erinnerte sich, dass sie bei ihrer ersten Unterhaltung etwas von selbstbestimmter Arbeitszeit gejubelt hatte. Erst nach dem Telefonat war ihm eingefallen, dass er noch fastete. Egal, dann würde er halt nur Tee trinken.

Tatsächlich sitzt Fischer nun der hübschen Maria Wieauchimmer im Hafen-Café gegenüber, und er weiß nicht so genau, was er mit ihr reden soll. Manchmal verschreckt er die Menschen mit seinem ungehobelten Zynismus. Aber dieses entzückende Wesen mit kurzen schwarzen Locken und dunklen Augen möchte er nicht schockieren. Sie lacht laut und scheppernd, als ihr Fischer sehr sensibel von seinen Fastenexerzitien erzählt.

Nein, das sei nichts für sie, sie esse für ihr Leben gern. In der Tat ist Maria Irgendwer gut beieinander, fast rundlich, allerdings befinden sich die Polster an den richtigen Stellen. Verträumt betrachtet Fischer sie.

Maria reißt ihn aus seinem visuellen Vergnügen. Sie erzählt mit einem entzückenden Lächeln, dass sie ihn, Fischer, kenne: »Wir haben im Fall schon zusammen zu tun gehabt. Du hast doch schon ein paar Mal an kulturellen Aktivitäten mitgemacht, die unser Quartiersekretariat mitorganisiert hat.« Maria beißt in ihr Croissant und redet mit vollem Mund weiter. Blätterteigkrümel, leicht wie Luft, landen auf Fischers Händen. Er bläst sie weg. Sternschnuppen. Maria erzählt kauend weiter, dass sie in ebenjenem Quartiersekretariat in Teilzeit arbeite. Sie könne sich gut an eine Performance von ihm, Fischer, erinnern, vor ein paar Jahren, als er bei einem Straßenfest zur Aufwertung des Quartiers die damalige Bauministerin der Stadt quasi angefallen habe.

Maria Dingsda lacht schallend, und Fischer stimmt mit ein. Jetzt kommt ihm dieses eher peinliche Geschehen in den Sinn. Als quartieransässiger Literat war Fischer eingeladen worden, sein poetisches Scherflein zum Allgemeinwohl zu leisten. Es handelte sich um eine von den städtischen Behörden ausgerichtete Feier zur Eröffnung der neuen Stadttangente, einer unterirdischen Autobahn. Diese sollte die Stadtquartiere auf der minderen Seite des Flusses von dem unangenehmen Durchgangsverkehr erlösen, also eine an und für sich löbliche Absicht und segensreiche Einrichtung. Dann aber waren gleich der dortige Einzelhandel und das Kleingewerbe auf die Barrikaden gegangen und hatten lauthals gejammert, dass mit den Autos auch die Kunden aus dem Quartier verschwinden würden. Nach dem üblichen politischen Hickhack war es zu einem gutschweizerischen Kompromiss mit einer Behelfsausfahrt gekommen, einem beschränkt geöffneten Ausgang von der Stadttangente in das offiziell verkehrsberuhigte Viertel. Diese Ambivalenz, dieses ätzende Sowohl-als-auch, diese elende Kompromisslerei wollte Fischer bei der offiziellen Feier literarisch und satirisch anprangern, doch erwischte er in seinem künstlerischen Leichtsinn zu viel vom Festwein und versteifte sich darauf, dass die zuständige Regierungsrätin ein heißer sozialdemokratischer Ofen sei, den es sofort anzubaggern gelte. Die Politikerin zeigte sich aber gar nicht interessiert. Das machte den promilleangereicherten Fischer erst recht wild. Also lallte und nuschelte er bei seinem Auftritt von Volksferne und Hosenscheißertum der städtischen Politik ins Mikrofon. Zum Glück hörte ihm da praktisch keiner mehr zu, denn die offiziellen Stellen samt Regierungsrätin, die Presse und eigentlich alle bis auf ein paar Quartierquartalssäufer hatten die Festbeiz schon verlassen. Jedenfalls erging an Fischer im Folgenden nie mehr eine städtische Einladung für irgendeine literarische Intervention seinerseits. So sind ihm wohl auch ein paar ordentliche Honorare durch die Lappen gegangen. An die rassige Maria kann sich Fischer in diesem Zusammenhang aber wirklich nicht erinnern.

Sie habe ihm damals 300 Franken Gage in die Hand gedrückt, und er sei praktisch über ihr zusammengebrochen, ob vor Rührung oder vor Alkohol, das wisse sie nicht, so meint die Hübsche und beißt in ihr zweites Croissant. Im Übrigen sehe er, Fischer, jetzt bedeutend besser aus als damals. Damals sei er tragisch verfettet und unattraktiv gewesen. Jetzt wirke er richtig sportlich. Sehr sportlich sogar. Das hört Fischer gern. Maria Irgendwas flirtet ganz offensichtlich mit ihm. Sie unterhalten sich gut. Maria lacht viel und gerne. Sie bestellt noch ein drittes Croissant. Fischer nimmt es mit Sorge zur Kenntnis, weil sein Magen beim Anblick dieses Nahrungsmittels wieder zu grummeln beginnt.

Dann tobt Marias Handy los. Fischer kennt den Klingelton. Ein Song von Chumbawamba: ›I never gave up!‹ Klassefrau, diese Maria Dingsda! Bei dieser Melodie kann Fischer aus vollem Halse mitsingen: ›I crawled in the mud, but I never gave up!‹

Sie müsse leider zur Arbeit, meint Maria, und versorgt ihr iPhone. Sie unterrichte auch noch Deutsch für Ausländer. Das wäre vielleicht etwas für ihn, lächelt sie Fischer an, sie würden dort immer fähige und der Sprache wirklich mächtige Leute suchen. Der Lohn allerdings sei Ehrensache.

Na klar doch, kein Problem, Geld spielt keine Rolle! Für diese Frau würde Fischer alles tun! Vorerst aber geht es ihm darum, ein neues Rendezvous ins Auge zu fassen. Man könne sich nach Fischers Fastenexerzitien gerne mal zum Abendessen treffen. Er erhält ein Versprechen und ein Visitenkärtchen: Maria Casaramone. Was für ein toller Name!

Fischer fühlt sich auf dem Gipfel seiner Macht. Der heftige Regen, der ihn zurück in seine Stadtwohnung begleitet, macht ihm nichts aus. Er wird sich ein schmales Süppchen einverleiben und weiterhin mager und attraktiv sein. Er vermeidet den Weg am Fluss entlang, dort blüht und wuchert die Busch- und Baumwelt, die ihm eine triefende Nase und rote Augen einbringt. Gierig strecken die mageren Birken Fischer ihre Blütenkätzchen entgegen. Haselnusssträucher in den Vorgärten werfen ihm ihre Pollen nach. Fischer geht durch die große Straße, die das Quartier durchquert. Das ist ebenjener Verkehrsweg, der durch die unterirdische Autobahn, die Tangentiale, eigentlich hätte verkehrsberuhigt werden sollen. Davon merkt man allerdings nicht viel. Autos röhren rauf und runter und es stinkt wie immer.

Schnell schiebt sich Fischer um mehrere unwirtliche Ecken. Bei Jimmy's Café-Bar hat der Betreiber schon wieder gewechselt. Das Etablissement heißt jetzt »Jackis' Kaffee-Stopp«. In barocken, schief gesetzten Klebebuchstaben kann der potenzielle Gast es samt falsch gesetztem Apostroph lesen. Nun gut, vielleicht kann auch dieser Jacki einen ordentlichen Espresso brauen. Fischer wird es demnächst testen, sobald er wieder Kaffee trinken darf.

Vor dem Kleinbasler Wohnblock, in dem er momentan etwas widerwillig logiert, scheint sich ein Drama abzuspielen. Fischer sieht Hausmeister Zimmermann mit seinem langen Strohbesen dastehen wie einen Ritter bei einem Lanzenturnier. Sein blauer Arbeitsmantel bläht sich, und seine Schiebermütze ist kampfeslustig hochgeschoben. ›The Big Zim‹ hält einen noch recht jungen Mann, Typ Student der formalen Logik, in Schach. Der Nerd blickt wild um sich, um eine Fluchtmöglichkeit aus dem engen, umzäunten Hof vor dem Hauseingang zu finden. Aber jede seiner Bewegungen wird von der Besenlanze verfolgt, jeder Fluchtversuch vereitelt.

»Fahrräder stehlen gibt's bei mir nicht!«, hört Fischer den Hausmeister grollen, der den seiner Meinung nach Verdächtigten mit einem geradezu eleganten Besenstich halb zu Boden schickt.

»Nicht schon wieder mein Fahrrad als Diebesbeute«, denkt Fischer und stellt sich neben den Majordomus, um ihm gegebenenfalls bei der Festnahme des Studenten zu helfen. Dieser aber hat es offensichtlich auf ein teures Mountainbike abgesehen. Allerdings beteuert er weinerlich und die vom Besen getroffene Schulter massierend, dass das sein Fahrrad sei, welches ihm gestohlen worden wäre. Zufällig habe er es im Vorgarten hier gesehen und mitnehmen wollen. Er hole gerne die Polizei, der er diesen Sachverhalt jederzeit beweisen könne, weil er den Diebstahl vor ein paar Tagen auf dem Posten gemeldet habe und ein diesbezügliches Protokoll existiere.

Ein Leidensgenosse, einer, der ebenfalls an der Veloentwendung leidet. Fischer spürt, dass dieser Verzweifelte die Wahrheit spricht. Er möchte ihn umarmen, wie einen gepeitschten Karrengaul. Und auch wenn Zimmermann nun grollt, dass in diesem Wohnblock sicher keine Fahrraddiebe wohnen würden, so ist ihm doch Fischers Sukkurs abhanden gekommen. Der Hausmeister legt schließlich den Besen weg, zückt sein Handy und spricht sehr vertraut mit einem Beamten des nächsten städtischen Polizeireviers. Es dauere aber jetzt seine Zeit, bis der zuständige Schugger die Sache aufklären komme, meint Zimmermann, sieht dabei Fischer strafend an und bedeutet dem Jüngling, sich vorerst aus dem Vorgarten zu entfernen und das Mountainbike stehen zu lassen.

Fischer zuckt mit den Achseln, schnieft, lächelt dem vermeintlichen Fahrraddieb aufmunternd zu und eilt ins Haus. Im Briefkasten viel Schrott und ein Brief. Die Schrift vorne drauf kennt er. Eine sorgfältig hingetintete Altherrenschrift. Im Briefumschlag befindet sich ein Zettel. Zwei Zeilen stehen dort:

Nächtlich am Busento lispeln,
bei Cosenza, dumpfe Lieder
Aus den Wassern schallt es Antwort,
und in Wirbeln klingt es wider!

Darunter eine Telefonnummer. Fischer weiß sofort, dass Cosimo Faller ihm diesen Brief gesandt hat. Der emeritierte Professor für Ur- und Frühgeschichte hat ein Faible für kryptische Nachrichten. Und der Alte hat einen Narren an ihm gefressen. Fischer weiß gar nicht warum. Er hat einst, vor gut 25 Jahren, dem Privatdozenten Faller zugehört bei seinen Auslassungen über die Kelten in der Schweiz. Kam die Rede auf die berühmte Schlacht von Bibracte, wo die Römer die Helvetier besiegten, lief der Professor stets zu Hochform auf und beschimpfte Julius Cäsar als üblen Geschichtsfälscher. Diese Vorlesungen waren besser als Kino. Faller schäumte und spuckte und seine Studenten liebten es.

Fischer hat sich damals in mehreren Disziplinen der Historie und der Sprache getummelt, aber die großen Herausforderungen nahm er lieber nicht an. Wurde eine Arbeit zu aufwendig, gab er auf. Wenn es ihm heute gut geht, dann tröstet sich Fischer damit, dass ihm sein Universitätsaufenthalt zu einem soliden Wissen für ausreichend Gesprächs- und Diskussionsstoff in allen Lebenslagen verholfen hat. Wenn es ihm nicht so gut geht, dann bereut Fischer, dass er keinen Universitätsabschluss hat.

Öffentlich würde er das nie zugeben. Heute geht es ihm gut. Und so erkennt er die beiden Gedichtzeilen sofort. Die sind von August von Platen. Karl August Georg Maximilian Graf von Platen-Hallermünde war ein deutscher Dichter zu Beginn des 19. Jahrhunderts, ein schwülstiger Romantiker. Fischer mag ihn nicht, vor allem, weil dieser Graf von Platen Krach mit seinem lyrischen Hausgott Heinrich Heine hatte. Der war von Platen als Jude denunziert worden, worauf Heine den Dichtergrafen als Homosexuellen geoutet hatte. So ging das früher zu unter Dichtern.

Fischer hat sich bei diesem Platen-Gedicht immer über das Bild von den lispelnden Liedern amüsiert. Aber er hat keine Ahnung mehr, wie der Text weitergeht. Was hat diese Botschaft wohl zu bedeuten? Soll er den alten Geschichtsprofessor gleich anrufen? Nein, Fischer hat noch andere, bedeutend dringendere Pendenzen. Morgen wird er wieder nach Aarau fahren, um die Schriften aus dem Nachlass seines toten Bruders Balz anzuschauen. Das macht ihm genug zu schaffen. Fischers Mut sinkt auch deswegen gleich wieder, weil er immer noch keine Idee für seinen Beitrag zu diesem Museumskatalog hat und dass er sich dabei an die Hoffnung klammert, zwischen altem Papierkram von der Muse geküsst zu werden. Vielleicht sollte er sich vorderhand besser mit der Alten Geschichte befassen.

Der gewesene Professor Cosimo Faller, Abkömmling einer reichen und alteingesessenen Basler Familie, ist ein furchtbarer Chaot. Ein zäher, sehniger Greis, der immer noch kerzengerade steht und dessen letzte

Haare sich wie elektrisiert um sein Haupt gruppieren. Mit Vorliebe kleidet er sich in verfilzte Wollpullover und ausgebeulte Cordhosen und tappt auf knarzenden Budapestern durch die Welt. Er schaut nicht nach links und nach rechts, er geht immer geradeaus und alles, was er anpackt, gerät üblicherweise sofort zur Katastrophe. Mit Vorliebe schmiedet er irrwitzige Pläne für von vornherein zum Scheitern verurteilte Unternehmungen. Faller ist eigentlich ein Abenteurer des 18. oder des 19. Jahrhunderts, ein verschrobener Held aus einem Jules-Verne-Roman, der sich ständig auf imaginärer Schatzsuche befindet und an der realen Welt der Jetztzeit völlig desinteressiert ist. Außerdem ist der Alte ein bisschen labil, weil er zu gerne bittere Liköre und Digestivi trinkt. Vor allem dann, wenn er wieder an einer seiner Unternehmungen scheitert.

Für Fischer ist nicht unwichtig, dass aus dem Fallerschen Familienvermögen jederzeit der eine oder andere große Schein abfallen kann, wenn Fischer dem Professor bei seinen Hirngespinsten zur Hand geht. Also schaut er wegen dieses Platen-Gedichts nach. Er setzt sich an den Computer und holt mit wenigen Clicks August von Platens Werk auf den Bildschirm. Das gesuchte Gedicht heißt »Das Grab im Busento« und ist 1828 erstmals publiziert worden:

Und den Fluss hinauf, hinunter
zieh'n die Schatten tapfrer Goten
Die den Alarich beweinen,
ihres Volkes besten Toten

Allzu früh und fern der Heimat
mussten sie ihn hier begraben
Während noch die Jugendlocken
seine Schultern blond umgaben.

Der selbstverständlich blonde Gotenkönig Alarich sei mitsamt seinem Schatz unter dem Fluss Busento, bei der Stadt Cosenza in Kalabrien, von seiner Waffen-SS begraben worden. Das behauptet der Poet. Dieser berühmte Schatz der Westgoten wurde nie gefunden. Unter den Preziosen muss auch das legendäre Tempelgold aus Jerusalem gewesen sein, weil dieser Alarich und seine Krieger im August des Jahres 410 das große Rom erobert und ausgeraubt hatten. Die Römer ihrerseits hatten nach der Einnahme Jerusalems 70 nach Christus von dort das Tempelgold mitgehen lassen. Da kennt sich Fischer aus, das weiß er noch von seiner Beschäftigung mit der Völkerwanderung und anderen frühgeschichtlichen Exerzitien.

Und es sang ein Chor von Männern
»Schlaf in deinen Heldenehren!
Keines Römers schnöde Habsucht
soll dir je dein Grab versehren!«

Ach ja, erst den Römern den Schatz klauen und dann so etwas Selbstgerechtes von sich geben. Typisches Verhalten von alten Germanen! Faller ist aber doch eigentlich Spezialist für die hiesigen Kelten, jene Eingeborenen, die einst die helvetischen Landstriche bewohnten und den Römern Paroli boten, deren Erforschung mangels schriftlicher Zeugnisse gar so schwierig ist. Was hat der leicht weggetretene Althistoriker denn nun mit den von der Völkerwanderung angespülten Westgoten zu tun? Fischer wird mit Faller bald einmal einen Kräuterlikör trinken und sich mit ihm unterhalten müssen. Über den Gotenkönig Alarich und seinen Schatz. So wie es aussieht, hat der Ex-Professor eine aufsehenerregende Aktion im Sinn.

10

Fischer stiefelt schon wieder durch das feuchte Schweizer Mittelland. Man sieht heute noch, dass dieser Landstrich noch bis ins Jahr 24.000 vor Christus, während der letzten großen Eiszeit, unter einer dicken Eisschicht gelegen hat. Seit dieser Zeit taut, trieft und tröpfelt es, ist es nass in dieser Stadt. Die Gebäude längs der Aarauer Bahnhofstraße gleichen gewaltigen, dunklen Schwämmen. Jederzeit können sie sich vollsaugen und anschwellen und den Rest der Stadt zerdrücken. So wie die in ihnen residierenden Banken schon seit gut 150 Jahren immer wieder eine kleine oder größere Existenz zerquetscht haben.

Fischer ist ganz leerer Magen, aufgebrochen aus seiner Stadtwohnung mit dem ganz leeren Kühlschrank. Er stolpert den Weg am Aarauer Kunsthaus hoch. Heute muss er für diesen vermaledeiten Katalog fündig werden. Heute muss er stark sein, sich nicht vom Gespenst des toten Balz vertreiben lassen. Fischer braucht das Geld. Seine einzige andere Option ist der alte Faller. Doch das bedeutet unkontrollierbares Chaos und noch elendere Umtriebe.

Das Fasten bringt Fischer noch um. Aarau und der Regen sowieso. Wispernd umspielen Rinnsale seine Knöchel, zwischen seinen Zehen strömt es hindurch, die Flut steigt um seine Füße und will ihn zu Fall bringen. Feucht kriecht es ihm die Waden und Schienbeine hoch. Heimtückisch durchweicht die Nässe den Grund, auf dem er steht. Langsam zieht es ihm den Boden unter den Füßen weg.

Seine Mutter öffnet ihm. Klein und verwundbar steht sie da in der Tür. Sie hat geweint. Nun fährt sie sich übers Haar und schnieft. Müde sieht sie aus. In Fischer hat sich zuerst leiser Ärger über die Schwäche seiner Mutter geregt, schließlich ist er der verlorene Sohn, der waidwund nach Hause kommt und den es zu bemitleiden gilt. Doch das egoistische Gefühl schwindet sofort, ihm zerfällt das Herz. Was denn los sei?

Kaspar sei fort, wahrscheinlich bei einer anderen Frau. Ganz sicher sogar! Er komme kaum mehr heim zum Übernachten, bricht es aus seiner Mutter heraus. Die arme Verena! Fischer schüttelt den Kopf und nimmt scheu die kleine, trockene, knochige, raue Hand seiner Mutter in seine Pratzen. Er will irgendetwas Beruhigendes sagen, doch die plötzlich über ihn hereinbrechende Zuneigung zu dieser alten Frau raubt ihm alle Worte. Außerdem ist ihm gerade in den Sinn gekommen, dass Verena der Hauptgrund gewesen ist, dass er seinen Bruder und seine Mutter so selten besucht hat. Seine Schwägerin, seine große Teenager-Liebe, die ihn so schnöde abserviert hat. Noch etwas kommt ihm dabei in die vom Hunger vernebelten Sinne. Vielleicht sollte er jetzt für die Familienehre einspringen und Kaspars Stelle übernehmen. Fischer hat seiner Meinung nach immer noch eine sexuelle Rechnung mit Verena offen. Sie ist nach wie vor eine schöne Frau. Am Geburtstag der Mutter vor etwa einem Jahr hat Fischer sie das letzte Mal gesehen. Verdammt, hat seine Mutter denn schon wieder Geburtstag? Hat er den etwa vergessen? Verena wird sowieso immer attraktiver, je älter sie wird. Jede Falte an ihr stimmte, jedes Pölsterchen passte, hat er letztes Jahr gedacht. Dann war er aufgebrochen in das nahe gelegene Land des Alkoholrausches, um nicht mehr seiner Schwägerin und einer unerfüllten Vergangenheit nachtrauern zu müssen.

»Jetzt hör halt um Gottes willen auf zu fasten, Bub, du warst doch früher so ein guter Esser!« Fischers Mutter hat sich wieder gefangen. Energisch schiebt sie ihn in die Küche. »Du hast sicher Appetit. Du lieber Gott, was du immer essen konntest. Magst du eine Kleinigkeit?«

Sie hat leicht reden. Ein Mampfer war Fischer. Er erinnert sich an die mitternächtlichen Fressorgien bei einem Klassenkameraden an der Oberschule. Dessen Eltern hatten einen gut ausgestatteten Lebensmittelladen. Tagsüber keine feste Nahrung, dafür zwei Päckchen Zigaretten, abends im Restaurant »Affenkasten«, dem Treffpunkt der Aarauer Bohème, ein paar Biere geschnorrt. Nach der Polizeistunde dann eine Stunde im Freien, auf der Straße, vor der Beiz, wo man herumstand und angelegentlich verhandelte, ob noch irgendwo irgendetwas abging. Wenn nichts lief, war das Lebensmittelgeschäft seines Schulkollegen angesagt, der sich dem Verlangen seiner Kumpane nicht entziehen konnte, weil er sonst eine lausige Ratte gewesen wäre. Dort ging man ins Ladenlokal, holte aus den Regalen und haute dann in der geräumigen Küche zwei Dutzend Eier in die Pfanne, schnitt sanftrunde Käselaibe an und biss in knackige Würste. Der Magen als der große Diktator. Liebe geht lediglich durch ihn hindurch. Bis die Besitzer der Lebensmittelhandlung ihrem Sohn den Schlüssel für den Laden wegnahmen, weil die finanziellen Verluste anlässlich dieser Gelage zu groß wurden.

Die mitternächtlichen Orgien setzten sich andernorts fort: drei Kilo Spaghetti und fünf Dosen Pelati, versalzen wie die Hölle, damit man ordentlich dazu saufen konnte. Soupe au Gemüsefach, in die alles kam, was im Kühlschrank der Wohngemeinschaft, die spätabends noch beehrt wurde, vor sich hin welkte. Dann möglicherweise ein paar Knoblauchküsse zum Abschied. Ein Techtelmechtel im Zeichen der Zwiebelsuppe.

Ab und zu bot auch die Kommune von Fischers Bruders Balz letzte Zuflucht nach der Polizeistunde. Der große linksradikale Stratege blickte dann meist etwas säuerlich, wenn die wilden Rudel der jüngeren Kids in der ordentlich ausgestatteten Wohngemeinschaftsküche herumwirbelten und sich verpflegten. Aber selbstverständlich durfte er nichts dagegen sagen. Das wäre nicht cool gewesen. Beschissenes Besitzdenken wäre das gewesen. Bürgerlich! Außerdem spielte Lisa stets so eine Art Ersatzmutter für die jungen Wilden. Ärger und Eifersucht blitzten aus Balz, wenn er sich bemüht ruhig in der Küche aufhielt, um die Kontrolle nicht ganz zu verlieren. Dann ging er meistens doch grummelnd ab, und man hörte von ihm nur noch fernes Türschlagen.

Fischer hatte das damals nie so zur Kenntnis genommen, dass Balz und Lisa in dieser Beziehung so verschieden waren, dass da möglicherweise Konfliktstoff bestand. Er war immer nur stolz auf seinen großen Bruder gewesen, den Obermacker, den Chefanarchisten, den mit der von allen Jüngeren heimlich hoch verehrten Frau als Freundin.

Ein paar Wochen nach dem Tod von Balz hatte sich Fischer so weit gefangen, dass er sich noch einmal Überlegungen machen konnte, warum sein Bruder gestorben war. Er glaubte einfach nicht an einen Unfall, obwohl die Polizei von Sekundenschlaf als Ursache ausging. Nach Fischers Ansicht steckte da bedeutend mehr dahinter, nämlich Lisa. Ihre wie auch immer geartete Verwicklung in diesen Todesfall war offensichtlich. Sie, die nicht mal beim Begräbnis von Balz aufgetaucht war. Hatten sich die beiden getrennt vorher? Ein schrecklicher Gedanke hatte sich in Fischers Hirn eingenistet: Hatte sein Bruder vielleicht Selbstmord begangen? Nein, unmöglich, nicht Balz, der große, starke Balz, der die Welt ändern oder wenigstens aus den Angeln heben wollte. Fischer kam auf die bedeutend stringentere Idee, dass die Eltern von Lisa hinter all dem steckten. Diese Zurbuchens, die besonders feinen Leute von Aarau, die es nicht ertrugen, dass ihr Töchterchen mit einem Anarchisten herumzog und sogar ein Kind von ihm hatte. Die der Theorie anhingen, dass ihre Tochter die Eltern und deren Lebensstil lediglich ablehnte, weil sie unter dem unguten Einfluss dieses von Moskau, Peking oder Tirana gesteuerten Ideologen Balz Fischer stand.

Also wanderte Melchior Fischer über die Aarebrücke, stieg den Hungerberg hoch und wünschte, bei Zurbuchens vorgelassen zu werden, doch er wurde ohne Kommentar von einer Art Hausdame oder Hausdrachen abgewiesen. Die Herrschaften seien nicht anwesend. Er stieg in der Nacht über den Zaun, drängte sich durch eine Hecke, zertrampelte Blumenbeete, und konnte gerade noch flüchten, als aus dem Haus ein Hund heraushetzte. Dann schrieb er einen einigermaßen höflichen Brief an die Zurbuchens, dass er die Adresse von Lisa, seiner Schwägerin, brauche, weil im Nachlass von Balz noch Sachen seien, die ihr gehören würden. Auf diese nicht allzu raffinierte List antwortete der Anwalt der ach so vornehmen Familie mit diversen Drohungen. Lisa und Balz waren nicht verheiratet. Schließlich fügte sich Fischer den Tatsachen. Es unterstützte ihn auch niemand. Seine Mutter weinte gleich immer los, wenn der Name seines Bruders fiel, sein Vater war krank geworden und Kaspar und Verena waren in einer eigenen Blase.

Jetzt ist Fischer drauf und dran, das Stück Braten mit Kartoffelbrei, das ihm seine Mutter anbietet, zu akzeptieren. Aber nein, bald ist seine Fastenwoche vorbei, das wird er wohl noch schaffen. Dann denkt er an Verena und sieht sich wieder als Kontrastfigur zu seinem ältesten Bruder.

»Was soll das sein mit Kaspar? Der betrügt Verena doch nicht. Der ist beruflich weg oder so! Die Verena ist auch in den Ferien, oder?«

Kaspar treibe sich wieder in der Stadt herum, jammert seine Mutter. Die Stadt ist für sie nicht Aarau, sondern das 50 Kilometer entfernte Zürich.

Das sei absolut normal, Kaspar arbeite dort an der Universität, erwidert Fischer.

Seine Mutter hat wieder Wasser in den Augen und sagt dann ganz leise, dass alle ihre Söhne ihre Ehen versaubeutelt hätten. Sie wird lauter und klagt, dass gerade er, Melchior, eben sogar geschieden sei. An die Familienehre würde dabei niemand denken, auch nicht an die Kinder, sie würden einfach im Stich gelassen. Bei Balz und Lisa sei ebenfalls alles ungut gewesen, trotz der kleinen Tochter Hera. Und jetzt noch Kaspar, der hundertprozentig eine Affäre habe in Zürich. So etwas spüre sie einfach. Dieses Ungute! Die Stimme von Fischers Mutter wird ganz leise. Dann schnieft sie, dreht sich um, zieht eine Schublade der Küchenkombination auf und knallt sie heftig wieder zu.

Fischer wollte eigentlich etwas über die Katastrophe von Balz und Lisa erfragen, aber er muss jetzt erst seine Mutter trösten. Er streicht ihr über die dünnen, grauen Haare. Er steht ratlos da und hält die alte Frau, die ihrerseits nun an seinem Hemdkragen herumzupft und kritisch fragt, ob er, Melk, seine Hemden eigentlich selbst bügle? Dann seufzt Therese Fischer wieder tief und sagt ganz leise, dass die Verena und der Kaspar oftmals schrecklichen Krach hätten, sie höre das doch. Die Verena, die lebens- und reiselustig sei, und der Kaspar, dick und träge. Verena, die dies und jenes und das und …

Fischer versteht seine Mutter nicht mehr. Er hat plötzlich eine dicke Wolke im Kopf, ein taubes Gefühl im Hirn. Ihm ist, als ob Verena durch den Raum gehuscht wäre. Unsinn, nicht gehuscht, getanzt. Zu ›Hot Chocolate‹. Fischer sieht seine Schwägerin wieder im Auge des Hurrikans. Er sieht sich auf seinen endlosen Wanderungen durch diesen verfluchten Vorort von Aarau, in dem Verena gewohnt hat. Der Vorort mit dem Namen, der wie eine ansteckende Krankheit klingt. Fischer sieht sich niedergestreckt, im ewigen Regen. Die Eltern von Verena, die nichts sagen konnten, als ob man ihnen die Zunge herausgeschnitten hätte. Die sich gleich umdrehten, wenn er an der Tür ihres Einfamilienhäuschens läutete. Keine Verena. Nicht da! Umsonst all diese Gänge, diese Wallfahrten. Warum wird die Erinnerung immer schärfer, je weiter das Geschehen zurückliegt? Fischer reißt sich zusammen, er muss jetzt nach oben, auf den Dachboden. Er muss nicht in die eigene Vergangenheit, er muss in die seines Bruders Balz reisen. Da oben warten die Kisten mit dem Nachlass. Das, was von Balz noch übrig ist. Sein Geist. Seine Gedanken. Festgehalten in Schrift und Text. Hoffentlich!

In einer Ecke des Speichers sieht Fischer zwei Bananenkisten und einen abgeschabten Koffer stehen. In den Kartons liegen diverse Exemplare einer Alternativzeitschrift aus jenen Zeiten, die sich »Echolinde« nannte, nach einem Aussichtspunkt südlich von Aarau. Das Blatt ist längere Zeit von Balz im Alleingang herausgegeben und gedruckt worden. Außerdem ist da eine Sammlung von Flugblättern und Broschüren. Linksradikale Kostbarkeiten. Kinderkrankheiten. Dann gibt es auch eine abgeschossene Kartontasche voll mit Briefen und einen in hübsches rotes Leinen gebundenen Leerband. Fischer blättert darin, es scheint tatsächlich das Tagebuch von Balz gewesen zu sein. Es beginnt mit dem 1. Januar 1977 und dem lakonischen Eintrag: »Lisa, Lisa, Lisa«. Viel Text hat sein Bruder Balz nicht in sein Diary geschrieben. Immer nur Kürzestsätze über Lisa. Wegen Lisa. Für Lisa. Lisalisalisa!

»*Wir waren zusammen. Es ist so gut mit ihr. Ich habe ihr gesagt, dass ich keine Ansprüche an sie stellen werde. Ich liebe Lisa, sonst nichts. Wir haben lange und gut diskutiert. Ich verstehe sie jetzt. Sie braucht ihren Freiraum. Ich auch?????*

Ich liebe sie. Sie allein. Ich kann nicht so leben mit ihr. Wieso tut sie mir das an? Wir haben diskutiert. Ich verstehe sie jetzt besser. Sie hat ihre Bedürfnisse. Sie ist nicht mein Besitz! Was ist Freiheit?« So geht das seitenweise in diesem Tagebuch. Balz muss völlig von dieser Frau besessen gewesen sein. Fischer wird es ganz anders bei diesen Bekenntnissen.

»*Sie war doch bei ihm!*« Das steht auf einmal da, ganz groß und krakelig und dick und schwarz. Dann fehlen Seiten, viele Seiten, der ganze Mai 1977, der Juni auch, einfach herausgerissen. Das sieht man deutlich. Hat Balz das selbst entfernt und vernichtet? War ihm das Notierte vielleicht peinlich, als er es später noch einmal gelesen hat? Sommer 1977, das war die hohe Zeit des Widerstands. Am 25. Juni 1977 fand diese versuchte Besetzung der Zufahrtswege zum Atomkraftwerk Gösgen statt.

Fischer hält diese Lektüre jetzt nicht mehr aus. Diese Bekenntnisse drehen seiner Seele die Luft ab. Er schmeißt das Tagebuch in seine Reisetasche, zu den »Echolinde«-Jahrgängen aus jener Zeit und zum Karton mit den Flugblättern und Broschüren. Eine Mappe mit Briefen packt er auch ein. Zu Hause wird er das alles genau studieren. Obwohl ihm jetzt schon vor weiteren Entdeckungen graut. Balz, sein heroischer Bruder, so ein Weichei! Fischer niest, seine Nase beginnt zu laufen. Der Staub der Vergangenheit und der auf diesem Dachboden machen ihm zu schaffen. Die Mutter ruft hoch, ob er nicht doch noch etwas essen möge. Fischer ist es so schon schlecht vor lauter Lisa. Sein Magen revoltiert. Er muss weg aus Aarau.

Im Zug nach Basel kann er es dann nicht lassen. Er studiert gerade eine dieser linksradikalen Zeitschriften aus den Siebzigerjahren, als es in seiner Brusttasche brummt. Eine SMS: *Lust auf thailändische Küche? Es gibt ein neues Restaurant im Hafengelände, von dem alle schwärmen. Danach vielleicht Kino? Nächste Woche? Wie steht es denn mit der Fasterei? Fertig? Hoffentlich! Gruß und Kuss. Maria.*

Hopplahopp, diese Frau geht ran. Fischer ist begeistert. Die Gegenwart hat ihn wieder. Er schlägt das trostlose Alternativblatt mit dem verblassten, farbigen Kleinoffsetdruck zu. Einen Augenschaden kriegt man da beim Lesen. Tempi passati, weg damit! Dieses göttliche Weib. Maria Wieschonwieder. Genau, Casaramone. Was für ein Name. Sofort zerflattern die Schatten der Vergangenheit, die Leichen aus dem Keller und vom Dachboden zerfallen zu Staub. In seiner Erinnerung ruft Fischer sich Marias Körperlichkeit ab. Hurra, die Sonne scheint für ihn, obwohl der Regen an die Fenster des Eisenbahnwaggons prasselt. Fischer befährt den Juradurchstich. Auch auf der anderen Seite des Rumpfgebirges nur Niederschlag. Er meldet per SMS zurück, dass seine Fastenkur nur noch eine Sache von Stunden sei. Ab praktisch sofort sei er, Fischer, durchgehend begierig auf Thaifood. Maria Casaramones Antwort schlägt den Dienstagabend nächster Woche vor und Fischer bestätigt. So hat er noch Zeit, um seine Schlankheit zu konsolidieren und sich zugleich wieder auf feste Nahrung vorzubereiten. Thailändische Küche, puh, eine echte Herausforderung an einen Hungerkünstler, wenn sie hot und spicy ist.

Er geht in die unterirdische Fahrradgarage unter dem Bahnhof. Er ist absolut sicher, dass er seinen Drahtesel im Gang F abgestellt hat. Aber auch in E und G ist sein neu akquiriertes Fahrrad nicht aufzufinden. Eine Plastiktüte der besten Buchhandlung vor Ort war auffällig über den Sattel gestülpt. Fischer kann jedoch nichts finden, er sieht nur fremde Drahtesel. Da steht jedoch ein honettes Herrenfahrrad, tatsächlich nicht abgesperrt. Fischer nimmt das Veloziped mit, bevor es sich einsam fühlen kann. Vor seiner Stadtklause steigt er ab, das Rad stellt er vorsichtshalber in den Keller. Im Briefkasten liegt ein hochweißer, wattierter Briefumschlag. Daraus zieht Fischer ein Kärtchen.

Und den Fluss hinauf, hinunter zieh'n die Schatten tapfrer Goten. Sonntag 14 Uhr im Zunfthaus zur Elefan-

ten, Nähe Marktplatz. Es geht um alles. Eine Expedition. Ein aufsehenerregendes Abenteuer. Ein Schatz. Bitte pünktlich! Faller.

Herrje! Aus dem alten Kelten ist endgültig ein Gote geworden. Ein Westgote. Als Fischer noch einmal ins noble Couvert blickt, entdeckt er einen noch viel kleineren Briefumschlag. Der ist grade so groß, dass er die präzise zusammengefaltete Tausendernote aufnehmen kann. Ein erster kleiner Zuschuss für allfällig entstehende Unkosten, steht in zartem Bleistift auf dem Couvert. Der gute Faller. Fischer ist schon überredet und bereit zur Expedition.

11

Cosimo Faller, emeritierter Professor

Melchior Fischer, das ist mein Mann. Ein Getriebener, wenn Sie so wollen. Wie ich! Uns geht es um Abenteuerlust, Leidenschaft und Neugierde, alles beste Attribute des aufgeklärten historischen Subjekts. Der Mensch ist ein Suchender. Eher selten wird er dabei, nebenbei erwähnt, zu einem Findenden, aber das soll uns jetzt nicht weiter interessieren. Nur die Sucht nach Suche bringt uns voran, bringt uns weiter. Werfen Sie mir also keine Habsucht oder gar Gier vor, wenn ich jetzt von einem Schatz rede, von etwas möglicherweise exorbitant Wertvollem.

Es geht um den Tempelschatz von Jerusalem. Sie haben richtig gehört, das legendäre, das sagenhafte Tempelgold, das seit jeher durch die Literatur und die Wunschökonomien geistert. Jenes Gold befand sich im Keller des Zweiten Tempels von Jerusalem, mit dessen Bau die Juden nach der Rückkehr aus Babylonien im sechsten Jahrhundert vor Christus begonnen hatten. Dort wurde der Tempelschatz bis zur Einnahme Jerusalems durch die Römer unter Kaiser Vespasian und seinen Sohn Titus im Jahr 70 nach Christus aufbewahrt. Man weiß, dass der größte Teil nach dem erfolgreichen Krieg im Triumphzug nach Rom gebracht wurde. Insbesondere handelte es sich dabei um die berühmte Menora, den siebenarmigen Leuchter, der auf dem Podest des Allerheiligsten des Tempels gestanden hatte. Auch ein goldener Schaubrottisch, Geschirr aus Gold, wertvolle Schmuckstücke, die den Zweiten Tempel schmückten, all das nahmen die Römer mit und bunkerten es in der Ewigen Stadt. Gut möglich, dass sie das eine oder andere Stück eingeschmolzen haben. Das weiche Gold war die härteste Währung. Was dann noch übrig blieb vom Tempelschatz, das haben die Westgoten bei ihrer Eroberung Roms im Jahre 410, im August eines verregneten Sommers, geraubt. Alarich und seine Männer haben die Kleinode aus der römischen Staatskasse im Saturntempel auf dem Forum Romanum geholt und mitgehen lassen. Jordanes, ein gotisch-römischer Historiker, schreibt, dass Alarich, König der Visigothen, mit all dem Reichtum Italiens bis ins Land der Bruttii ganz im Süden Kalabriens kam. Von dort aus wollte er ins fruchtbare Afrika übersetzen. Aber mehrere seiner Schiffe sanken. Inmitten der allgemeinen Verwirrung verstarb Alarich ganz plötzlich. Seine Leute trauerten um ihn und bestatteten ihn im Flussbett des Busentus, nahe der Stadt Cosentia. Kriegsgefangene gruben mitten im Bett des umgeleiteten Flusses ein Grab, in dem Alarich mit vielen seiner Schätze beerdigt wurde. Dann leitete man den Fluss wieder in sein Bett und tötete all diejenigen, die um die letzte Ruhestätte des Gotenkönigs wussten. Ja, und da wartet das nicht unbeträchtliche Vermögen möglicherweise heute noch auf Entdeckung, wenn man diesem Jordanes glaubt. Stellen Sie sich vor, was das für ein exorbitantes Abenteuer sein könnte!

Fischer jedenfalls wäre in dieser Sache ganz sicher mein treuer Gefolgsmann. Den hält hier nichts, der bräche, so meine ich, lieber heute als morgen nach Süditalien auf, nach Cosento, wo der Busenza lispelt. Zu Alarichs Schatz! Mit bloßen Händen würde dieser Fischer notfalls graben. Der Mann ist begeisterungsfähig.

Alarichs Grab! Einer muss es ja finden! Wieso nicht ich? Und Fischer selbstverständlich. Er ist ein Mann, der durch alle Höhen und Tiefen des Lebens gegangen ist. Denken Sie ruhig, dass der alte Faller übertreibt, doch dieser Fischer ist genau der Richtige für so eine Aufgabe. Zufälligerweise weiß ich auch, dass er finanziellen Argumenten gegenüber äußerst aufgeschlossen ist.

Ich muss mich nun noch weiterer wissenschaftlicher Unterstützung versichern, Verbündete suchen, möglicherweise außerhalb der muffigen universitären Stuben. Aber gerade das ist in dieser Holzbodenschweiz ja so schwierig. Gesichts- und gewissenlose Krawattenträger in den Großbanken verschleudern das halbe Volksvermögen, dem abenteuerlustigen Forscher hingegen werden allerlei Hindernisse in den Weg gelegt. Und die Kollegen von der historischen Zunft lächeln nur nachsichtig, wenn ich vorspreche. Unwissenschaftliche Spekulation sei meine Suche. Ein Hasardspiel, der verantwortungsvollen Geschichtswissenschaft nicht würdig. Unverantwortlich sei es, dafür einen Forschungskredit zu erbeten. Diese elenden Philister! Diese armseligen universitären Staubwedel!

Doch gestatten Sie mir nun, dass ich mich jetzt zurückziehe, um mich meinem Schlummertrunk zu widmen.

12

Fischer ist wieder im Vorort. Er hat eine Auswahl an schriftlichem Material von Balz dabei, um es in Ruhe zu sichten und endlich ein paar Seiten für diesen Katalog zu schreiben. Außerdem muss er nachschauen, ob der ständige Regen etwaige Verwüstungen im Häuschen am Almagellweg angerichtet hat. Beim Nachbarblock hat sich ein See im Garten gebildet. Es gurgelt, platscht und rieselt. Täuscht Fischer sich oder springen da Fische? Miniaturdelphine. Kleinwüchsige Walhaie. Hopst da nicht der Frosch mit der Maske herum? Und das Moos kommt immer näher. Hat alle Nähte und Fugen zwischen den Steinen befallen, das Pflaster vor dem Haus überwältigt mit ungesundem Grün. Sternchen auf Stengelchen zittern im smaragdenen Flausch, der eilig über die befallenen Gegenstände wächst. Die Steinumrandung am Eingang. Verdammt. Der hohle Felsen, den er zertreten hat. Immer noch nichts diesbezüglich unternommen. Fischer schaut nach, ob er wenigstens alle Scherben entsorgt hat. Jetzt muss ein neuer Hohlstein her, bevor Katharina zurückkehrt und er den Schaden noch nicht wieder ersetzt hat.

Eine Gestalt in einem allumhüllenden grauen Regenmantel, einen Hund an der Leine, zieht zügig vorbei. Das Tier ist ganz dünn vor Nässe. Durch die feuchten Schleier sieht Fischer aufmerksam hin und denkt, dass dieser Hundehalter der Polizeikorporal Bärtschi Erwin sein könnte. Aber Fischer kann nicht einmal grüßen, so schnell ist das Duo vorbei. Eigentlich ist er ganz froh, dass er nichts über Dämmerungseinsteiger und Velozipedzigeuner hören muss. Er will überhaupt nichts mehr hören. Er spürt die kalten Hände der Leiche aus der Familiengeschichte der Fischers. Balz, dem es immer nur um Lisa ging. Balz, der liebeskranke Chefanarchist.

Als Fischer 18 war, durfte er Balz zu einem Bakunin-Kongress begleiten. Zum hundertsten Todestag des Satans der Revolte traf man sich in einem unfreundlichen Restaurant in der größten Stadt des Landes. Fischer beobachtete erstaunt die bunte Menge, die sich herumschob und ein bisschen Konversation untereinander pflegte. Mehrere ältere Herren saßen auf einem Podium und mochten sich ganz offensichtlich nicht. Sie stritten über gewisse Begriffe und Haltungen, es schien ihnen nicht gut dabei zu gehen. Das also waren die gefährlichen Anarchisten. Das Gebrabbel der Alten auf dem Podium wurde schließlich unfreundlich von jüngeren, mehr die Tat als das Gerede favorisierenden Kongressteilnehmern beendet. Ein paar Tische waren zu Verkaufsständen umfunktioniert worden. An einem bot eine linke Buchhandlung schwarzbroschierte anarchistische Klassiker aus einem Berliner Verlag an. Eine Alternativzeitschrift aus dem Inneren der Schweiz hatte ein Bakunin-Plakat im Angebot, welches extra für diesen Anlass gedruckt worden war. Fischer verkaufte mit allerhand Hemmungen die Zeitschrift seines Bruders.

Dann aber fielen ihm zwei Typen auf, die ganz offensichtlich falsche Bärte trugen. In seiner Revolutionsromantik sah Fischer gefährliche Spitzel der Staatspolizei in ihnen und teilte die Beobachtung seinem großen Bruder mit. Die Demaskierung der beiden Falschbärte ging mit ziemlichem Tohuwabohu einher, Fäuste flogen ungeschickt, laute Verwünschungen standen im Raum. Doch es stellte sich heraus, dass die beiden nichts anderes als brave Lehrer waren, die sich ihrerseits aus Angst vor Spitzeln zu diesem Anlass und einem eventuell daraus folgendem Berufsverbot ungeschickt verkleidet hatten.

Fischer war begeistert von alledem. Das gefiel ihm. Da bekam das Leben eine Tiefe und Wichtigkeit. Da ging es um etwas, und wenn es auch nur falsche Bärte waren. Er kaufte sich drei Bände Bakunin und suchte sich ein paar Sprüche heraus, mit denen er bei jeder passenden und unpassenden Gelegenheit glänzen konnte. Bis Balz ihm sagte, er solle damit aufhören, irgendwelche fremden Weisheiten von sich zu geben, und anfangen, selbst zu denken. Balz war für Fischer damals Licht und Sonne und Helligkeit und Freude und Erlösung.

Erst ein paar Jahre später zogen dann finstere Wolken über ihrer Beziehung auf. Im heißen Sommer 1980, zu den Zeiten einer weiteren Jugendbewegung, als zunächst Zürich explodierte und die Unruhen auf die ganze Schweiz übergriffen. Balz bezeichnete die heftigen Äußerungen der Unzufriedenen als unpolitisches Aufmucken von Wohlstandsverwahrlosten, von intellektuellem Lumpenproletariat. Fischer sah das ganz anders als sein Bruder, er schlug sich selbstverständlich auf die Seite der Aufständischen. Wieder stand er im Tränengas. Diesmal nicht vor einem Atomkraftwerk, sondern in urbanen Häuserschluchten. Die Flucht vor der Polizei fand diesmal über befahrene Straßen statt. Balz wollte keine politische Relevanz in diesen Scharmützeln sehen. Er sah keine umwälzerischen Inhalte in der sogenannten Jugendbewegung. Er sah nur einen Aufschrei der Langeweile. Er schrieb an Fischer: »Hör mir doch auf mit dieser Bewegung, mit dem ganzen Punk! Hör mir auf mit Kultur und diesem Scheiß! Die suchen alle bloß ein Auskommen auf der wilden Seite des Lebens. Rock und Pop und Rumtata!«

Als ob das ehrenrührig gewesen wäre, sich als junger Mensch in der Kultur ein alimentiertes Plätzchen zu suchen. Aber Balz war das zu wenig. Er wollte mehr. Die Vergesellschaftung der Produktionsmittel, die Revolution, die planmäßige Guillotinierung des Bürgertums oder was auch immer. Fischer hingegen war hingerissen von der spontanen Aktion und der Leidenschaft, die sich im Jahre 1980 überall in der Schweiz manifestierte.

Die Verständnislosigkeit von Balz kühlte ihre Beziehung auf Gefriertemperaturen herunter und minimierte ihren Kontakt. Fischers Bruder wurde immer beleidigender und schärfer, je mehr diese Achtzigerbewegung zu einem Spektakel wurde. Heute kann Fischer das im richtigen Kontext sehen. Selbstverständlich hatte sein älterer Bruder recht, aber darum ging es gar nicht, Balz vertrat einen gnadenlosen Standpunkt. Grundsätzlich hat jede Bewegung, jede aufmüpfige Jugend recht. Es braucht Agitation und Unruhe in der Gesellschaft und auch in der Kultur, sonst versumpft das Gelände im steten Regen des Geldes vom Staat. Die scharfen Worte, die Schmähungen von Balz waren reine Verzweiflung, er hatte gänzlich den Anschluss an die gesellschaftlichen Verwerfungen verloren mit seinen persönlichen Problemen. Lisalisalisa!

Fischer zieht seine durchnässten Schuhe aus und tappt ins Häuschen am Almagellweg. In der Stadtwohnung fällt ihm die Decke auf den Kopf. Der jugendliche Lärm der Nachbarn höhlt ihn zusätzlich aus. Also lieber im Vorort weiter hungern. Es ist offiziell der allerletzte Tag seiner Fastenkur, bald ist er ausreichend entschlackt und gereinigt! Er darf sich geistig schon wieder auf feste Nahrung einstellen. Als wenn er je an irgendetwas anderes gedacht hätte. Thai und Maria Casaramone, was für eine, ähem, scharfe Kombination!

Aber da ist etwas im Haus, das Fischer stört, das ihn von seinen Höhenflügen und Essensgedanken abbringt. Da ist etwas nicht mehr richtig, nicht so, wie es sein sollte. Da ist etwas berührt. Befleckt. Fischer ist überreizt, er weiß das, er weiß, dass er zu sensibel ist, dass er zu viel fühlt und spürt. Dennoch scheint ihm, als ob vor Kurzem jemand im Häuschen gewesen wäre und sich neugierig umgesehen hätte. All die Sachen, die der Fremde, Unerwünschte dabei berührt hat, die sind jetzt geschändet. Sie jammern mit hohen, feinen Stimmen, weben einen Teppich aus Tönen, Klängen, Geräuschen, die nur Fischer hört, eine Wall of Sound, die ihm um den Kopf sirrt. Fischer geht suchend, ja witternd herum. Hatte das Telefonbuch im Korridor nicht links neben dem Telefon gelegen? In der Küche war doch die Tür mit dem Besen festgeklemmt, damit Fischer auch während seines einsamen Kampfes mit der extrafeinen Trinkmolke zum Fernseher in der Stube hat hinstarren können. Ein paar der Buchrücken im Wohnzimmerregal scheinen nicht mehr so exakt ausgerichtet, wie sie sein sollten. Schlafzimmerräuber oder Dämmerungseinsteiger sind hier nicht eingedrungen, denn nichts fehlt.

Fischer sucht nach Spuren. Kaputte Schlösser, eingedrückte Fenster. Spuren eines Einbruchs. Nichts. An den Haustüren vorn und hinten ist alles so wie immer. Auch keine Abdrücke von nassen Schuhsohlen. Verrückte Möbel. Verschobenes Gerät. Etwas, wo das Unterste zuoberst ist. Das findet er nur in sich selbst.

Im Haus entdeckt Fischer nichts Auffälliges, nichts Verdächtiges. Aber er hat einfach das Gefühl der Schändung. Ein ganz schlechtes Gefühl. Schließlich schiebt er es aufs Fasten. Er muss sich irren. Auch die Katze liegt ganz ruhig unter der gelben Plastikschüssel des Fahrradanhängers, in dem Fischer seine beiden Sprösslinge einst in die Spielgruppe oder zum Rhythmusunterricht gebracht hat. Eine schöne Zeit war das, denkt er gerührt.

Als er wieder im Flur des Erdgeschosses steht, mitten im Haus, überkommt ihn erneut das Gefühl. Er geht nach oben. Katharinas Laptop steht unberührt, die Kinder haben ihre Zimmer wie immer bei Abwesenheit abgesperrt. Er setzt sich an den Computer seiner Exfrau, sie hat immer noch das alte Kennwort. Er wird nicht schnüffeln. Großes Indianerehrenwort! Er surft herum, langweilig, dann sucht er nach einem Anbieter von hohlen Steinen. Besser leben mit Gartendekoration. Was es da nicht alles gibt. Künstliche Frösche, die ohrenbetäubend quaken, wenn der Schlafzimmerräuber sich nähert. Springbrunnen, die reine Schwefelsäure über den sich vom Garten her nähernden Dämmerungseinsteiger gießen. Fischer bestellt ein Set von Ziersteinen, alle innen hohl. Irgendeiner davon wird schon dem kaputten Ding vor dem Haus ähneln.

13

Fischer macht sich trotz des merkwürdigen Gefühls im Häuschen an die Schreibarbeit. Er stellt eine Chronologie der Ereignisse zusammen: Ende der 1960er-Jahre wurde ein Atomkraftwerk in unmittelbarer Nähe von Aarau projektiert. Die Wirtschaftslage war gut, allgemein herrschte Optimismus vor. Man redete nur von Wachstum. Mehr Menschen, mehr Güter, mehr Energie, darunter auch die Atomkraft. Nur langsam erwuchs der Widerstand gegen diese friedliche Nutzung der Atomenergie. Wohl gab es schon seit Längerem Mahner und Warner vor dieser unter Umständen gefährlichen Technologie, und viele Menschen hatten Bedenken gegen den die Landschaft verschandelnden Kühlturm. Aber damals hatte man keine Erfahrungen und erst recht keine Negativbeispiele wie heute vorzuweisen, nach den Katastrophen von Harrisburg, Tschernobyl und Fukushima. Die Atomkraft galt in jener Zeit als saubere und berechenbare Energiequelle. Gerade in so einem sauberen und berechenbaren Land wie der Schweiz erschien sie als das Nonplusultra. Man hatte alles, restlos alles im Griff! Auch die Sprache: Das vermaledeite Wort Atom, das immer so wie Atombombe klang, wurde ersetzt. Statt Atomenergie hieß es jetzt Kernenergie. Kern wie kerngesund, kernig, Kernobst. Und das atomare Endlager galt im behördlichen Neusprech bald ebenso fröhlich wie hinterhältig als Entsorgungspark.

Es gab eine Menge politischer und juristischer Mauscheleien, um den sofortigen Bau des Atomkraftwerks zu ermöglichen. Gerade die Kantone im Schweizer Mittelland, der Aargau wie Solothurn, profilierten sich nachdrücklich als Standorte. Im Rüeblikanton sollten zwei AKW entstehen, Leibstadt und Kaiseraugst, im Kanton Solothurn, sehr nahe an der Grenze zum Aargau, hieß der Standort Gösgen.

Nun war das ein heikles Ding, so eine Mordsanlage, ein Riesenbauwerk mit Kühlturm mitten in der Landschaft, noch dazu in der Nähe des Flusses, mit dessen Wassern die heißen Brennstäbe gekühlt werden sollten. Langsam erwachte die Öffentlichkeit. Doch die entsprechenden Einsprachen von Privaten und Gemeinden gegen das Kraftwerk wurden von den kantonalen Behörden abgeschmettert, gesetzliche Fristen wurden nicht eingehalten. Die Kantone waren Mitbesitzer der Betreiberfirma und saßen dort im Verwaltungsrat. Die Behörden von Bund und Kanton schoben sich je nach juristischer Sachlage die Verantwortung gegenseitig zu. Bei den Standort-Gemeinden wurden Zonenpläne ohne größeres Prozedere angepasst. Alles hatte schon immer einen sehr undemokratischen Ruch, doch die Betreiber drängten weiter. Plötzlich begann man mit dem Bau der Anlage in Gösgen bei Aarau. Wirtschaftliche Notwendigkeit hieß es von Seiten des Strom-Multis und anderer Investoren sowie der sie stützenden Behörden. Sonst, oh Elend, oh Verderben, drohe eine Energieabhängigkeit vom Ausland. Dass da Recht gebeugt wurde, schien nicht so relevant zu sein. Wer gegen das Atomkraftwerk war, wurde als Vaterlandsverräter und als von Moskau gesteuerter Kommunist denunziert.

Tausende von diesen Kommunisten versuchten schließlich, im Juni 1977 den Bau des Kraftwerks zu verhindern, indem sie die Zufahrtswege besetzen wollten. Gut tausend Polizisten verteidigten den Rechtsstaat rechtschaffen mit Tränengas, Gummigeschossen und Wasserwerfern. Fischer war dabei und stieß in der Menge plötzlich auf Thekla. Die war etwas durch den Wind, weil sie im Tohuwabohu der Demonstration von ihrem Bürgerinitiative-Grüppchen getrennt worden war. Klar, dass Fischer sich um sie kümmern musste, auch wenn Thekla bedeutend mutiger vorwärts in Richtung Polizeiabsperrung ging als er selbst. Irgendwann hatten sie aber beide genug und flüchteten vor den Tränengasschwaden. Nach einem langen Fußmarsch waren sie müde zurück nach Aarau gekommen und Fischer hatte sich mit seiner ersten Liebe in die Wohngemeinschaft von Lisa und Balz zurückgezogen. Die Bewohner waren vollzählig zum Kampf gegen das Atomkraftwerk ausgerückt. Fischer druckste verlegen herum, wusste nicht so recht, was er mit Thekla reden sollte, doch dann hatte er sie einfach geküsst. So wie früher. Sie hatte ihn weder ermuntert noch abgewehrt, und als er sie in das Zimmer von Balz schob, wo ein großes Matratzenlager auf Holzpaletten wartete, ließ sie sich schieben. So machten sie Liebe.

Einige Zeit später saßen sie wiederum recht verlegen zusammen in der Küche und tranken Tee, bis Thekla sich verabschiedete. Fischer blieb wie verzaubert sitzen, vielleicht stundenlang, bis plötzlich Balz und Lisa auftauchten, beide bleich wie der Tod. Lisa verschwand sofort in ihrem Zimmer. Balz stand im Korridor und telefonierte. Er wählte und lauschte, dann wählte er wieder, schließlich hieb er den Hörer wieder aufs Telefon, zuckte resigniert mit den Schultern, winkte seinem Bruder in der Küche zu, sagte aber kein Wort, und klopfte an Lisas Zimmertür. Doch die reagierte nicht, sodass Balz mit einem schweren Seufzer in seinem Raum am andern Ende des Gangs verschwand.

Fischer kann sich plötzlich genau an dieses Geschehen erinnern. Damals war er verklebt und verholzt gewesen wegen der neu erwachten Leidenschaft für Thekla und wegen des endlich vollzogenen Beischlafs. Aber jetzt, heute, in der Hellsichtigkeit seines abgemagerten Gehirns, sieht er das alles noch mal viel genauer, fokussierter: Balz, der verzweifelt telefoniert und an Lisas Tür klopft. Später dann die Horrornachricht, dass einer der Demonstranten unter den Zug geraten ist, auf der Flucht vor Gummigeschossen und Tränengas. Der Tote hieß Theo Ruhländer, Fischer fällt der Name jetzt wieder ein. Er weiß nicht mehr, wie der Kerl ausgesehen hat, wohl so wie die meisten damals, viele Haare im Gesicht, praktische Kleidung, möglicherweise eine Brille mit runden Gläsern und dünnem Metallgestell. Ganz genau aber weiß er, dass der junge Mann damals heftig um Lisa herumgeschlichen ist. Das hat er doch gesehen, daran kann er sich gut erinnern. Dieser Theo gehörte zu irgendeiner linken Partei. Auch deswegen war er Fischer immer höchst unsympathisch gewesen. Wahrscheinlich ein mieser Trotzkist! Und erst noch aus einer guten Aarauer Familie. Mehr weiß Fischer nicht mehr. Es gab viele, die damals in der Wohngemeinschaft um die schöne Lisa herumgeschlichen sind. Man hat das verwichste Sperma an diesen Typen beinahe riechen können.

Fischer nimmt das Tagebuch von Balz in die Hand. Es klappt von selbst da auf, wo die Seiten fehlen, jene herausgerissenen Notate vom Sommer 1977. Zehn Jahre später starb Balz. Fischer rauft sich die Haare. Da muss es irgendwo einen Zusammenhang geben. Die einzige Person, die nähere Auskunft geben könnte, bleibt diese Lisa.

Fischer hat es noch einmal versucht. Ihre Eltern, die ihn einst so herablassend behandelt hatten, waren ein paar Jahre nach dem Tod von Balz selbst ganz tragisch ums Leben gekommen, bei einer Safari in Ostafrika. Großes Thema damals in der hiesigen Regenbogenpresse. Schweizer Ehepaar von Krokodilen gefressen. Oder von Löwen. Hoffentlich hatten die Raubtiere kein Magendrücken bekommen nach diesem Mahl. Fischer hatte sich einen Anflug von Schadenfreude nicht verkneifen können. Nein, er hatte es genossen. Zugleich kam ihm die Idee, dass bei einer eventuellen Trauerfeier Lisa als das untröstliche Töchterchen auftauchen würde. So kam Fischer auf die noch dümmere Idee, an diesem Begräbnis in Aarau teilzunehmen, um mit der ehemaligen Freundin seines Bruders in Kontakt zu treten und ihr vielleicht ein paar für ihn immer noch dringliche Fragen stellen zu können.

Es war eine wuchtige Zeremonie, mit der die beiden Angehörigen des Aarauer Großbürgertums auf dem zentrumsnahen Friedhof verabschiedet wurden. Blasmusik und Frauenchor. Studentenverbindung und viele blaugeäderte Politikernasen. Fischer wurde es dabei immer blümeranter, er sah keine Möglichkeit, zum Kern der Trauernden, wo er Lisa vermutete, vorzudringen. Ratlos stand er an der schwarzgekleideten Peripherie herum. Schließlich brach er sein Vorhaben ab und ging so schnell wie möglich zum nahegelegenen Bahnhof. Er fuhr zurück nach Basel, froh, alles endlich hinter sich lassen zu können.

Dabei sitzt Fischer nun da und starrt gebannt dieses Tagebuch an. Immer noch Balzbalzbalz! Aber es geht nicht nur um seinen toten Bruder. Es muss endlich dieser Atomkraftwerk-Text her. Er braucht einen Aufhänger, etwas Persönlicheres als bloßes Politgequengel und ökonomische Statements. Und er muss versuchen, nicht nur die damalige Angst vor dieser Technologie, sondern auch dieses Gemeinschaftsgefühl der Opposition darzustellen. Und die Bereitschaft zum Kampf für die Zukunft. Dieser tote Theo wäre vielleicht der ideale Aufmacher. Das hätte damals einen enormen Aufstand geben müssen: Sinnloses Opfer, junger Mann aus besten Verhältnissen tot! Wem kann man die Schuld zuschieben? Unselige Verquickung ungünstiger Umstände, für seine Ideale gestorben.

Fischer kann sich nicht daran erinnern, dass dieser Todesfall zu einem öffentlichen Aufschrei geführt hätte. Keine Protestaktionen diesbezüglich. Merkwürdig. Dabei hätten wenigstens die Linken, die Atomkraftgegner, diesen Toten propagandistisch ausschlachten müssen.

Er blättert in der Hinterlassenschaft von Balz, sichtet Zeitungsartikel, durchforstet die entsprechenden Nummern der schlecht gedruckten »Echolinde«. Vielleicht findet er da etwas über diesen Toten, etwas Emotionales oder Sentimentales. Da, da ist ein buntes Bild. Eine hübsche Zeichnung von einem Minotaurus, der mit dickem Arsch auf dem Kühlturm des AKW Gösgen sitzt, darunter Morgensterns Gedicht vom Steinochs.

Der Steinochs ist kein Tier, das stirbt,
dieweil sein Fleisch niemals verdirbt.
Denn wir sind Staub, doch er ist Stein!
Du möchtest wohl auch Steinochs sein? He?

Das Ganze stammt von einem bekannten Künstler aus Aarau. Sehr gut, Fischer hat endlich etwas Originelles gefunden, dass er zumindest als Illustration verwenden kann. Jetzt noch Emotion! Wer könnte wohl Informationen über diesen Theo Ruhländer haben? Er tippt den Namen in eine Suchmaschine seines Browsers ein, was aber nicht viel hergibt. Ein Zeitungsartikel zum 30-jährigen Jubiläum des AKW-Besetzungsversuches erwähnt den Namen. Ein unerhörter, sinnloser Tod. Mehr aber nicht. Über die Aarauer Familie Ruhländer findet er jedoch etwas. Eine alte Zahnarzt-Dynastie. Professoren und Politiker. Christliche Volkspartei, nicht die in Aarau 200 Jahre dominierenden Freisinnigen, dennoch staatstragend. Und dann der hoffnungsvolle Nachwuchs bei den Kommunisten.

Wen kennt Fischer in Aarau, den er über diese Familie und ihren Theo ausfragen könnte? Balz hat diesen Theo sicher gekannt, da müsste doch in den Briefen … Fischer findet nichts, was über eine unsentimentale Feststellung des Todes eines Mitkämpfers hinausgeht. Wie immer missfällt ihm der ganze Tonfall dieser Schreiberei aus den Siebzigerjahren des letzten Jahrhunderts, dieses Rechthaberische, Missionarische in und zwischen den Zeilen. Auch dieses Mechanistische, diese Rationalisierung der Gefühle. Beziehungsarbeit liest Fischer einmal. Ausgerechnet Balz mit seiner Lisa-Beziehung! Das Private ist Politik. Worte wie ein Betonsockel über einer Kernschmelze. Einen Deckel auf die lebensbedrohlichen Gefühle. Verhunzte Bedeutungen, schiefe Sätze, schrecklich. Wie schreibt man so etwas so hin?

Schreiben, ach je, das ist sowieso das Allerletzte, denkt sich Fischer, schon wieder gänzlich ermattet. Er schiebt einen Haufen Papier auf der Tischplatte von links nach rechts, dann von rechts nach links, und sitzt länger bewegungslos da. Seine Finger wollen jetzt gerade nicht mehr schreiben. In seinem Kopf schleicht Morpheus mit ganz langen Armen herum. Wenn er jetzt nicht etwas unternimmt, ist er geliefert. Die Tasten verschwimmen ihm vor den Augen. Sein Nacken knackt wie Eisbergsalat. Er muss etwas tun, bevor er völlig verpflanzt. Irgendetwas! Nein, er muss da durch, er muss diesen Text verfassen, wenigstens damit beginnen. Erste Worte, erste Sätze! Aber beim Schreiben am Schreibtisch mit Schreibzeug wird man dick durchs Sitzen und träge im Muskelfleisch. Man vergisst darüber so wichtige Sachen, wie den Tomatensetzlingen auf der Fensterbank gut zuzureden, dass sie nur ein paar finstere und nasse Apriltage durchstehen müssen, bis alles wieder hell, warm, schön und prächtig wird. Schreiben ist asozial und gefährlich. Schreiben ist doof. Das Ergebnis dieser schändlichen Tätigkeit liest eh kein Mensch, vor allem, wenn es jemand wie Melchior Fischer geschrieben hat.

Er öffnet ein Fenster, um Luft hereinzulassen. Es ist so still. Es regnet tatsächlich einen Augenblick nicht. Dafür zieht ein trockener Kitzel Fischers Nase hoch. Er muss sofort niesen. Da draußen schweben Hasel, Birke … oder was auch immer für Pollen herumtollen. Er flüchtet wieder an den Schreibtisch. Leicht säuerlich steigt es ihm vom Magen die Kehle hoch. Das ist kein Hunger, das ist eher ein stiller Protest. Moment, Hunger, Hungerstreik! Genau, das war auch eine Losung dieses gewaltfreien Widerstands gegen die Atomkraftwerke. Fischer erinnert sich an Bekannte und Genossen, die strafrechtlich verfolgt wurden wegen der versuchten Besetzung von Gösgen und daraufhin in den Hungerstreik traten. Das muss auf jeden Fall in seinen Text. Und gab es nicht sogar eine äußerst spektakuläre Selbstverbrennung damals, in Deutschland? Und dieser verdammte tote Theo. Immer diese Leichen. Aber vielleicht sollte Fischer vorerst mal sein Haupt hier auf diese blanke Tischplatte betten, nur so ein, zwei Sekündchen …

Fischer schläft nicht lange. Dann wuschelt er noch ein bisschen in den Papieren und wieder befällt ihn ein Unbehagen. Dieses Gefühl, dass jemand außer ihm hier im Häuschen am Almagellweg war. Das hält er nicht aus. Bevor er gänzlich zu spinnen anfängt, muss er hier raus, zurück in die Stadt. Er packt zusammen und klebt ein Fitzelchen Tesaband von der Haustür zum Türrahmen. Sollte ein Unbefugter diese Tür öffnen, reißt das Ding ab, und Fischer hat die Gewissheit, dass sich ein Fremder im Häuschen herumtreibt. Er geht zur Hintertür hinaus. Dort stellt er den Fressnapf der Katze so davor, dass er bei Öffnung der Tür verschoben wird. Er markiert die Stellung des Napfs mit Filzstift ganz unauffällig auf dem Plattenboden.

14

Mendota, the Man in Black

Ich darf mich an dieser Stelle vielleicht auch einmal zu Wort melden. Ich bin zwar lediglich eine mickrige Nebenfigur in dieser Geschichte, aber ich kenne diesen Fischer nur zu gut. Eins verstehe ich dabei nicht: Wieso steht der Kerl eigentlich immer dermaßen im Mittelpunkt? Der hat doch schlichtweg alles versaubeutelt in seinem Leben. Der ist komplett gescheitert, nein, ich entschuldige mich, das ist nicht korrekt. Fischer ist kein Gescheiterter, weil nämlich nur derjenige scheitern kann, der etwas riskiert, der etwas probiert und, aus welchen Gründen auch immer, an der Sache verzweifelt und schließlich scheitert. Das hat Fischer nie getan, das Risiko gewählt. Er war zwar immer mittendrin, doch nie vorn mit dabei. Er ist nicht dorthin gegangen, wo es weh tut. Nix da Partei oder Exekutivkomitee, Rote Armee Fraktion oder Brutalo-Punk, keine Aktion, die den Ansatz der Selbstzerstörung in sich geborgen hätte. Drogen ja, aber nicht alles und nie die Kontrolle verlieren. Na gut, heutzutage kann man wenigstens diese mangelnde Konsequenz nur positiv bewerten.

Fischer ist einer, der sich stets in der Opposition zu den herrschenden Verhältnissen sieht und hofft, dass ihm die Geschichte irgendwann mal recht gibt. Heute ist er ledig-

lich Mitglied einer neuen Art von Lost Generation: hohe Ideale, gute Bildung, kein Geld. Früher hatte man als junger Mensch noch seine Theorien, über die man nächtelang so intensiv diskutierte, dass man sie irgendwann einmal lieb gewann. Man wusste ganz genau, dass diese Theorien nie in die Praxis umgesetzt würden. Man richtete sich also ein. Politisch. Anspruchs- und Bedürfnislosigkeit als Lebensweise. Natürlichkeit! Das hieß verfilzte Langhaarmatte und Vollbart, so um 1975 herum. Dabei gibt es so etwas wie einen humanoiden Zivilisationsentwurf. Oder gewisse zwischenmenschliche Zugeständnisse. Die Rasur etwa. Hat schon Schopenhauer postuliert. Der Vollbart ist genauso unmenschlich wie behaarte Frauenbeine. Verstehen Sie mich nicht falsch, es geht mir einfach um ein gewisses Menschenbild. Wenn der Kommunismus nicht siegt, dann bleibt nur die Ästhetik. Doch wer damals, zwischen 1970 und 1980, jung und kein Anarchist oder Kommunist war, der hat das Generationentypische verpasst und ist heute wahrscheinlich ein verdammtes Arschloch, ohne es zu wissen. Das Gefühl einer Gemeinschaft, egal, ob bei einer Besetzung oder an einem Punkkonzert – was für ein Genuss! Zusammen auf- und abtanzen. Zusammen im Tränengasnebel stehen. Schauen Sie sich nur den damaligen Widerstand gegen die Atomkraftwerke an. Das taucht heutzutage nur noch als geschichtliche Marginalie auf. Als pathosgeschwängerte Reminiszenz. Das war aber hier in diesem stillen Ländchen Schweiz viel wichtiger als ein paar nervöse Jugendliche um 1968 oder 1980. Vor dem AKW, da kochte in weiten Teilen der Bevölkerung das Arschwasser, wenn Sie verstehen, was ich meine. Da fand das Zusammengehen statt, die Bedrohten aus verschiedensten Gesellschaftsschichten versammelten sich, together im Taumel. Können Sie sich vorstellen, wie viele Liebesgeschichten es im Zeichen des Atomkraftwerk-Kühlturms gab? Im normalen Leben unvereinbar, erreichen wir allhier gemeinsam das Unmögliche, das es stets zu fordern gilt. Besetzungen, Camps, Versammlungen, dieses Zusammensein, alles eigentlich im Zeichen der Liebe. Die Masse, die etwas erreichen wollte, einverständlich, ohne Befehl von oben. Hohe Ideale! Aber um das Love-Camp herum schlichen die damaligen linken Parteien wie die hungrigen Wölfe. Trotzkisten und so, die diese Bewegung zu vereinnahmen und neue Mitglieder suchten oder was fürs Bett wollten. Man darf nicht vergessen, dass die ganzen schönen Frauen, trotz ihrer unrasierten Beine, gesellschaftskritischer und alternativer Gesinnung waren. In diesem Goldfischteich wollten die linken Parteibosse fischen. Und noch weiter draußen, jenseits der Wagenburg, warteten die Polizisten. Die Staatsmacht. Das Kapital. Die Gesellschaft mit ihren Versprechungen, Karrieren und Wellnesswochenenden. Spätestens diesen sind die Überlebenden dann erlegen.

Fischer hat dem wohl widerstanden und als einigermaßen bewusster Akteur um 1980 herum auf die Politik gesetzt und nicht auf Punk, oder auf Punk und nicht auf Kunst. Dass man Politik auch als Kunst machen kann, ist ihm nie in den Sinn gekommen. Aber plötzlich ist man alt, die Revolution hat ihre Kinder gefressen und man steht da mit einem Berg Schulden, mit einer Fami-

lie, die es zu ernähren gilt oder einem schwarzen Loch in dir, dass du nie mehr sinnvoll auffüllst. Beziehungen hast du keine, weil du dich eben nie mit Verrätern und Kulturbeuteln eingelassen hast. Der Weg zu den Futtertöpfen ist versperrt durch allzu viel Ehrlichkeit. Verluste allerorten. Nun gut, ich will hier nicht von mir reden, sondern von Fischer. Am Schluss bleibt einem in der Verzweiflung nichts anderes übrig, als Liebe und Glück im Individuellen, im Privaten zu suchen. Dieses Soloprogramm ist dann der wahre Sieg des Kapitals, der Bourgeoisie. Die Vereinzelung. Die psychologische Einsamkeit. Herrje, so landen wir auf dem Misthaufen der Geschichte.

Apropos, schauen Sie sich doch mal heute um in der Jugend: Er ist wieder da, der Vollbart!

15

Fischer schüttelt die Nässe ab, die ihm ein plötzlicher Regenguss auf die Windjacke gezaubert hat, und betritt das ihm gänzlich unbekannte Lokal mit dem Namen ›Zunfthaus zur Elefanten‹. Es liegt trotz seines Namens nicht in der Nähe des Zoos, sondern mitten in der Stadt, in einer düsteren Gasse, ganz in der Nähe von Fallers Zuhause. In dieser Stadt ist es eher selten, dass am Sonntag eine Beiz geöffnet hat. Im Inneren der Kneipe herrscht das Halbdunkel und es wabern allerhand abgestandene Gerüche in der Luft. Ein nachlässig gekleideter Kellner lehnt an der Theke und schlägt mit einem Geschirrtuch nach imaginären Fliegen. Sein weißes Hemd leuchtet verschämt durch die Wirtedämmerung. Fischer schaut sich suchend um. Kein Gast in diesem Lokal, niemand zu sehen. Nirgendwo ein Faller. Aber die Botschaft bezüglich Treffpunkt war eindeutig. Zunfthaus zur Elefanten, nicht etwa zum Elefanten. Fischer kann das »zur« nicht einordnen, sowieso wären eine Pizzeria Cosenza oder eine Enoteca Busento als Treffpunkt viel sinniger gewesen. Er steht da wie nicht abgeholt und schaut fasziniert dem durch die Luft flitzenden Geschirrtuch zu. Der Kellner legt offensichtlich keinen Wert auf Publikum, legt das Tuch weg und latscht davon.

»He, hallo!« Fischers matte Rufe halten den Bediensteten nicht auf. Schon ist das weiße Hemd im dunklen

Hintergrund verschwunden. Es ist still in der Wirtsstube. Nicht einmal eine Kaffeemaschine brodelt. Dafür glänzen dunkel lockend Flaschen mit allerhand spirituellem Inhalt über der Theke. Kräuterbitter. Bitterkräuter. Satanische Liköre. Absinthe und Anisetten. Kein Wunder, dass sich Faller hier öfter aufhält, denkt Fischer. Doch dieses Gasthaus ist das perfekte Fegefeuer für Fastende wie ihn, flüssige Kalorien in höchster Konzentration. Fischer spürt seinen Magen, der sich dreht und wendet, als ihm plötzlich jemand auf die Schulter tippt.

»Entschuldigen Sie bitte!« Eine etwas strenge Stimme. Fischer dreht sich um. Vor ihm steht eine junge Frau, das Gesicht halb im Schatten ihrer knallgelben Regenhautkapuze versteckt. Sie lässt eine riesige Umhängetasche zu Boden gleiten, dann schlägt sie die Kapuze zurück. Sie hat kurze, blonde Haare, eine etwas zu große Nase und holt nun eine überdimensionierte schwarze Hornbrille aus der Umhängetasche, die sie umständlich aufsetzt. Fischer hat ein unbestimmtes Gefühl des Erkennens, des Hingezogenseins, fast der Liebe auf den ersten Blick. Ein Sehnen durchweht ihn, diese junge Frau in den Arm zu nehmen. Ihr liebevolle Dummheiten ins Ohr zu flüstern. Wahrscheinlich ist es nur ein Anfall von Altersgeilheit oder Hungerwahnsinn, deswegen tritt er vorsichtshalber zwei Schritte zurück und hält geflissentlich Abstand.

Ob er hier der Kellner oder etwa der Wirt sei, wird Fischer betont barsch durch einige Dioptrien hindurch gefragt. Wasser tropft vom gelben Plastik auf den Boden der Beiz. Als Wirt würde sich Fischer dafür bedanken. Aber die junge Frau bezaubert Fischer. Sie reißt resolut die Umhängetasche wieder hoch und hält sie wie ein Schutzschild vor ihre Brust. Sie schaut nach links, sie schaut nach rechts, späht in die Dunkelheit hinterm Tresen und wendet sich wieder an Fischer: Sie suche einen Professor Faller, der sie hierher zu einem Gespräch eingeladen habe.

Den suche er auch, antwortet Fischer und zuckt mit den Achseln. Er will noch etwas Beruhigendes sagen, vielleicht etwas Gefühlvolles, doch ihm kommt nichts in den Sinn.

»Aha!«, sagt die junge Frau, als ob jetzt alles klar wäre, nimmt die Brille ab und verstaut sie wieder in der Umhängetasche. Hat sie sich somit in Fischers Obhut gegeben?

»Sie haben also ebenfalls mit dem Professor Faller hier einen Termin. Er ist nicht da, keine Ahnung, wo er bleibt. Ich warte auch auf ihn«, sagt er verlegen, um entschuldigend anzufügen: »Ach, verzeihen Sie, mein Name ist Fischer.«

»Veraguth!«

Fischer ist nicht ganz sicher, ob er den Namen richtig verstanden hat. Die junge Frau hat ihn ein bisschen geschnarrt.

»Professor nicht da! Zu Hause, Unfall!« Die Stimme kommt aus dem Dunkel hinter der Theke. Der dürre Geschirrtuchschnalzer, der Kellner, kommt wieder vor ins funzelige Licht und deutet eindringlich auf die junge Frau und Fischer: »Professor angerufen halbe Stunde vorher. Umfallen. Jetzt kaputt. In Wohnung gehen von Professor. Du und du. Sofort!«

Unterwegs im strömenden Regen reden Fischer und die junge Frau nichts. Ihm ist es peinlich, sie noch einmal nach dem Namen zu fragen, den er nicht richtig verstanden hat. Vera Gut, Hut, Mut oder Tut. Huth, Tuth oder Guth ist auch möglich. Oder Good. Vera B. Goode. Er sieht trotz des grauen Wetters, dass sie ganz blaue Augen hat, ein Nachthimmelblau, darin eingestreut ein paar strahlendgoldene Sternchen. Jedenfalls scheint sie die Fachkraft von der Universität Zürich zu sein, von welcher der alte Faller gefaselt hat. Eine Spitzenkraft, was die Geschichte der Völkerwanderung betreffe. Oberassistentin schon in jungen Jahren. Fischer tippt die Frau auf knappe 30. Die ostentative Unsicherheit und Ungeschicktheit wissenschaftlichen Personals im Alltag, die Fischer gut kennt, macht sie ihm nicht unsympathisch.

Gleich um drei Ecken ist Fallers Wohnung in bester Altstadtlage. Das Wasser quatscht unter Fischers guten Schuhen. Frau Vera trägt Gummistiefel mit Leopardenmuster. Charmant fasst Fischer sie am Arm, als sie in eine seeartige Pfütze treten will, doch sie schüttelt ihn wacker ab und durchquert das Feuchtgebiet ohne jedes Zögern.

Fischer lächelt. Seine Tochter Rebecca hat lange solches Schuhwerk getragen. Sie hat es geliebt. Auch im Hochsommer, bei bullernder Hitze, ist sie mit ihren Leopardenmustergummistiefeln wie in einem Song von Bob Dylan herumgelaufen. Als die Dinger ganz neu waren, hat Rebecca dies Schuhwerk sogar im Bett anbehalten wollen. Dickköpfig und keinen Argumenten zugänglich. Wie der alte Faller, denkt Fischer. Das ist sicher wieder so eine typische Schnapsidee: Sofortiger Aufbruch nach Cosenza, um dort Alarichs Schatz zu lokalisieren und dann zu heben.

»Nein, eben nicht nach Cosenza di Calabria, das ist die völlig falsche Fährte.« So mümmelt der Alte schmerzverzerrt, nachdem die junge Frau und Fischer im obersten Stock des prächtigen Altstadthauses eingetroffen sind. Faller sitzt schief und schräg da, das rechte Bein hochgelagert und bandagiert. Er sei ausgerutscht in seinem Studierzimmer, auf einem fatalen Plan von Süditalien, notabene! Umgeknickt und hingeschlagen, ganz dumm und ungeschickt von ihm. Nun klopfe ihm der Knöchel, poche im Rhythmus des Schmerzes. Gebrochen sei aber nichts, das habe ihm ein Mediziner, ein glücklicherweise anwesender Wohnungsnachbar, versichert. So dauere die vollständige Heilung sicher nicht allzu lange.

Fischer grinst anzüglich. Wahrscheinlich hat der Alte zu viel vom Alpenbitter in sich hineingeschüttet. Promillestarke Vorfreude auf das Abenteuer. Dann ist er leicht angeschickert gestürzt und zum Schmerzensmann geworden. Die junge Frau, die unter dem gelben Regenschutz überraschend stilsicher in ein anthrazitfarbenes Ensemble gekleidet ist, nickt bedauernd. So müsse die Expedition, um den Schatz des Gotenkönigs zu heben, wohl abgesagt werden. Sie sagt das allerdings so leichthin, als ob ihr das nur allzu recht wäre. Fischer ist in heimlicher Bewunderung ihrer schönen Beine versunken. Diese hübsche Historikerin will nicht so, wie Faller will. Der stöhnt theatralisch auf und rutscht fast vom

Stuhl. Er sei zäh und ein Schnellheilender, fleht er geradezu, in zwei Wochen sei er ganz der alte. Und sonst ginge es doch auch ohne ihn, die Reise in den Süden, im Dienste der Sache, jammert er nun. Die Brüder Natale und Francesco Bosco aus Cosenza seien auf der Spur des Schatzes. Seit Jahren würden sie die Schluchten am Oberlauf des Busento durchsuchen. In einem Uferhang hätten sie gar eine Höhle entdeckt, deren Wände Spuren menschlicher Bearbeitung aufwiesen. Deutlich sei ein primitiver Altar erkennbar. Gefunden hätten die beiden Boscos trotzdem kein Stück vom Schatz, kichert Faller. Es sei nämlich offensichtlich, dass Alarich unter einem anderen Busento oder Buxentus begraben worden sei. Es gebe zwischen dem Cilento und Kalabrien einige Flüsse dieses Namens. Je näher an der Küste, desto wahrscheinlicher befinde sich dort das Grab Alarichs. Das Landesinnere sei unzugänglich und wüst, ob die Goten auf ihrem Weg nach Süden dort durchgekommen wären, sei jedenfalls äußerst zweifelhaft.

Faller schwafelt noch etwas herum. Aber Frau Vera Gut stellt ein dezidiertes und eindeutiges Nein in den Monolog des Alten. Nicht ohne ihn! Sie stellt auch noch weitere unangenehme Fragen nach der Finanzierung der Reise und nach der unabdinglichen Zusammenarbeit mit verschiedenen universitären Forschungsstellen. Fragen, die Faller alle nur pauschal und viel zu leichtfertig abtut. Die Abenteuerlust hält den Alten fest in den Klauen. Er argumentiert viel zu sehr in den Kategorien der Leidenschaft als in denen der Wissenschaftlichkeit. Dann könne er während seiner Immobilität die offenen

Fragen leicht klären, lenkt die resolute Altgeschichtlerin aus Zürich schließlich ein, danach könne man sich gerne wieder treffen und in dieser Causa weitersehen.

Fischer ist das mehr als recht. Unterdessen kann er dem behinderten Faller ohne großen Aufwand helfen und dabei die eine oder andere anständige Aufwandsentschädigung kassieren. Am Geld mangelt es dem Alten nicht. Fallers empört geöffneter Mund ist mittlerweile zugeklappt. Man verabschiedet sich inmitten eines verlegenen Schweigens. Ganz Gentleman, begleitet Fischer die gute Frau Vera bis zur nächsten Tramstation. Sie hält geziemend Abstand, platscht tapfer durch die Pfützen bis zur Haltestelle. Dort seufzt sie von verlorener Zeit und übergibt Fischer mit einer zackigen Bewegung ein Visitenkärtchen. Für weiteren Informationsaustausch, meint sie, falls etwas anliege. Sie ärgere sich zwar, fährt sie fort, dem Emeritus Faller nicht gleich direkt ins Gesicht gesagt zu haben, dass die ganze Schatzsuche unwissenschaftlicher Unsinn sei. Sie könne sowieso nicht einfach auf Verdacht nach Süditalien fahren und käme bei ihrer Universitätsbehörde kaum damit durch, nach Alarichs Grab zu suchen. Dabei fließt zarte Röte über ihr Gesicht.

Fischer weiß nicht, ob es Zorn oder Verlegenheit ist, aber es steht der jungen Frau ziemlich gut. Er streckt ihr die Hand zum Abschied hin, doch sie dreht sich hektisch zur heranklingelnden Trambahn um. Fischer hat plötzlich wieder das Gefühl, diese Frau schon lange zu kennen. Es ist ein intensives, intimes Gefühl, ihm ist, als ob er sie vor lauter Vertrautheit sofort umarmen und ihr den Schatz und ein halbes Königreich versprechen müsse. Er schüttelt sich, steckt ihr Visitenkärtchen ungelesen ein und winkt dem davonspritzenden öffentlichen Verkehrsmittel hinterher.

Fischer ahnt wohl, dass es sich bei der ganzen Schatzsuche um die haltlose Fantasie eines alten, abgehalfterten Professors handelt, dem der Alltag zu langweilig ist. Dennoch ist er begeistert. Er ist ebenso aufgekratzt wie der alte Faller. Er geht über die antike Mittlere Brücke und schaut in den wildbraun daherstrudelnden Rhein, ob es etwa jemandem aus dem Hochwasser zu retten gebe. Seine Schultern sind ganz besonders breit, er fühlt sich gut, absolut und total gut, fast unbezwingbar. Er, Fischer, ist niemand anderes als dieser gottverdammte Westgotenkönig Alarich, der gerade das große Rom erobert hat und im Goldgeschirr des erbeuteten Schatzes wühlt. Währenddessen rekeln sich zu seinen Füßen Spitzenweiber wie Maria Wieschonwieder und Vera Guttutmut.

In seiner Klause ermattet dieses Hochgefühl recht schnell. Fischer zieht seine nassen Sachen aus. Wenn das Wetter weiterhin so garstig ist, dann hat er bald keine trockenen und vor allem keine formvollendeten Hosen mehr. Er legt das feuchte Beinkleid auf den Heizkörper, der jedoch keine Wärme von sich gibt. Wahrscheinlich muss Fischer bei Hausmeister Zimmermann ein Aufdrehen des Heizsystems verlangen. Aber es ist schon bald Mai, und der Mann im blauen Schurz, der im Block nach dem Rechten sieht, ist neuerdings ideologisch besonders angetan von den ökologischen Prämissen der Grünliberalen. Die Mitglieder dieser soeben gegründeten Partei sind eigentlich nichts anderes als eine windelweiche Bande von politischen Versagern aus dem bürgerlichen Lager, die angeblich von der Angst vor dem Explodieren hiesiger Atomkraftwerke sowie vor dem Abschmelzen der Polkappen umgetrieben werden. In Wahrheit fürchten diese Grünliberalen nur, dass ihre Ferienwohnungen im Engadin wegen des Klimawandels und dem fürderhin ausbleibendem Schnee an Attraktivität und somit auch an Wert verlieren. Diese Leute hängen der Globalisierung einfach ein grünes Mäntelchen um. Ökologischer Kapitalismus. Ein Widerspruch in sich selbst. Fischer hustet ein paar Pollen in sein Taschentuch. Er nimmt ein mittlerweile schon etwas angetrocknetes Paar Hosen und drapiert sie auf seinem Secondhandsofa. Darüber platziert er eine Decke und legt sich aufseufzend als menschliches Bügeleisen darauf. Das ist Stromersparnis, das ist öko pur. Dann meditiert er ein bisschen. Er ist immer noch ganz guter Stimmung, als das Telefon läutet.

Katharina, seine Exfrau, kühlt ihn mit ihrem Anruf endgültig auf normales Fischer-Maß herunter. Immer noch wird ihm ganz anders, wenn er ihre Stimme hört. Sie hätten es so gut zusammen haben können. Mit Katharina hätte er alt werden mögen. Warum nur haben sie sich getrennt? Hat er das etwa alles verbockt? Und die Kinder? Sie hätten sich doch gegen diese Trennung wehren können. Fischer hat es immer etwas persönlich genommen, dass sich seine Kinder so gar nicht für ihn eingesetzt haben in den Trennungsverhandlungen.

Er war sicherlich kein schlechter Vater, auch wenn er nicht immer einsatzfähig und ab und an abwesend war. Katharinas Stimme bringt ihn wieder in die Jetztzeit zurück. Wie es denn im Vorort aussehe bei diesen anhaltenden Niederschlägen? Ihre Stimme klingt dabei nicht allzu besorgt. Im süditalienischen Agropoli habe sie in einer Schweizer Zeitung gelesen, dass das Wetter in der Alpenrepublik ziemlich katastrophal sei. Bei ihnen hingegen sei es klimatisch geradezu himmlisch.

Ach ja, denkt Fischer, seine Ex-Familie ist gerade sozusagen in Busento-Nähe. Im Cilento. Wunderbare Strände, schöne Landschaft, gutes Essen. Mare e Monti. Er rülpst seine gesammelte hungrige Verzweiflung ins Telefon, entschuldigt sich sofort und beruhigt seine Exfrau dann, dass alles in Ordnung sei im Häuschen, trotz des Sauwetters. Die Kanalisation nehme alles auf, was an Flüssigkeit vom Himmel falle. Das Dach sei dicht. Die Katze liege den ganzen Tag an ihren trockenen Lieblingsplätzen und lasse es sich gut gehen. Selbstverständlich sorge er, Fischer, für angemessene Verpflegung beim pelzigen Freund. Und danke der Nachfrage, ja, ihm gehe es recht gut. Er faste immer noch tapfer. Abgenommen, ja, selbstverständlich, das habe er, schon ein paar Kilos, kein Witz! Katharina lacht. Das ist immer sehr gefährlich, aber schön. Fischer möchte diesen perlenden Klang am liebsten noch einmal hören, er will das Telefongespräch nicht so schnell beenden. Er erzählt vom Fahrraddiebstahl und vom Polizisten Bärtschi Erwin und dessen Warnung. Von der allüberall grassierenden Paranoia. Dämmerungseinsteiger, Schlafzimmerräuber oder wie man es nennen will, alles bloß Märchen der besitzenden Klasse, um die proletarischen Schichten gegeneinander aufzuhetzen. Katharina lacht noch einmal kurz auf, dann meint sie ganz ernst, dass sie gerade bezüglich dieser Kriminalität ein kleines Anliegen habe, insofern, als Fischer doch bitte vor dem Haus gleich links bei den Steinen nachsehen möchte. Dort gebe es einen hohlen Stein, in welchem Rebecca immer einen Hausschlüssel deponiert und nun aber vergessen habe, diesen noch vor den Ferien herauszuholen …

Fischer ist die Geistesgegenwart selbst. Selbstverständlich, das sei kein Problem, das nehme er gleich in Angriff, sobald er wieder im Häuschen sei, sagt er mit fester Stimme zu Katharina. Zugleich saust ihm hitzig der Gedanke durch den Kopf, dass er, nachdem er diesen Pseudostein versehentlich zertreten hat, keinen Hausschlüssel gesehen hat. Verflucht! Dennoch flötet er, dass er den besagten Schlüssel sichern und dann im Häuschen deponieren werde. Seine Exfrau schöpft offensichtlich kein Misstrauen und verabschiedet sich vergleichsweise freundlich. Fischer steht noch da, mit dem Telefonhörer in der Hand. Er muss morgen früh gleich in den Vorort, um diesen Fall aufzuklären. Der Hausschlüssel von Rebecca, warum muss sie diesen vor dem Häuschen deponieren? Weil sie ihr Zeug immer verliert und verschludert. Fischer flucht leise. Da war doch kein Schlüssel.

Zur Beruhigung schaut er noch via Television in die große weite Welt. Verbrechen und Unrecht regieren, ob im Norden oder Süden, Westen oder Osten. Ein besorgter Kommentator gibt zum Besten, dass vor allem im aufgeklärten Europa zu wenige gute Menschen gegen Gesetzwidrigkeit und Gewalttat aufstünden. Fischer gähnt verzweifelt. Erstaunliches hat dann aber das meteorologische Bulletin zu bieten: Diese langanhaltende Schlechtwetterzone, diese Bank aus Feuchtigkeit, dieses Nummernkonto an Nässe, liegt praktisch ausschließlich über der Schweiz. Sittsam kuscheln sich die dunklen Regenwolken entlang der Alpen, sonst ist Europa eher sonnig. Nur wenige Kilometer nördlich von Basel schon ist die hässliche Wolkendecke zerfranst und zerflattert. Aber die Schweiz ist und bleibt nass. Wegen Unterspülung brechen bereits ganze Teile des Engadins in den Inn und die halbe Ostschweiz in den Bodensee. Mehrere mittelländische Kleinstädte sehen ihre historischen Zentren von schmutzigbraunen Flussfluten unterspült und der Jura gibt die hübschesten Thetismeer-Versteinerungen frei, wenn wieder ein halber Rumpfberg auf ein unschuldiges Dorf in den Freibergen aufschlägt. Vielleicht geht bei der ganzen Naturkatastropherei auch Aarau drauf, denkt Fischer. Die Kantonshauptstadt Aarau und das ganze Ungemach, das mit diesem Namen, mit diesem Ort der Verzweiflung verbunden ist. Dann hätte er endlich seine Ruhe!

Ganz kurz vor dem Einschlafen zuckt noch der Gedanke durch Fischers Bewusstsein, dass der Schlüssel von Rebecca vielleicht etwas damit zu tun hat, dass er dieses merkwürdige Gefühl im Häuschen hatte … Als ob ein Eindringling diesen Schlüssel gefunden … Fischer schläft schon wieder, aber gar nicht gut.

16

So früh wie möglich radelt Fischer Richtung Vorort. Es regnet wieder dicke Katzen aus dem grauen Sockenhimmel. Er schaut gleich nach dem Hausschlüssel, kann ihn aber nicht finden, nicht in den Steinen noch im Gras. Dann geht er völlig durchnässt um das Haus herum und durch den Hintereingang hinein. Dabei registriert er, dass der zur Kontrolle postierte Fressnapf des pelzigen Haustiers unverändert dort steht, wo er ihn hingestellt hat. Er geht durchs Haus zum Vordereingang und sieht schnell, dass der dort befestigte Tesastreifen auf einer Seite abgerissen ist. Es ist also jemand hereingekommen, der Fall ist klar. Jemand hat diesen Schlüssel, den Rebecca im hohlen Stein vergessen hat. Der oder die Eindringlinge waren aber wieder keine Gipsy Kings aus dem nahen Ausland, denn es fehlt in der Wohnung nichts von Wert. Der Flachbildfernsehapparat steht protzig in der Stube. Auch Katharinas Laptop glänzt silbermatt auf ihrem Schreibtisch im ersten Stock. Was tun? Fischer streicht ratlos durchs Haus. Die teure Espressomaschine steht ebenfalls noch am selben Fleck, dampft und spuckt plötzlich, nachdem er sie ganz automatisch eingeschaltet hat. Halt, er kann leider noch keinen Kaffee trinken. Nur Tee. Mutlos stellt er die Espressomaschine wieder ab. So etwas Köstliches wie Koffein kann er noch nicht zu sich nehmen, obwohl er das Fasten eingestellt hat. Er darf die Nahrungszufuhr nur langsam hochschrauben. Aber nach Kräutertee steht ihm nicht der Sinn. Vielleicht kann er etwas aus dem Kühlschrank konsumieren.

Dort entdeckt Fischer das Delikt. Er hat für das pelzige Haustier Schweinsnieren gekauft, weil das Vieh ja kein Dosenfutter frisst. Die verwöhnte alte Katze liebt diese Innereien von rosabrauner Farbe und zweifelhafter Konsistenz, mit dem leichten Odeur nach Urin, der dann lange an den Fingern klebt, so sorgfältig man die auch wäscht. Also hat Fischer dieses Zeug besorgt und mit einem gefährlichen Grummeln im Magen ein, zwei Portionen aufgeschnitten, als er das letzte Mal im Häuschen war. Es waren zwei Nieren in der Packung, die er in den Kühlschrank gestellt hatte, jetzt ist nur noch eine da, die schon angeschnitten ist. Fischer kann beschwören, dass eines dieser beiden Dinger weg ist. Dahinter kann nur der hier widerrechtlich Eingedrungene stecken. Fischer schaut und forscht noch eine Zeit lang, aber er kann sonst keine Verluste in diesem Haushalt feststellen.

Was treibt ein Einbrecher, nein, ein Eindringling mit einer Schweinsniere? Organhandel? Sexuellen Missbrauch? Schwachsinn! Fischer muss handeln, das überfordert ihn jetzt doch sehr. Soll er die Polizei alarmieren? Korporal Bärtschi hätte sicher eine Menge Spaß bei den entsprechenden Ermittlungen. Dämmerungseinsteiger und so. Soll Fischer das Schloss auswechseln? Wer kann das nur sein, der sich den Schlüssel beschafft hat? Als Verdächtige kommt Fischer lediglich die alte Frau Graf aus der Nachbarschaft in den Sinn. Die Frau ist ihm nicht ganz geheuer, die weiß zu viel und ist immer am Rande dabei. Wahrscheinlich hat sie auch sein Fahrrad gestohlen und ihm eine faustdicke Lüge aufgetischt. Die Alte will ihn vielleicht in den Wahnsinn treiben. Hat er sie sich irgendwann zum unversöhnlichen Feinde gemacht? Die Nachbarschaftsregeln hier im Vorort sind streng. Schon kleine Vergehen führen zu gesellschaftlicher Ächtung. Rebecca hatte etwas zu laut Geburtstag gefeiert. Schon waren zwei anonym verfasste Protestschreiben im Briefkasten gelegen. Tim hatte den Fußball zu nahe an den Autoparkplatz eines Nachbarblocks geschossen. Schon war er, so erfuhr Fischer später von einer entnervten Katharina am Telefon, von einem rabiaten Hausmeister ausgeschimpft und verjagt worden. Vielleicht hatten sie am Anfang ihres Mietverhältnisses im Vorort den Container mit der Grünabfuhr falsch herum an den Straßenrand gestellt. Es existiert nun einmal ein umfassender Katalog von Verhaltensmaßregeln und es gibt keine Entschuldigung, wenn man den nicht kennt. Unwissen schützt vor Strafe nicht!

Vielleicht hat aber auch Fischer Vorort-Unverzeihliches begangen, sodass nunmehr Rache an ihm geübt werden muss? Er starrt auf die halb leere Plastikpackung, in die sich einst zwei sanftbraune Schweinsnieren hineingeschmiegt hatten. Was zur Hölle! Ist das wirklich alles Realität? Was will die Alte, falls sie denn der Eindringling ist, mit dieser Innerei? Wer außer einer verwöhnten alten Katze will überhaupt eine Schweinsniere? Warum ausgerechnet dieses Stück Gekröse?

Fischers Kopf dreht sich. Er dreht durch. Stopp, Kopf, genau überlegen! Eiskalt kalkulieren!

Niemand anderes als diese Frau Graf kann es sein, die hat bei ihrer Rumspioniererei den Schlüssel aus dem hohlen Stein gefunden und geht jetzt hier ein und aus und vergewaltigt das Häuschen. Dabei klaut sie, es ist nicht anders möglich, eine Schweinsniere. Hat die Graf den hiesigen Fuchs damit füttern wollen? Oder beabsichtigt sie etwa, ihm eine Falle zu stellen? Ein vergiftetes Luder! Egal, der Feind ist erkannt. Fischer weiß, dass er paranoid ist, aber das ist ihm egal. Es gibt nur eine Möglichkeit, dem Ganzen ein Ende zu machen, dieses kriminelle Treiben aufzuhalten. Die Polizei und Korporal Bärtschi Erwin bilden für ihn keine Option. Er, Fischer höchstselbst, muss den Eindringling dingfest und unschädlich machen, das ist klar. Ihm auflauern! Eine Falle stellen, mit Geduld und Spucke!

Fischer wird sich in einen Hinterhalt direkt hier im Haus legen. Abwarten und dann zuschlagen! Er macht es sich bequem, achtet aber darauf, dass das Häuschen schön verlassen aussieht. Er hat Zeit und seine Notizen und die Unterlagen zur Balz-Geschichte mitgebracht. Da muss er auch noch zuschlagen.

Nachdem er sich wieder ein bisschen eingekriegt hat, blättert er ratlos im Tagebuch seines Bruders. Die Passagen nach den herausgerissenen Seiten. Das ist die Faszination des Grauens. Da schreibt Balz selbstgrüblerisch, dass das Individuum im Kampf gegen den Staat und seine Büttel keine Chance habe. Man könne nur verlieren in der großen Auseinandersetzung. Dann sülzt Fischers Bruder wieder herum, suhlt sich in seinen Gefühlen. Er entdeckt an Lisalisalisa eine gewisse universelle Traurigkeit, mit der er ihre ständige schlechte Laune zu entschuldigen scheint.

Fischer ist sich ziemlich sicher, dass der arme Balz so quengelt, weil er einfach nicht mehr in Lisas Höschen gekommen ist. Seufzend blättert er weiter, liest, staunt, wundert sich. Ein Ohr hat er immer auf unerklärliche Geräusche im Haus. Doch es bleibt ruhig an der Front.

Dann, Fischer kann es fast nicht glauben, ertappt der Tagebuchschreiber Balz sich dabei, dass er noch eine andere Frau begehrt neben seiner fatalen Lisa. Es handelt sich um eine gewisse Anita, die neu zur Bürgerinitiative gegen die Atomkraftwerke gestoßen ist. Es folgen ein paar Anmerkungen von Balz über die Neue, Notizen, bei denen Fischers Libido grau anläuft. Wilde Skrupel befallen seinen Bruder, von wegen Vertrauen und Möglichkeiten, mehrere Frauen zu lieben und pipapo. Anstatt sich an diese Anita heranzumachen, schneidet Balz sich vorsorglich den Schwanz ab. Dann aber ist seine Welt plötzlich in Ordnung, ein Eintrag Ende August verkündet, dass Lisa schwanger sei, mit Test und so, schon im dritten Monat. Dass alles gut werde, steht auch noch da.

Fischer atmet auf, blättert schnell weiter im Tagebuch. Wenige Einträge. Aha, da wird die Geburt einer Tochter verkündet, am 17. Februar 1978. Eine schwere Geburt und wie tapfer Lisa war. Eine Eintragung kurz darauf deutet einen Streit um die Namensgebung an. Lisa will das Kind Artemisia nennen. Balz hingegen tendiert zu

Sophia, mit Vera kann er auch leben. Doch schließlich kommt Lisa mit Hera daher. Den fehlenden weiteren Notizen nach ist Papa Balz sehr glücklich. Irgendwann sagt die kleine Hera ihr erstes Wort, wobei es laut Tagebuch einen liebevollen Krach zwischen Vater und Mutter darüber gibt, ob es nun Mama oder Papa geheißen habe. Aber sonst sei alles wieder gut zwischen ihnen …

Fischer fällt dabei ein, dass seine Tochter Rebecca ihr erstes Wort dem hässlichen Hund einer damaligen Nachbarin gewidmet hat: Wie Wauwi hat es geklungen. Und Tim soll ganz deutlich Mau gesagt haben, zu der Katze, die Rebecca mittlerweile geschenkt bekommen hatte. Vielleicht hat sein Sohn aber auch den großen Steuermann Mao Zedong gemeint. Und Rebecca hat einfach »Wow!« gesagt, weil das Leben damals so schön war. Er, Fischer, seine Liebste und ein Kind. Rebecca, die einfach gekommen war, ein Kind, das sich Katharina und ihn als Eltern ausgewählt hatte, ein Bündel voll Glück.

In den Aufzeichnungen von Balz kehrt nach Heras Geburt einigermaßen Ruhe ein. Es steht nicht mehr viel im Tagebuch. Einmal, ein paar Leerseiten liegen dazwischen, trifft Balz wieder diese Anita und kapoldert gleich los, dass diese Frau ihm eigentlich viel mehr bedeutet habe, als er je gedacht hätte … Nichts ist gut!

Fischer hält das Tagebuch etwas von sich weg, als ob es unangenehm riechen würde. Hätte Balz nur mit dieser Anita eine Beziehungskiste angefangen und seine ewige Lisa mitsamt Balg verlassen. Danach kommt nichts mehr im Tagebuch, nichts über die erste Zeit mit der kleinen Hera in der Kleinfamilie. Fischer weiß aus Erfahrung, dass Babys einen ganz schön davon abhalten können, vernünftig Tagebuch zu führen oder sonst etwas zu schreiben. Es gibt auch viel später keine Aufzeichnungen mehr, die etwa auf eine Lebenskrise von Balz hinweisen würden, irgendwelche Gefühlsverwirrungen, suizidale Absichten, nichts. Nichts Sachdienliches über den Tod seines Bruders. Fischer reibt sich ratlos die Stirn. Balz hätte sich wenigstens erklären können, ein bisschen bloß.

Fischer wühlt in den losen Papieren, die er aus dem Aarauer Dachstock mitgenommen hat. Jede Menge Notizen über die Organisierung des Widerstands gegen die Atomkraftwerke in der Schweiz. Überlegungen zu möglichen und unmöglichen Allianzen und Bündnissen mit bürgerlichen Kräften oder mit den Parteikommunisten. Wissenschaftliches Zeug über die Gefährlichkeit des Atomstroms. Schon damals ist diesbezüglich alles erkannt und gesagt worden! Dann sind da noch ein paar Mappen mit Korrespondenz, Notizen und Entwürfe. Nichts Zusammenhängendes. Nichts, das eine Struktur gibt. Nichts aus Fleisch und Blut. Nichts, das Balz wieder ein Stück weit lebendig werden lässt.

Fischer nimmt noch einmal das Tagebuch in die Hand, wägt es, lässt es aufklappen, dreht es, schüttelt es. Es flattert nichts Geheimes heraus. Mit dem Text im Buch stimmt etwas nicht, der ist gänzlich verlogen, der ist allerhöchstens egomanes Wunschdenken seines Verfassers. Das spürt Fischer in seiner asketischen Hellsichtigkeit. Zwischen Lisa und Balz war niemals etwas gut, da kann nichts gut gewesen sein, da war nur allerhand Kaputtes. Da waren eine Stummheit und eine schreckliche Verletztheit. Ein Chaos brodelte zwischen Lisa und Balz. Fischer erinnert sich an Szenen in dieser Wohngemeinschaft. Damals war er blind, nur froh, seinen Bruderfreundgenossen Balz zu sehen und zu hören. Der Balz, der in diesem Tagebuch auftritt, ist ein falscher Balz. Eine Scheinexistenz. Die kann Fischer auf keinen Fall akzeptieren.

Ein allerletztes Mal hatte Fischer noch Licht ins Dunkel um den Tod seines Bruders zu bringen versucht. Ein paar Jahre nach dem Safari-Tod der Zurbuchens hatte er bei einem seiner seltenen Heimataufenthalte von seiner Mutter erfahren, dass in der vornehmen Villa der Eltern von Lisa nun der Sohn, also Lisas Bruder, in einer Art Wohngemeinschaft leben würde. Von einem ehemaligen Schulfreund in Aarau hatte Fischer Genaueres erfahren. Der neue Bewohner der Villa hieß Lukas, Stammhalter der Zurbuchens. Der war schon früh in der Kifferszene der Stadt bekannt, hatte dann aber bald auf härtere Drogen umgesattelt und war immer wieder für längere Zeit verschwunden, ob im Ausland, im Knast oder in Therapien – das wusste keiner so recht. Jedenfalls war dieser Lukas einige Zeit nach dem Tod der Eltern erneut in Aarau aufgetaucht und bewohnte nun die Villa mit ein paar Drogen-Buddies. Fischers Schulfreund erzählte das alles recht ausführlich und grinste dazu anzüglich, wollte aber auf keinen Fall mitkommen in diese Villa.

Also ging Fischer allein zu diesem Lukas. Es war ein warmer Tag im Mai, und Aarau schien für einmal trocken und freundlich. Die Sonne schickte zögerlich ein paar Strahlen auf den bergan stapfenden Fischer herab. Er war über die fröhlich strudelnde Aare gewandert und stieg nun auf einer kleinen Treppe den sogenannten Hungerberg hinauf. Der Name war ein reiner Euphemismus, denn gerade an diesem Hang hatten sich die reichen Aarauer ihre Villen gebaut. Da gab es unter anderen das prächtige Gebäude der Zschokke-Villa, in deren Mauern und in deren prächtigem Garten zu Fischers Teenager-Zeiten allerhand Kunst-Allotria getrieben worden war. Er konnte sich erinnern, dass er als junger Mensch dort herumgestreunt war, staunender Zeuge wurde von poetischen Aktionen, Bild gewordenen Denkprozessen und so weiter.

Fischer stieg noch ein paar Stufen höher und kam zu jenem großzügig bemessenen Grundstück, von dem er vor Jahren vor einem Hund fliehen musste. Büsche und Bäume, die das Anwesen früher umhüllt hatten, waren großflächig verschwunden. Die viereckige, kantige Villa mit viel Glas sah etwas heruntergekommen aus und schien sich zu schämen, so ungeschützt allen Blicken ausgeliefert zu sein. Im Garten vor dem Haus grub ein Typ zwischen verwilderten Beeten herum. Auf Zuruf hin gab er sich als ebenjener Lukas, den Bruder von Lisa, zu erkennen. Er winkte Fischer aufs Grundstück und sie setzten sich auf die weitläufige Veranda.

Lukas schien zwar auf Drogen zu sein, aber er gab sich immerhin Mühe, auf die Fragen von Fischer zu antworten. Er hatte schlicht keine Ahnung, wo sich seine Schwester Lisa befand. Er wusste nicht einmal, dass sie ein Kind hatte. Elisabeth, so nannte Lukas sie ständig. Die schöne Elisabeth sei für die maximale Sache eingeplant gewesen, Bildung, Karriere und spätere Heirat in höchste Sphären hinein. Dabei sei sie gar nicht glücklich gewesen, die Arme, zu viel Druck und so. Viel zu viel Druck. Im Gymnasium Nachhilfe satt, dennoch Matura als absolute Pflicht, vorgesehen gewesen wäre Wirtschaftsstudium in Sankt Gallen und so weiter. Ach je, die arme Elisabeth, sie wäre den Eltern nie ganz entkommen. Er schon, hatte der Junkie plötzlich gelacht und eine Reihe unschön ramponierter Zähne entblößt. Wenn dieser Lukas mehr keuchte als lachte, dann griff das Grauen mit spitzen Fingern nach Fischer.

Es sei auf eine Art ein ziemlich schlechter Witz, dass er wieder hier wohnen würde, aber jetzt sei er der reiche Dreckskerl und könne sich Drogen von bester Qualität leisten. Bei diesen Worten streckte dieser Lukas die Arme hoch in die Luft, schloss dabei die Augen und öffnete weit seinen grausigen Mund. Es sah aus wie ein stiller, dennoch höchst intensiver Torjubel beim Fußball. Womöglich wüsste der Familienanwalt, wo Elisabeth jetzt wohnen würde, meinte er nach einer Weile. Das Erbe sei geteilt worden, ganz klar. Bei diesen amtlichen Vorgängen hätte es aber nie einen Kontakt unter den Geschwistern gegeben, denn Elisabeth würde ihn hassen.

Fischer sah, dass Lukas beim Sprechen ständig kleine Speichelbläschen aus den Mundwinkeln entwichen und duckte sich mehr oder weniger bei jedem Votum des Junkies weg. Der verfluchte noch einmal seine furchtbar spießigen Alten, dann deutete er in den Garten hinaus und beklagte weinerlich, was für eine Höllenarbeit es sei, den harten Boden umzugraben und in diesem Unkraut und Unterholz Cannabis anzupflanzen.

Fischer wurde es während der Ausführungen dieses Lukas immer ungemütlicher und so verabschiedete er sich nach einer längeren und etwas peinlichen Gesprächspause so schnell und elegant wie möglich. Und nein, er würde nicht zu diesem Familienanwalt gehen. Lisa konnte von ihm aus irgendwo verdorren. Die ganzen Umstände, diese kaputte Welt, die sich da auftat, das war viel zu viel für ihn. Lange hatte Fischer immer wieder davon geträumt, dieses verdammte Aarau in die Luft zu jagen, diese verfluchte Ansiedlung großflächig auszuradieren. Aber es war wohl besser zu fliehen, sich so schnell wie möglich in Sicherheit zu bringen, jenseits der Jurakette, in Basel. Das tat er damals und blieb fürderhin so konsequent wie möglich weg von Aarau. Und er ließ den armen Balz endgültig in Frieden ruhen. Bis jetzt.

Fischer klappt das Tagebuch zu, genug ist genug! Er räumt das ganze Zeug wieder in seine Aktenmappe. Ihm ist nicht mehr nach Schreiben zumute. Dafür ist ihm in den Sinn gekommen, dass ihn die alte Frau Graf, diese Kankra des Almagellwegs, sicherlich gesehen hat, als er hier angekommen ist. Er muss die Falle bedeutend subtiler aufstellen, wenn er als Crime-Hunter Erfolg haben will.

Laut pfeifend geht er aus dem Haus, schließt umständlich sein neues Fahrrad vor dem Häuschen auf und besteigt es in mehreren Anläufen. Seht her, ich bin's und ich gehe jetzt! Er steigt noch einmal ab, geht ein paar Meter ums Haus herum, rüttelt an einem Fensterladen, benimmt sich so auffällig wie möglich. Dann tritt er doch noch los und verschwindet mit Gesang in der feuchten Natur. Die alte Graf muss ihn einfach gesehen haben und sich in Sicherheit wiegen. Blitzschnell fährt Fischer ums Karree und kommt von der anderen Seite her wieder in den Almagellweg. Vor der Kurve kettet er sein Fahrrad an einen Laternenpfahl und schleicht im Schatten der Buchenkrüppelhecken und Allergiebirken zum Häuschen. Er unterdrückt ein Niesen und huscht so unsichtbar wie möglich durch den Vordereingang hinein. Höchstwahrscheinlich hat ihn die alte Graf nicht bemerkt. Jetzt heißt es warten. Fischer sitzt lauernd in der Stube. Er versucht, die hübsche Maria anzurufen, wegen ihres Rendezvous morgen, aber sie reagiert auch auf eine Combox-Mitteilung nicht. Sie wird wohl den internationalen Brigaden ihres Stadtviertels gerade ein gepflegtes Deutsch beibringen. An Atomkraft will Fischer nicht denken, weil damit die Erinnerung an Balz einhergeht. So blättert er sich durch die Bibliothek seiner Exfrau. Die ist vor allem juristisch geprägt, denn Katharina ist in einem bekannten Advokaturbüro in der Stadt beschäftigt. Fischer blättert in Gesetzessammlungen herum. Er versucht herauszufinden, was ihn erwartet; wenn er den Eindringling auf frischer Tat ertappt und – sollte es sich tatsächlich um die alte Graf handeln – etwas zu grob anfasst und verletzt.

Verkennt der Täter aus grobem Unverstand, dass die Tat nach der Art des Gegenstandes oder des Mittels, an oder mit dem er sie ausführen will, überhaupt nicht zur Vollendung gelangen kann, so bleibt er straflos. Handelt der Täter in einer irrigen Vorstellung über den Sachverhalt, so beurteilt das Gericht die Tat zu Gunsten des Täters nach dem Sachverhalt, den sich der Täter vorgestellt hat. Die allgemeinen Bestimmungen dieses Gesetzes finden auf Taten, die in anderen Bundesgesetzen mit Strafe bedroht sind, insoweit Anwendung, als diese Bundesgesetze nicht selbst Bestimmungen aufstellen.

Fischer ist getröstet. Bei diesen juristischen Aussagen haben ganz offensichtlich Surrealisten und Dadaisten die Formulierungsgewalt, das sind seine natürlichen literarischen Verbündeten. Die Zeit vergeht auf angenehme Weise beim Lesen dieser hermetischen Texte. Nichts geschieht. Fischer sitzt mittlerweile im Dunkeln. Er schlägt die juristischen Wälzer zu, nickt für ein Minütchen oder zwei ein. Kein Eindringling bisher! Auch egal. Dafür knurrt Fischers Magen. Schließlich macht er das Licht in der Küche an. Seinem verdienstvollen Einsatz war kein Erfolg gegönnt. Er gießt sich als Belohnung eine Instant-Tomatensuppe mit heißem Wasser auf und löffelt sie ganz langsam und bewusst. Ein unglaublicher, unerwarteter Genuss. Seine Geschmacksnerven sind zuerst skeptisch, dann jauchzen sie glücklich. Seine Zunge wälzt sich wohlig in ihrem Bett. Sein Gaumenzäpfchen schwingt vergnügt in der warmen, köstlichen Flüssigkeit. Fischer isst wieder, auch wenn es nur ein Sofortsüppchen ist. Seine Fastenzeit ist vorbei. Jetzt wird alles besser. Essen! Morgen mit Maria Casaramone. Thai! Kurz verzieht sich sein Magen. Aber bald verliert Fischer sich in wonnigen Mutmaßungen und schönen Bildern. Bevor er ins Bett geht, schleicht er noch einmal aus dem Häuschen. Still und friedlich liegt der Vorort da. Kein Mensch. Nur die Katze sitzt da und schaut ihn wieder an. Von Weitem hört Fischer das Rauschen der Stadt. Kurz nach Mitternacht beginnt es stark zu regnen, doch das eintönige Rauschen lullt ihn ein, ja, umgibt ihn wie ein Hülle. Vom Heuschnupfenmedikament heruntergekühlt, klinkt er sich friedvoll aus dem Weltbetrieb aus.

17

Am anderen Morgen, vor seiner Rückfahrt in die Stadt und hoffentlich in die Arme von Maria Dingsda, sieht sich Fischer noch einmal die Haustür genau an. Die kann er mit einem Stuhl blockieren, ebenso die Verandatür. Da nützt dann auch kein Schlüssel mehr. Also Schluss mit dem unbefugten Eindringen, Frau Graf! Nein, Moment. Fischer kommt eine noch bessere Idee. Er verteilt sorgsam zwei, drei Deziliter Salatöl auf dem Steinboden des Korridors, gleich hinter der Haustür. Er, Fischer, ist einst grausam gestürzt, als ihm Fahrradschmiermittel auf den dunklen Pseudomarmor des Hausgangs getropft ist und er kurz darauf dort hineintrat. Der Ölfilm ist wie Glatteis. Keine Chance, es zieht einem unweigerlich die Beine weg. Das soll jedem Einsteigverbrecher eine Lehre sein. Fischer macht sich eine geistige Notiz, dass er unbedingt an diese Falle denken muss, wenn er das nächste Mal ins Häuschen geht. Und dass er das Öl wegputzt, bevor Katharina und die Kinder am Wochenende aus den Ferien zurückkommen.

Er stoppt seine rasante Rückfahrt in die Stadtwohnung beim Café des Arts. Hier ist er ganz sicher vor Mendota, der dieses Etablissement nicht mehr zu besuchen pflegt, seitdem er wegen einer Perfomance dort des Feldes verwiesen wurde. Anlässlich des jährlich stattfindenden Literaturfestivals hatte sich Mendota mit dem

Künstlernamen Leander Lues in eine poetische Tournee eingeschlichen, die Dichterinnen und Lyriker von Beiz zu Beiz führte, um dort aus den jeweiligen Werken zu lesen. Von Anfang an war es die erklärte Absicht des schwarzen Nihilisten gewesen, bei diesem Anlass den Literaturbetrieb als dröge und verlogen zu demaskieren. Also sorgte er auf einer Station der Tournee für einen handfesten Skandal. Mendota wollte im Café des Arts einer lebenden Taube den Kopf abbeißen, genauso wie es einst der Sänger der Heavy Metal-Band Black Sabbath, Ozzy Osbourne, gemacht haben soll. Warum ein abgebissener Vogelkopf die notorische Verschnarchtheit der hiesigen Literatur konterkarieren sollte, hat sich Fischer zwar bis heute nicht erschlossen, aber prinzipiell steht er immer auf Seiten des kulturellen Desperados. Es gab eine Riesensauerei, weil Mendota es selbstverständlich nicht schaffte, den Kopf der sich vehement wehrenden Taube mit einem Haps abzubeißen. Seine Aktion hielt sich dann auch noch zwei Wochen in den Massenmedien, vor allem, weil eine militante Tierschutzorganisation diesen Anlass erbarmungslos hochkochte und einhieb auf die literarische Avantgarde dieses Landes, die unschuldige Tiere für ihre lebensfeindlichen Umtriebe opfere. So gelangte diese Stadt wieder einmal in die nationalen Schlagzeilen, und Leander Lues alias Mendota dazu. Wenn es auch nicht um die Literatur an sich ging, so war doch allen Beteiligten medial damit gedient.

Fischer schüttelt den Kopf, um diese Erinnerung loszuwerden, denn er muss sich der Gegenwart stellen.

Er darf ab sofort wieder Espressi schlürfen. Vielleicht noch ein halbes Hörnchen dazu genießen. Das Leben ist groß. Drei Sportteile wollen gelesen werden. Übers Wochenende war wieder eine Fußballrunde zum Abgewöhnen. Alle seine Hassmannschaften in den verschiedenen europäischen Ligen haben gewonnen: Bayern München, Real Madrid, Juventus Turin, Manchester City. Seine Lieblinge hingegen haben alle verloren und stecken nun bis zum Hals im Abstiegskampf.

Spontan sendet Fischer eine SMS an die entzückende Maria Casaramone, ob sie denn ein bisschen Affinität zum Fußball habe und wenn ja, was für einen Klub sie präferiere. Innert Kürze ist die Antwort da, die mit einem »Bis heute Abend in Thailand!« schließt. Fischer kriegt fast Vögel, als er die Nachricht liest. Maria bevorzugt im italienischen Fußball den FC Livorno, den kommunistisch angehauchten Kultklub von Cristiano Lucarelli und Co. Er bestellt vor lauter Begeisterung einen Doppelespresso. Heute abend wird er dieses schwellende Weib in sein Bett zerren, das ist klar. Er wird sie mit Karl-Marx-Zitaten bezirzen und dann Antonio Gramsci rezitieren, bis sie ihm völlig zu Willen ist. Nach der dreifachen Ladung Koffein zieht es Fischer jedoch den Magen recht heftig zusammen und er beeilt sich, nach Hause und auf die Toilette zu kommen.

Fischer stellt den Staubsauger ab, den er gerade durch seine Wohnung gezogen hat, nur für den Fall, dass Maria nach Essen und Kino zu ihm nach Hause kommen will.

Dann setzt er sich wieder an den Artikel für den Katalog des Aarauer Kunsthauses. Langsam gewinnt dieser an Volumen. Es wird wohl besser sein, Balz in dieser Sache nicht allzu heftig zu idealisieren oder in den Mittelpunkt zu stellen. Ein ehrendes Andenken, das schon. Immer fasziniert hat Fischer die panische, paranoide Reaktion vieler Normalverbraucher und guter Staatsbürger gegenüber den Atomkraftwerkgegnern, die eigentlich nur eine Schar besorgter Umweltschützer und naiver Weltverbesserer, aber keinesfalls gewalttätige Chaoten waren. Diese geradezu lächerliche Angst hat sich Fischer damals eingebrannt, das hat er mitgenommen in sein späteres Leben. Mit diesem Beschwören von Ruhe und Ordnung wollte er nie mehr etwas zu tun haben. Wohlanständigkeit und Moral, Regeln und Vorschriften. Das tut man nicht! Das darf man nicht! Was die Leute wohl sagen? Diese braunstichige Welt aus gutem Schuhwerk und Nachbarschaftskontrolle, aus Duckmäusertum und Selbstzufriedenheit. Alles nur Schiss oder Angstlust, die bourgeoise Angstversteifung. »Die können nur vögeln, wenn sie aus Furcht vor dem Kommunismus einen Steifen kriegen.« Das hat Balz damals gesagt. Fischer wollte keinesfalls Mitglied einer solchen Gesellschaft werden.

Bei der Beschreibung der gutbürgerlichen Reaktion gegen alles Oppositionelle kommt ihm der Oberst Ernst Cincera in den Sinn. Der Subversivenjäger. Mit verbissenem Eifer hat der Mann in den Sechziger- und Siebzigerjahren des letzten Jahrhunderts wider Revolution und Subversion im heimeligen Schweizerlande gepredigt.

Sein Tenor war, dass alle Linksgruppen von Moskau gesteuert seien und hinter allen Reformbewegungen, kämpferischen Gewerkschaftssektionen und aktiven Bürgergruppen diese bösen Linken stecken würden. Damit missionierte er landauf, landab, trug seine fantastischen Jammertriaden den verängstigten Bürgern vor. Natürlich präzisierte er auch immer dahingehend, dass die kommunistisch-anarchistischen Kampfmittel dabei nicht nur Vermittlung von ideologischer Weltanschauung, sondern vor allem auch Gruppensex und Haschisch seien – was sie bei der unschuldigen Schweizer Jugend höchst attraktiv machen würde.

Fischer muss lachen. Er erinnert sich gut. Einst, auf Initiative von Balz, wem sonst, war in Aarau ein Vortrag von Ernst Cincera gesprengt worden. Aus dem Hintergrund hatte der Abiturient Fischer zugeschaut, wie Balz und Konsorten in anständigen, dunklen Anzügen, mit sauber geschlungener Krawatte und angeleimten Haaren vehement die Todesstrafe für linke Vaterlandsverräter gefordert und die Landesregierung sowie den vortragenden Cincera der Laschheit und des Hosenscheißertums bezichtigt hatten. Es entstand ein allgemeiner Tumult und Klamauk, denn überall aus dem Publikum erhoben sich nun Störenfriede. Schließlich zog es der Subversivenjäger vor, von der Bühne zu gehen und die Situation der völlig überforderten Aarauer Stadtpolizei zu überlassen.

Selbstverständlich waren Cinceras Aktivitäten nicht bloß ein Witz. Er legte Listen an von Oppositionellen und Linken und denunzierte diese Leute bei ihren

Arbeitgebern. Der Skandal dabei war vor allem, dass öffentliche Stellen diese Informationen bei Cincera einforderten. So wurden linke Lehrer aus dem Dienst entlassen, wenn sie in Cinceras Archiven als Subversive klassifiziert waren. Fischer erinnert sich an einen Fall, der einen Freund von Balz betraf. Berufsverbot hieß das damals.

Cincera, aber auch der Staatsschutz sammelten fleißig. Irgendwann, kurz vor dem Ende des real existierenden Sozialismus, hat auch Fischer seine Akte, seine Fiche, sein linkes Sündenregister vom Staatsschutz erhalten. Da standen neben Uninteressantem wie der Teilnahme an Mai-Umzügen und der Mitarbeit bei kritischen Schülerzeitungen vor allem Unwahrheiten drin. Er, Fischer, war weder Angehöriger einer trotzkistischen Partei gewesen, noch hatte er an der Besetzung eines leerstehenden Fabrikgebäudes in Aarau teilgenommen. Damals hatte er das feuchte Mittellandstädtchen längst verlassen. Die Datensammler müssen wohl gewöhnliche Stadt- und Kantonspolizisten gewesen sein, das holprige Deutsch der Protokolle lässt keinen anderen Schluss zu. Es kommt Fischer so vor, als hätte beispielsweise jemand wie Korporal Bärtschi Erwin damals diese Anschuldigungen geschrieben.

Kaum ist der Gedanke gedacht, reißt das Klingeln des Telefons Fischer hoch. Er versteht zuerst kein Wort. Der Mann am anderen Ende der Leitung spult einfach sein Programm herunter. Er erzählt in atemloser Eile etwas von Fahrrad und Abholung und Polizeiposten und Unfall und schwerem Sturz von – genau – Korporal Bärtschi Erwin. Durch Nachfragen erfährt Fischer, dass ein Kollege von Bärtschi vom Polizeiposten des Vororts am Ende der Leitung ist. Der Mann liest möglicherweise von einem Blatt ab, auf das er sich den komplizierten Sachverhalt aufgeschrieben hat, denn er ist mit seinem Programm schon wieder bei Unfall und schwerem Sturz angelangt. Schließlich versteht Fischer, dass sein Fahrrad, das er als gestohlen gemeldet hat, wieder aufgetaucht sei und Korporal Bärtschi Erwin es persönlich an den Almagellweg habe bringen wollen. Dort aber sei der Polizist in einen Unfall verwickelt worden, in einen schweren Sturz, die Umstände seien unklar. Anwohner hätten den Posten alarmiert, dass einer vom Corps am Boden liege, vor dem Haus Almagellweg 18, offensichtlich gravierend verletzt. Möglicherweise sei der Steinboden vor dem Eingang vom vielen Regen moosbewachsen und sehr rutschig gewesen, und der Kollege habe einfach nicht aufgepasst und, schwupps, sei er ausgerutscht. So habe es Bärtschi Erwin selbst gesagt, nach einer ersten ärztlichen Versorgung im Krankenwagen, als er wieder ein bisschen Bewusstsein erlangt habe. Eigenes Verschulden des Kollegen jedenfalls!

Es gehe aber auch um das Fahrrad, meint Bärtschis Kollege zum nun langsam vollständig informierten Fischer. Ob er den Dienstvorgang der Velorückbringung abschließen könne, das Fahrrad stehe noch vor dem Haus am Almagellweg. Nicht, dass es wieder entwendet werde. Er möge gefälligst bitte gleich nachsehen und das Fahrrad sichern. Kollege Bärtschi sei im Hospital und es gehe ihm nicht gut, wird Fischer beschieden, als er, immer noch reichlich irritiert, erneut nachfragt. Und endlich fällt es ihm wie Schuppen von den Augen.

18

Das Moos am Almagellweg erzählt

Ich bin ein diploider Sporophyt des Bryum Argenteum, also sozusagen ein Fortpflanzungsbeauftragter des gewöhnlichen Silber-Birnmooses. Ich und meine Genossen wuchern friedlich vor uns hin bei diesem wunderbaren Wetter, diese Feuchtigkeit ist sozusagen ein Aphrodisiakum für uns. Hier am Almagellweg wird man an gewissen Stellen schön in Ruhe gelassen. Gut, viele Menschen sagen zu unserm Überwachsen, es wirke ungepflegt, weshalb sie uns mit Stumpf und Stiel ausrotten wollen. Was für eine sinnlose Arbeit. Wir sind hier und werden immer hier bleiben.

Man sieht und hört ja allerhand in diesem ruhigen Sträßchen. Man sieht, wie Kriminaltouristen die besten Einbruchsmöglichkeiten ausbaldowern. Man sieht aber auch die Hüter der Gerechtigkeit im permanenten Einsatz. Polizisten, die sogar außerhalb der Dienstzeit mit ihren vierbeinigen Lieblingen hier durchspazieren, zum Markieren anhalten müssen und angelegentlich einen Schlüssel finden, mit dem sie dann widerrechtlich in ein Haus oder ein Häuschen eindringen. Diese verdammte Neugierde, die dem Menschen so zu schaffen macht. Beim dritten oder vierten Male laufen diese

Menschen prompt in ihr Unglück, tappen in eine Falle, stürzen schwer und tun sich weh.

Auch sonst sieht unsereins bei seinem friedlichen Vorsichhinwachsen und bei andauernder ungeschlechtlicher sowie geschlechtlicher Fortpflanzung allerhand. Man sieht zwei Typen, die ein Fahrrad in einen Lieferwagen laden und abhauen. Man sieht den Fuchs auf seiner Suche nach einem Leckerbissen. Man sieht alte Damen, die schwere Taschen hinter sich herschleppen, wobei man nicht weiß, was sich darin befindet.

Das Verbrechen regiert auf mannigfaltige Art im Vorort und die Verbrechensverhinderer mischen ihrerseits als Gangster fröhlich mit. Das bestürzt sogar einen diploiden Sporophyten des gewöhnlichen Silber-Birnmooses, das kann ich Ihnen sagen. Ich erzähle jetzt einfach, was geschah: Der Eindringling in Polizeiuniform schiebt ein Fahrrad. Es ist aber mitnichten dasjenige gewesen, welches vor dem Häuschen gestohlen worden ist. Die Amtsperson stellt das Velo ab, keucht die Vortreppe hoch und klingelt, einmal, zweimal, dann schaut sie sich verstohlen um und husch, schließt sie die Haustür auf und macht einen Schritt hinein. Das nächste, was ich mitbekomme, ist ein schauererregender Schrei, ein dumpfer Fall. Es folgt ein Jammer, dass Gott erbarm'. Jetzt werden Sie vielleicht fragen, ob Moose denn hören können. Da hätten Sie sich aber vorher schon fragen müssen, ob Moose denn sehen können, oder? Aber egal, wir haben einfach nun mal die Sinnesorgane, um so etwas wahrzunehmen. Nennen Sie es von mir aus kriminalistischen Instinkt.

Da ist also ein schwerer Fall, dann lautes Gejammer und ein Arm, ein Kopf, die aus der Haustür ragen. Schließlich folgt der ganze Polizist, der mühselig und stöhnend herausrobbt. Ein elender Anblick. Der Mann will offensichtlich vom Tatort wegkommen. Meint, er könne sich noch dem Vorwurf des widerrechtlichen Eindringens entziehen. Er schafft es sogar noch, die Haustür zuzuziehen. In einer Hand hält er noch den Hausschlüssel. Den wirft er nun in die Steine neben der Stiege und bleibt endlich mit einem verzweifelten Laut ruhig liegen. Ist vielleicht auch ohnmächtig geworden. Kein Wunder, bei diesem Sturz. Der Schlüssel zischt nur um Haaresbreite an mir vorbei. Um Moosesbreite! Das hätte eine mittlere Katastrophe für mich werden können. Deswegen habe ich gedacht, ich erzähle das alles hier, denn so kann man mit einem diploiden Sporophyt des Silber-Birnmooses einfach nicht umspringen.

19

Fischer macht sich gleich nach dem Telefongespräch mit Korporal Bärtschis Kollegen auf in den Vorort, ein wenig vom schlechten Gewissen getrieben. Diese Öl-Falle war vielleicht übertrieben. Nun ja, der Bulle muss sich sein Ungemach selbst zuschreiben. Was schnüffelt dieser Idiot auch in fremden Häusern herum? Wer kommt denn auf so was? Die alte Frau Graf kommt Fischer entgegen, als er in den Almagellweg einbiegt. Sie winkt ihm aufgeregt zu und stellt sich ihm überraschend in den Weg. Er bremst ab und schlittert nur knapp mit dem Fahrrad an ihr vorbei. Die Alte legt gleich los, dass seit seinem Auftauchen hier im Vorort nichts mehr sicher sei, nur noch blankes Chaos herrsche. Sogar die Polizei verunfalle bei der Ausübung ihrer Pflicht wegen der Unordnung überall und …

Fischer gähnt, schüttelt den Kopf und fährt weiter. Frau Graf zetert ihm noch hinterher. Soll sie doch! Irritiert ist er dann allerdings, weil das an der Hauswand lehnende Fahrrad gar nicht seines ist. Es handelt sich um ein schönes, großes, schwarzes Damenfahrrad, welches ihm Korporal Bärtschi hingestellt hat. Solche Geschenke nimmt er immer an, das ist vielleicht etwas für Maria Casaramone. Er stellt das Rad in die Garage und öffnet vorsichtig die Haustür. Er hat es doch gewusst! Da sind ganz klare Spuren von einem schweren Sturz. Blutspuren an der Wand. Bärtschi hat sich irgendwo schwerwiegend aufgeschürft. Fischer umgeht ganz vorsichtig das Öl, holt Haushaltspapier aus der Küche und legt es auf die Lache. Eine verdammte Sauerei alles! Er wischt an der blutigen Wand herum. Wenn Katharina das nicht bemerkt, muss sie in den Ferien blind geworden sein. Er wird sich frühzeitig eine vernünftige Ausrede oder wenigstens ein besonders fantasievolles Märchen ausdenken müssen. Er übersteigt das Öl-Fiasko und geht nach draußen. Da hat der ewige Regen schon eventuelle Blutspuren getilgt. Es scheint Fischer, dass das Moos sich seit dem letzten Mal ums Zehnfache ausgebreitet hat. Überall in den Ritzen sitzen diese grünen Pölsterchen. Zu seiner Freude sieht er aber noch Rebeccas Hausschlüssel zwischen den Steinen liegen. Wenigstens dieses Problem ist gelöst!

Was der Polizist genau im Häuschen wollte, will Fischer gar nicht wissen, er wird ihn auch nicht verpfeifen. Die Sache ist für ihn erledigt, er hat den Eindringling niedergestreckt und besiegt! So radelt er mit einem gewissen Hochgefühl wieder in die Stadt, um sich endlich für Maria fein zu machen.

Die weggefasteten Kilos stehen ihm gut. Sein anthrazitgrauer Paul-Kehl-Zürich-Anzug schlabbert sogar um seinen Körper, aber es sieht extrem lässig aus. Der Kragenknopf seines Desigual-Hemdes lässt sich locker schließen. Der gute, alte New-Wave-Beamte. Das waren noch Zeiten, als man den obersten Hemdknopf stets geschlossen trug.

Nun noch ein bisschen Duft: Bruno Banani oder Cipresso di Toscana? Beides etwas süß. Aber das ist auch Maria Casadingsda, die er in einer halben Stunde im ›Thaitanic‹, dem angesagten neuen Asiaten im ehemaligen Glasscherbenviertel treffen wird. In unmittelbarer Nähe zur Großbaustelle Hafen haben sich noch kurz vor der Gentrifizierung Restaurants, Bars und Kleingewerbe, wie der Bike-Laden von Fischers altem Freund Werner, angesiedelt. Fischer wird demnächst sein neuestes zweirädriges Schnäppchen dort hinbringen, damit Werner es umspritzen und aufpeppen kann.

Maria Casaramone kommt 20 Minuten zu spät. Sie sieht entzückend aus. Fischers leichte Verstimmung legt sich sofort bei ihrem Anblick. Eine Rose. Ihre Wangen sind leicht gerötet, die neckischen schwarzen Locken frisch gekräuselt. Sie riecht nach Zimt, als Fischer die Luft über ihren Wangenknochen küsst. Beim dritten Kuss kann er nicht an sich halten und drückt ihn auf die rosige Backe.

Sie fragt ihn über die letzten Tage seines Fastens aus. Fischer weiß gar nicht so recht, wie es ihm geht. Den ersten Espresso hat er gar nicht vertragen. Seither hat er eigentlich nichts mehr gegessen. Gar keine Zeit gehabt, Nahrung zu sich zu nehmen. Und hier, im Thaitanic, macht ihm die duftgeschwängerte Luft mittlerweile zu schaffen. Zitronengras und Kreuzkümmel umschweben ihn. Gebratenes und Frittiertes umwallt ihn. Maria bestellt zwei Vorspeisen und einen Hauptgang, Fischer ist bedeutend zurückhaltender. Während sein bezauberndes Gegenüber mit prächtigem Appetit speist, löffelt er vorsichtig ein als mild beschriebenes Süppchen. Dennoch fräst sich Schärfe in seinen Gaumen, verbrennt ihm fast die Kehle. Tapfer nippt er am stillen Wasser, während Maria fröhlich lachend das Brennen der Gewürze mit Bier löscht.

Apropos AC Livorno, ob sie denn aus der schönen Hafenstadt stamme, fragt Fischer, denn Casaramone sei ja wohl keinesfalls ein hiesiger Name.

Nein, meint die Schöne und beißt mit ihren perlweißen Zähnchen in ein vietnamesisches Frühlingsröllchen, welches sie geradezu anzüglich in die Chilisauce getaucht hat. Fischer sieht wieder den schmalen Spalt zwischen ihren Schneidezähnen und tief in ihm brodelt Begeisterung auf. Sie sei hier in der Schweiz geboren, sagt Maria schmatzend, aber ihre Eltern stammten aus Cosenza.

Wo die dumpfen Wasser leise lispeln, sagt Fischer ganz automatisch. Maria sieht ihn fragend an. Fischer lächelt und erzählt von Platens Gedicht, und dass er eventuell demnächst nach Cosenza gehe, mit einem ehemaligen Professor der Altgeschichte, um den Schatz des Alarich zu finden. Maria hat schon davon gehört. Sie weiß, dass ein Brüderpaar in Cosenza die Suche danach zu seinem Lebensinhalt gemacht hat. Aber entdeckt hätten die beiden kein Körnchen Gold, nichts.

Fischer kommt lieber auf seinen italienischen Lieblingsfußballer Cristiano Lucarelli zurück, worauf ihn Maria belehrt, dass der Mann im Jahre 1996 für die AS Cosenza Calcio gespielt habe und zwar so gut, dass er in jenes Nationalteam berufen wurde, das im selben Jahr in Atlanta an den Olympischen Sommerspielen teilgenommen habe. Sie, Maria Casaramone, habe ihn in Cosenza, während eines Besuchs bei den Großeltern, noch spielen sehen – als junge Frau, sagt sie laut lachend mit zwei netten Wangengrübchen.

Fischer ist hingerissen, aber in seine Liebesraserei mischt sich nun sein Magen ein. Das Süppchen schwappt und schlägt an seine Magenwände, Koriander brüllt auf und Zitronengras, er hat einen Miniatur-Zyklon in seinem Bauch. Verzweifelt versucht Fischer, sich auf das liebliche Antlitz der Casaramone zu konzentrieren, dann hetzt er doch zackig auf die Toilette.

Bleich kommt er wieder an den Tisch zurück. Maria sieht ihn besorgt an und streichelt beruhigend seinen Handrücken. Ah, Fischer hält ihr Händchen und lässt seine Stimme betont fest klingen. Es gehe ihm wieder gut, er werde sich jetzt einfach auf Tee beschränken. Worauf er aber gleich wieder einen Würgereiz spürt. Offensichtlich ist es nicht so einfach, das Fastenessen mit einem Festessen zu brechen. Und schon ist Fischer wieder unterwegs in Richtung Toilette. Ins Kino kann er so nicht. Maria Casaramone versteht das. In der Tat begleitet er sie die Treppe hoch zu ihrer Altbauwohnung. Die liegt nur fünf Straßen von seiner Klause entfernt. Als Fischer noch vor der Tür zum entscheidenden Kuss ansetzt, bemerkt er, dass die entzückende Maria – wenn auch ganz leicht nur – Zitronengras und Kreuzkümmel ausdünstet. Sofort steigt es Fischer sauer die Speiseröhre hoch. Wohin soll er sich nur flüchten? Er bricht den Kussversuch jäh ab, verkrampft und krümmt sich leicht.

Maria versteht sofort. Sie öffnet rasch ihre Wohnung und informiert Fischer dahingehend, dass die Toilette gleich links sei. Er kommt nicht mehr dazu, Marx, Gramsci oder Lucarelli zu zitieren. Bei Maria Casaramone kann er in seinem Zustand nicht bleiben, auch wenn sie immer wieder beteuert, dass es ihr leid tue, sie sei quasi schuld an seinem Zustand, sie habe das unterschätzt, das Fasten. Fischer ist ein Gentleman, er nutzt keine Schuldgefühle aus. Außerdem ist er krank. Er verabschiedet sich formvollendet und wankt um die paar Ecken zu sich nach Hause, aber nicht ohne Marias Versicherung im Sack, dass man sich ganz bald wieder treffe.

Als er um die Ecke in seine Straße einbiegt, sieht er, wie Hausmeister Zimmermann am Vorgartenzaun lehnt. Fischer hört schweren Atem und wirre Worte. Hat der Mann auch gefastet und war anschließend beim Thai speisen? Geht er ebenfalls auf der Thaitanic unter? Nein, the Big Zim war eher in der Branntweinschenke. Er dünstet eindeutig Promille aus. Fischer geht es fast ein bisschen besser, als er sieht, dass ein anderer bedeutend mehr leidet als er selbst.

»Ein Velo, ein Velo, ein Königreich für ein Velo«, keckert der betrunkene Abwart, als er Fischer bemerkt. Der ist beeindruckt von solch literarischer Kohärenz und fragt Zimmermann, ob er ihm helfen solle. Ihm könne keiner mehr helfen, lallt dieser, höchstens die Grünliberale Partei, die könne helfen, ihm, den Menschen und der Welt. Die Grünliberalen! Jetzt wo die

Polkappen schmelzen und die Tsunamis wüten und die gute alte Erde auseinanderbricht, die Atomkraftwerke in die Luft gehen … Dann versandet die Stimme des Hausmeisters zu Gebrabbel und Fischer überlässt ihn seinem Schicksal, denn bei ihm rebelliert der Magen wieder recht ausgiebig, möglicherweise wegen der Grünliberalen oder der alkoholischen Ausdünstungen von Hausmeister Zimmermann.

In seiner aufgeräumten, geradezu geschniegelten Klause fühlt sich Fischer jäh einsam. Hundeeinsam sogar. Er hätte doch bei Maria bleiben sollen, sich Tee kochen und den armen Schädel streicheln lassen. Er legt sich das Heizkissen auf den Bauch und überlegt, ob sein Körper vielleicht einfach weiter fasten will, dass es dem alten Burschen mittlerweile zuwider ist, Nahrung zu fassen. Es schmeckt ihm vor allem überhaupt nicht, wie diesem Hungerkünstler, den Franz Kafka einst beschrieben hat. Sein Magen wirft sich ungebärdig in seinem Bauchgefängnis hin und her, schleudert sauren Schleim die Speiseröhre hoch, aber Fischer kann jetzt nicht sagen, dass es etwas gebe, das er dem Aufständischen aufs Haupt hauen könne. Es ekelt ihn feste Nahrung, Tee kann er keinen mehr sehen, bei zu heftigen olfaktorischen Impressionen wird ihm schlecht, er hat auf keinerlei Gaumenkitzel Lust. Katharina hat ihn da hineingeritten. Die mit ihrer Fasterei. Die weiß sowieso immer alles besser. Viel zu lange schon hat sich Fischer den Wünschen und Bedürfnissen seiner Exgattin untergeordnet.

Er wird nur ein letztes Mal noch ins Häuschen im Vorort gehen, um den hohlen Stein zu ersetzen. Er wird noch einmal putzen, aber dann ist Schluss. Dann ist es vorbei mit der Verfügbarkeit und dem schlechten Gewissen. Es wird Zeit, den Kontakt mit seiner Exfrau gänzlich zu unterlassen. Doch mit den Gedanken an seine Kinder, an Rebecca und Tim, seufzt er sich in den Schlaf.

20

Anderntags sitzt der gesundheitlich einigermaßen wiederhergestellte Fischer vor seinem Grüntee, als das Telefon läutet. Es ist Mendota.

»Freund Fischer, wie geht es dir? Du brauchst mir nichts zu sagen, ich weiß es: prächtig! Du bist gesund gefastet! Top in Form! In shape! Aber wie geht es voran mit dem Beitrag für diese Aarauer Kunstklitsche? Nicht, dass du mir da nachlässt. Ich habe dich nämlich gestern Abend gesehen, als du in diesen neuen Thai-Schuppen gegangen bist. Du weißt ja, Basel ist ein Dorf. Und ich habe dich in Begleitung gesehen. Entzückende Dame übrigens. Doch Text geht vor, das ist dir schon klar, oder? Und jetzt gib mir ein paar Einzelheiten über diese hübsche Schwarzgelockte …«

Kurz darauf läutet es an der Tür. Es ist nur die Post. Ein Paket mit einem Sortiment hohler Steine. Einer ähnelt tatsächlich dem, den er vor dem Häuschen im Vorort zertreten hat. Gut so. Diese eine Sache ist erledigt. Fischer kann sich dem anderen Nebenkriegsschauplatz zuwenden. Der ist ein weites Feld. Die Goten. Ihr König Alarich. Die Stadt Cosenza. Der alte Faller.

Ein Besuch beim emeritierten Professor in seinem Stadthaus ist angebracht. Fischer durchwandert das Kleinbasel bis zum Claraplatz. Dort sieht er das Volkshaus und denkt daran, dass dort vor hundert Jahren ein außerordentlicher Internationaler Sozialistenkongress, auch Friedenskongress der Zweiten Internationale genannt, stattgefunden hat. Aus Sorge vor einem möglicherweise bevorstehenden Krieg der Großmächte demonstrierte die Arbeiterbewegung ihren Friedenswillen und verabschiedete ein Manifest gegen den Krieg. Nun, genützt hat es nicht allzu viel. Und noch 43 Jahre früher hat in Basel der Vierte Kongress der Internationalen Arbeiter-Association stattgefunden, an dem sich die Marxisten und die Anarchisten beharkt haben. Ehrfürchtig bleibt Fischer stehen und schaut auf den mächtig angeschwollenen Rhein. Vielleicht stand hier vor gut 150 Jahren Michail Bakunin, hat eine geraucht und sich über Karl Marx aufgeregt. Basel, was für eine Geschichte!

Fischer überquert den Strom. In einem versteckten Gässchen der Großbasler Altstadt liegt das Fallersche Anwesen. Fischer hat sich letzthin überlegt, ob er den Professor nicht einmal um eine Wohnung in diesem Haus angehen soll. Dort ist es immer angenehm totenstill. Dieses Mal allerdings nicht. Im hohen, dunklen Treppenhaus hört Fischer plötzlich schreckliche Schreie aus dem obersten Stock. Grauenhaft klingt das. Es ist eindeutig die Stimme von Faller. Hat man den Professor überfallen? Vorzeitige Dämmerungseinsteiger? Oder ist der Alte erneut im Spritdusel gestürzt? Fischer hetzt die Treppen hoch, schwer atmend läutet er. Wieder so ein Schrei. Das ist der Alte, ganz ohne Zweifel. Fischer wirft sich gegen die Tür. Die ist nicht abgeschlossen. Er schießt in die Wohnung, stolpert und torkelt in die

Richtung, aus der das furchtbare Kreischen gekommen ist. Faller sitzt in einem Rollstuhl in seinem geräumigen Salon und hebt gerade wieder zu so einem markerschütternden Schrei an.

»Mein Gott, Fischer, haben Sie mich erschreckt. Was tun Sie denn hier?«

Doch Fischer will jetzt nicht darüber diskutieren, wer wen erschreckt hat. Er habe furchtbare Schreie gehört, stößt er atemlos hervor, so sei er durch die offene Türe hereingekommen, um nachzusehen. Faller schaut ihn skeptisch an: »Furchtbare Schreie? Ich hoffe doch, Fischer, Sie meinen furchtbares Gebrüll, barbarisches, unmenschliches, herzloses Gebrüll. Ich übe nämlich den germanischen Kampfschrei. Haben Sie denn nicht davon in Tacitus' ›Germania‹ gelesen? Oder in Jordanes' ›Getica‹? Das war die Spezialität der wilden Völker, das wüste Gebrüll, das hat die Römer ordentlich die Tunika befeuchten lassen, dieses Kriegsgeschrei. Was meinen Sie, klingt das gut? Oder vielmehr gefährlich?« Faller pumpt wie ein überdimensionaler Maikäfer und dann kreischt er los.

Fischer grinst etwas verzweifelt und schüttelt den Kopf. Nein, es klingt nicht gut, schon gar nicht gefährlich. Es klingt, als würde eine rostige Luftpumpe Tarzans Brunftschrei imitieren. Oder als versuche ein weggetretener, ziemlich alter Geschichtsprofessor, wie ein plünderungswütiger Westgotenkrieger im vollsten Saft zu klingen.

Was er denn mit dem Geschrei bewirken wolle?, fragt Fischer. Faller verwirft die Arme und setzt zu einer großartigen Erwiderung an, dann sinkt er im Rollstuhl zusammen und Fischer sieht Tränen in den Augen des alten Mannes, der sogleich zu lamentieren anhebt: Er fühle sich so nutzlos. Seine dumme Verletzung habe nun eine aussichtsreiche archäologische Expedition verhindert. Ewig werde das Grab des Alarich auf seine Entdeckung nicht warten. Vielleicht sei das seine letzte Chance gewesen. Symbolisch schreie und kreische er, Faller, sich darum auch seinen Frust von der Seele.

Der Professor tut Fischer leid. Der braucht unbedingt einen bitteren Likör. Fischer blickt sich demonstrativ um, Faller versteht sofort und deutet vage auf eine Kredenz, auf der einige Flaschen stehen. Averna, ein italienischer Digestivo, warum nicht? Fischer probiert den dunkelbraunen Tropfen, aber ganz vorsichtig, nur einen ganz kleinen Schluck. Er hat lediglich einen seltsamen Geschmack im Mund. Gar nicht das volle Aroma der hochprozentigen Kräuter. Es beißt ihn in den Gaumen, es ätzt ihm den Rachen und schmeckt dennoch nach fast gar nichts. Der Bitter liegt seinem Geschmackssinn nicht mehr. Chemisch irgendwie. Fischer ist erschüttert. Sein Körper verweigert die Zustimmung zum Genuss. Er stellt das Glas weg, während der Professor fast schon getröstet nach einem zweiten Likörchen verlangt.

Die Dame von der Universität Zürich habe ihm Bescheid gegeben, dass sie von ihrem Fachbereich den Segen zur Expedition nicht bekomme, meint Faller zwischen zwei Schlückchen und wedelt empört mit den

Armen. Das sei einfach unglaublich, dieser wissenschaftliche Kleinmut. Fischer ist geistig immer noch mit der Frage beschäftigt, warum ihm der Kräuterlikör nicht mehr schmeckt. Der alte Faller greift nach dem Averna, den Fischer nicht ausgetrunken hat, putzt ihn weg und legt wieder los: »Wir müssen diese Frau vielleicht entführen. Sagen Sie, Fischer, wie weit würden Sie gehen im Dienste der Wissenschaft, des Abenteuers und der Schatzsuche? Kann ich auf Sie zählen, wenn wir den Boden der Legalität verlassen, wenn wir uns, sagen wir mal, eine Handbreit über ihn erheben?«

Genau das ist es, was Fischer am alten Faller schätzt. Diese fröhliche Verblendung, diesen Surrealismus eines Menschen, der sich seine eigene Welt zusammengeschnitzt hat, in der es keine Hindernisse wie Gesetze gibt, wenn es um abenteuerliche Unternehmungen geht. Fischer möchte sich gerne mitreißen lassen von dieser kompletten Hirnrissigkeit, von dieser Unvernunft und haltlosen Begeisterung, aber seine Aufgabe in der Fallerwelt besteht eben darin, den Alten herunterzukühlen, ihm die Folgen seiner Leichtfertigkeit vor Augen zu führen, einen anderen, weniger expressionistischen Weg zu finden, um ans Ziel zu kommen. Die Mittel zur Erreichung desselben ein bisschen der wirklichen Wirklichkeit anzupassen! Es wird auch diesmal genügen, wenn Fischer einen Tag später mit Faller ein ernstes Wort spricht. Jetzt ist der Professor zu sehr erregt, morgen hat er sich sicherlich wieder beruhigt. Er fuchtelt mit einer Karte von Süditalien herum und hält sie Fischer unter die Nase. Es gibt dort unten tatsächlich eine Menge Flüsschen mit dem Namen Bussento oder Busento.

»Im Mai oder Juni nach Cosenza, Fischer, sobald ich mich wieder ohne orthopädische Hilfsmittel bewegen kann. Wie passt Ihnen das? Wir gehen allein und unabhängig, ich finanziere das Unternehmen aus eigener Tasche! Diese universitären Schranzen und pseudowissenschaftlichen Krücken brauchen wir nicht. Wir tarnen uns als harmlose Touristen, genießen den Süden, die italienischen Weine, aah, und auch die Küche, und dann, ganz heimlich, machen wir uns von Cosenza aus auf die Suche, ganz methodisch. Ich habe schon diverse Routen eruiert. Auf den Spuren von Alarichs Schatz, was für ein Abenteuer! Wenn Sie eine Begleitung mitnehmen wollen ins Land, wo die Zitronen blühn, bitte, kein Problem, tun Sie sich keinen Zwang an!« Fischer denkt sofort an Maria Casaramone und erwähnt stolz die hübsche Quasi-Südländerin, die er hofiert, und deren Wurzeln in Cosenza liegen. Faller ist selbstverständlich begeistert. Das wäre eine fantastische Sache, eine sozusagen ortsansässige wie ortskundige Begleitung, das würde ihnen jede Menge Probleme mit den Behörden dort unten ersparen.

Zurück in seiner Wohnung schickt Fischer gleich eine SMS an die Göttliche ab, ob sie sich im Juni Ferien nehmen könne. In seiner Vorfreude checkt er gleich seine Garderobe, notiert im Geiste, sich einen leichten Sommeranzug zu kaufen und einen dezenten Strohhut oder Panama. Als plötzlich wieder Regentropfen an sein Fenster klopfen, schüttelt er auch noch für alle Fälle seine praktische Regenjacke aus. In der Innentasche ist noch etwas, ein Stück Papier, ein Karton. Es ist das Visitenkärtchen jener Zürcher Althistorikerin, die nun Zicken macht. Fischer liest erstmals den vollständigen Namen der Dame und zuckt jäh zusammen: Dr. Hera Veraguth. Hera? Was für ein Vorname! Ein eher seltener Vorname. Hera, so hieß die Tochter von Lisa und Balz. Sollte denn …?

Fischer wählt die Nummer auf dem Kärtchen. Er erkennt die Stimme sofort wieder. Er nennt seinen Namen, grüßt, hüstelt und fragt dann stotternd, ob ihre, Hera Veraguths Mutter, zufälligerweise Lisa heiße oder vielleicht auch Elisabeth und aus Aarau stamme. Es ist zwei, drei Sekunden still, gefolgt von einem leisen Ja und der Gegenfrage, ob sein Name denn etwas mit Balz Fischer zu tun habe, ob er etwa ein Verwandter sei.

Es wird kein langes Gespräch, obwohl es viele Pausen darin gibt. Hera Veraguth erzählt leise, dass sie nur wenig Kontakt habe zu ihrer Mutter, die ebenfalls in Zürich wohne. Sie sei ein bisschen schwierig und lebe sehr isoliert. Sie habe sich, aus welchen Gründen auch immer, in so eine Art inneres Exil, in ihre eigene Welt zurückgezogen.

Fischer redet tatsächlich mit der Tochter von Balz, *seiner Nichte*. Es rührt ihn sehr an. Selbstverständlich kommt alles wieder hoch in ihm. Er könnte sie und vor allem auch ihre Mutter treffen, trotz aller Weltabgewandtheit. Er könnte mit Lisalisalisa über seinen Bruder sprechen. Irgendetwas muss die Frau zu erzählen haben. Sie muss Balz doch einst geliebt haben, vielleicht immer noch auf eine Art an ihn denken. Sie weiß sicher etwas über seinen Tod, was sonst niemand wissen kann.

Aber bevor Fischer sein Anliegen vorbringen kann, meint Hera noch leiser als vorher, mit fester Stimme, dass sie sich nie für die Fischers interessiert habe, weil ihre Mutter ihr gegenüber behauptet habe, Balz Fischer wäre gar nicht ihr richtiger Vater. Der Mann, an den sich Hera noch gut erinnern kann, sie war neun Jahre alt, als er verunfallte, und den sie wohl als ihren Vater angesehen habe. Sie sei dann mit ihrer Mutter blitzartig aus Aarau weggezogen. Sie war noch zu klein, um sich darüber groß Gedanken zu machen. Aber eben, auf einmal hieß es aus dem Mund ihrer Mutter, dass ein anderer Mann ihr Vater gewesen wäre. Mehr habe sie nicht erfahren, das Thema sei absolut tabu gewesen.

Fischer ist sprachlos, fast fällt ihm der Hörer aus der Hand. Am anderen Ende der Leitung erklingt ein Schluchzen, dann wird das Gespräch unterbrochen. Was war denn das? Balz soll nicht der Vater von Hera sein? Wer denn sonst? Die Beziehungskiste zwischen seinem Bruder und dieser Lisa muss noch viel verrotteter gewesen sein, als Fischer es sich je gedacht hat. Sollte diese Hera also tatsächlich nicht seine Nichte sein? Das kann doch nicht angehen! In Fischers Hirn ist Funkstille. Das muss er erst verdauen.

Aber er muss diese neueste Verwicklung in der Geschichte von Balz mit jemandem besprechen. Nicht mit seiner Mutter! Die muss man in Ruhe lassen mit all dem alten Zeug, mit all diesen Leichen im Keller! Fischer kommt nur ein Ansprechpartner in den Sinn. Kaspar muss her. Der ist füllig genug, um ganz im Leben zu stehen. Der kann das aushalten. Vielleicht ist der sogar informiert und kann einen Kommentar zu dieser ungeheuerlichen Behauptung geben.

Nach mehreren Versuchen meldet sich zwei Stunden später der ältere Bruder am Handy. Fischer hat sich mittlerweile beruhigt und will nicht mehr mit der Tür ins Haus fallen. Er deutet lediglich an, dass er ganz neue Erkenntnisse im »Fall Balz« habe. Kaspar hustet, atmet schwer und meint, er habe da auch eine Pikanterie oder Peinlichkeit zu erörtern, was ihrer beider toten Bruder betreffe. Fischer stöhnt leise, davon wolle er heute nichts mehr hören. Er und Kaspar sind einer Meinung, dass man derlei gravierende Neuigkeiten nicht am Telefon besprechen könne. Der ältere Fischer macht einen konstruktiven Verschlag.

»Hör zu, Melk, ich fahre zu dir. Dann können wir reden. Ich wollte eh schon lange in der Nähe einen Kollegen besuchen. Ich komme morgen um elf Uhr am Zentralbahnhof an. Sag mir, wo wir uns treffen.«

Fischer schlägt das nahe gelegene Café des Literaturhauses vor. Sein Bruder stimmt zu, beide schweigen. Die Stille zwischen ihnen wirkt beruhigend. Sie hören sich gegenseitig zu, wie ihr Atem wieder ruhig und rhythmisch wird. Also bis morgen. Auf zum letzten Gefecht! Fischer ist unendlich froh, dass er noch einen letzten Abend in Frieden hat. In seiner Entspanntheit überkommt ihn nur ein einziger unangenehmer

Gedanke, nämlich der, dass Mendota morgen möglicherweise im »Proust Mahlzeit« herumlungern und ihn und Kaspar bei ihrem schwerwiegenden Gespräch stören könnte.

21

Hera Veraguth, Historikerin und Nichte von Fischer (oder doch nicht?)

Ja, wer hätte das gedacht, dass ich auf diese Weise noch einmal in die Nähe der Fischer-Sippe gelangen würde. Das ist nicht einfach für mich. Meine Kindheit, meine Jugend ist ungewöhnlich verlaufen, war ein bisschen gestört. Eine Zeit lang habe ich Balz Fischer als meinen Vater angesehen. Nein, stimmt nicht, ich bin als Kind gar nicht auf die Idee gekommen, dass er nicht mein Vater ist. Ich habe ihn gern gehabt, er war nett, na ja, er liebte mich. Er war für mich da. Wann mir meine Mutter das erste Mal gesagt hat, Balz sei nicht mein Vater, weiß ich nicht mehr. Das war ein Schock, denke ich. Dass zwischen den beiden als Paar ziemliche Unordnung war, das hab ich damals als Sieben- oder Achtjährige gespürt. Balz, ich habe ihn immer so genannt, nie Papa oder Pa oder Papi, also Balz Fischer war immer viel unterwegs. Meine Mutter war zu Hause. Aber nicht so, wie eine Mutter zu Hause ist, die kocht und wäscht und herumfuhrwerkt. Sie lag mehr herum. Ich erinnere mich an sie als Liegende. Sie litt, an was auch immer. Sie lag in ihrem Schlafzimmer – sie und Balz hatten getrennte Schlafzimmer – sie lag da und war unpässlich oder krank. Mir war das als kleines Mädchen recht unheimlich. Ich dachte dann, dass das so sein muss in der Erwachsenenwelt. Ich dachte, wenn ich groß bin, muss ich ebenfalls so vor mich hin leiden. Also lieber nicht erwachsen werden.

So verfügte ich aber über große Freiheiten und war froh, wenn ich nicht zu Hause sein musste. Deswegen bin ich immer gern in die Schule gegangen. Das hat mir sehr gut gefallen. Lesen, lernen, was für eine Wohltat!

Plötzlich zogen wir aus Aarau weg. Ich habe eigentlich gar nicht richtig mitbekommen, dass Balz tot war. Ich kann mich nicht mehr erinnern, ob meine Mutter mir das überhaupt gesagt hat. Ich habe es vielleicht einfach verdrängt. Er war einfach weg. Ab und zu hat meine Mutter noch von ihm gesprochen. Nein, stimmt gar nicht, ich habe sie gefragt und sie hat nur halb oder gar nicht geantwortet. Wir wohnten jetzt in Zürich. Ich hatte noch eine Großmutter Fischer, die immer herzlich und ganz lieb zu mir war. Aber das war plötzlich alles aus meinem Leben verschwunden. Ich bin dann ab und zu wieder nach Aarau gefahren, zu meinen anderen Großeltern. Das war nicht schön, die habe ich als streng und unerbittlich in Erinnerung. Mit der Familie Fischer brach der Kontakt ab. Ich wollte das eigentlich nicht, vor allem wegen der Oma, ob sie es nun wirklich war oder nicht. Doch das war alles so, wie soll ich sagen, belastet, vermint. Und ich hatte mit mir selbst und den jähen Änderungen in meinem Leben genug zu tun.

Später in Zürich gab es andere Männer bei meiner Mutter, aber ich hab das alles vergessen. Ich habe das Familiennest als System gegenseitiger Liebe und Unterstützung nie kennengelernt und deswegen diesbezüg-

lich keine Mangelerscheinungen. Mir waren diese Typen völlig egal, die um meine Mutter herumschlichen. Als ich aufs Gymnasium ging, brachte ich nie Freundinnen oder Freunde nach Hause. Es war mir peinlich. Meine Mutter litt zwar nicht mehr so ausgeprägt, aber sie, wie soll ich das sagen, sie drehte langsam ab. Und manchmal hauste eben noch irgend so ein komischer Typ in der Wohnung. Die kamen mir immer so wie außerirdische Schleimwesen vor. Ich habe das gehasst. Ich habe das mit Inbrunst gehasst, wenn ich heimkam, dann lungerte da einer von diesen Typen rum, die mit meiner Mutter herummachten und zugleich mich immer so merkwürdig ansahen.

Manchmal, ganz selten, hat mir meine Mutter aus ihrem Leben erzählt. Beispielsweise von ihrer autonomen Frauengruppe in Aarau. Damals, Mitte der Siebzigerjahre, war das eine Pflicht für bewusste, starke Frauen, in so einer Gruppe zu sein, sich auszutauschen, Aktionen zu machen. Das waren die Momente, in denen ich meiner Mutter nahe war, ja, sie sogar geliebt habe. Wenn sie ins Erzählen kam, kehrte die Lebendigkeit in sie zurück. Ich konnte es nicht glauben, dass Lisa einst eine vergnügte, selbstbewusste Frau gewesen war, die sich einen Spaß daraus machte, ihre reiche Familie zu schockieren. Sie wollte ihre gutbürgerliche Umgebung aufmischen mit Frauenpower, in einer Kommune wohnen und solche Sachen. Außerdem hat sie schon früh ein Kind bekommen, nämlich mich. Das muss bei all den anderen autonomen Frauen einen ziemlichen Eindruck gemacht haben, dass man in einer Beziehung, sogar mit

Kind, leben konnte, ohne erstickende Zweierkiste, ohne unterdrückt zu sein. Bei diesem Punkt der Erzählung stockte meine Mutter oftmals, als ob sie sich nachträglich vergewissern müsste, dass ihre Beziehung wirklich nicht erstickend war. Dann verstummte sie und versank wieder in ihrer Gegenwelt. Irgendwann hat sie aufgehört, von sich zu erzählen und hing nur noch apathisch herum. Die Männer blieben aus. Das war mir durchaus recht. Mir war irgendwann schon klar, dass meine Mutter depressiv war. Aber damit konnte ich nicht umgehen. Ich bin dann gleich nach der Matur ausgezogen, nichts wie weg

Was Balz Fischer betrifft, der offensichtlich der Bruder von diesem Fischer ist, der mit dem emeritierten Professor in Basel diesen Unsinn in Süditalien, in Cosenza machen will, Balz also, den ich doch als Vater ansah, Balz, der … Um Himmels willen, ich habe ja meine Mutter gefragt, was mit Balz los war, warum er plötzlich weg war. Sie hat mich ganz triumphierend angesehen. Glaube ich. Ich hab irgendwann erfahren, dass er tot war. Ich …

Ich hoffe, dass ich nicht mehr behelligt werde vom Bruder von Balz. Ich kann das nicht, ich will das nicht. Das ist alles vorbei und lange her. Ich bin zwar Historikerin, aber nicht masochistisch veranlagt.

22

Fischer ist Punkt elf Uhr im ›Proust Mahlzeit‹. Ein Regenschauer spült ihn über die Schwelle des Literaturhauscafés. Drinnen herrschen tropische Temperaturen. Sofort beschlägt seine Brille und sein Hirn vernebelt. Er sieht nichts mehr, stolpert und fängt sich nur knapp. Jedenfalls stößt er, dem wolkendunklen Himmel sei Dank, auf keinen Mendota. Nur an einen Herrn, der mit einer großformatigen deutschen Wochenzeitung einen heroischen Kampf ausficht. Er kommt Fischer bekannt vor, als der sich für den Schubser entschuldigt, dem er dem Mann versehentlich verabreicht hat. Dieser wuschelt seine ›Zeit‹ vom Fußboden hoch und meint, es sei alles nur halb so schlimm. Fischer putzt sich endlich die Brille. Der, den er beim Herumstolpern bodygecheckt hat, ist der Kritiker Habich, der vor Tagen hier schon einmal einen schweren Kampf ausgefochten hat, nämlich mit dem Verschluss der Ketchupflasche.

Habich erkennt Fischer erst nach dem zweiten Blick und bietet ihm den Platz gegenüber an. Er hat ein etwas maliziöses Lächeln im Gesicht, hinter dem er sich gut verstecken kann. Fischer versucht, das Gespräch zu eröffnen, aber es will ihm partout kein gescheiter Satz in den Sinn kommen. Überhaupt immer dieses Gequatsche über Literatur. Relevanz und Referenz. Fischer versteht sowieso nicht, um was es dabei immer geht. Er ist ein einfaches Gemüt und gibt das gerne zu. Er klappt viele Bücher auf und beginnt zu lesen, viele Bücher klappt er auch sehr schnell wieder zu. Entweder sind sie unterhaltsam oder langweilig. Doch mit solchen Kriterien des einfachen Gemüts kann man mittlerweile keinem mehr kommen. Da muss sich literarisch schon Raffinierteres und Eindrucksvolleres auftun. Fischer kann sein Hirn noch so quälen, ihm jedenfalls kommt nichts in den Sinn. Es plagt ihn höchstens die Frage, warum Habich seine aschblonden Locken gar so arg an seinen Schädel kleistert. Fischer hat früher öfters für das hiesige Intelligenzblatt und die Vorgängerin von Habich geschrieben. Nichts Kompliziertes. Eher etwas Lustiges. Über die Trinksitten bei der Basler Buchmesse etwa. Oder über die höchst fatalen Fehler, die der nicht eingeborene Basler in Zusammenhang mit der Fasnacht machen kann. Oder warum man den hiesigen Fußballklub mehr ehren soll als Vater und Mutter, Frau und Kind. Textchen in dieser Art halt. Aber dieser neue Feuilletonchef hat einen so strengen intellektuellen Touch mit den gegelten Haaren, dem kann man doch nicht mit so seichten Stoffen kommen.

Als könnte er Gedanken lesen, öffnet Habich den Mund und artikuliert eine artige Frage: »Lieber Herr Fischer, wie wäre es denn, wenn Sie wieder einmal eine Kolumne für uns schreiben würden? Wir planen für den Kulturteil eine Folge von Texten über die Kulturlandschaft der Stadt. Nichts Großartiges, eine halbe Spalte, locker, leicht, humorvoll. Theater, Film, Musik, Gastronomie, vielleicht auch Sport, in diese Richtung.«

Fischer ist überrascht und entzückt, aber er kann es nicht lassen: »Haben Sie nicht die Literatur vergessen?«, fragt er etwas spitz zurück. »Über Literatur kann ich Ihnen gern was schreiben, über gute Bücher, über schöne Bücher!«

Habichs Züge werden wieder maliziös und er meint, ob das Buch an und für sich, das gedruckte Wort, denn nicht ein Auslaufmodell darstelle? Das E-Book sei schwer im Kommen und bald lese jeder auf seinem Handy Dostojewski.

Das hört Fischer gar nicht gern. Ruppig erwidert er, dass das Buch wohl überleben werde, dass indessen eher Habich und Konsorten ihren Job verlören, denn als Erstes würden die Zeitungen in der Printwelt verschwinden. Und noch vorher der Kulturteil, der in die Ressorts Vermischtes und Absonderliches integriert würde. Das gäbe dann Hunderte von arbeitslosen schöngeistigen Germanisten, die sich zusammenrotten würden zum Strauchrittertum.

Habich schüttelt müde den Kopf und gibt keine Antwort. Wahrscheinlich findet er das nicht so lustig.

»Nichts für ungut!« Fischer schwenkt wieder auf die Schmeichellinie ein. Eine Kolumne im Saftblatt der Stadt, das bedeutet regelmäßiges Einkommen. Eine schmale Summe wohl, aber immerhin. Vielleicht kann er in dieser Kolumne etwas über, na ja, beispielsweise verbrecherische Polizisten schreiben. Einbrechende Bullen, die sich dabei den Arsch brechen …

Plötzlich steht sein Bruder Kaspar neben ihm und schnauft schwer. Dann macht er einen ungelenken Hüpfer und vollführt einen merkwürdigen Krach mit seinen Stimmbändern: »Das glaub ich jetzt aber nicht! Ich werde gleich wahnsinnig! Himmelarsch, bist du das, Habich, alter Schwede? Was machst du denn hier in dieser müden Stadt, und auch noch am selben Tisch wie mein kleiner Bruder?«

»Da brat mir einer einen Storch! Kaspar! Kaspar Fischer! Bist du das wirklich? Das gibt es doch nicht, was treibt dich denn in unsere kleine Stadt? Himmel, du musst mindestens 20 Kilo zugenommen haben, seit wir uns das letzte Mal gesehen haben.« Habich verzieht sein Gesicht sehr unsynchron zu einem Grinsen. Das sieht echt nicht schön aus.

Fischer sitzt dabei und staunt nur. Die beiden scheinen sich gut zu kennen. Kaspar wendet sich an ihn: »Das ist der alte Habich, Kollege von früher, von der Universität Zürich, Mitte Achtzigerjahre, heiße Phase, was, Hugo?«

Der nickt so begeistert, dass ihm das Haargel bricht. Dann umarmen sich die beiden, und Kaspar, der Bär, drückt fest zu. Fischer sieht, dass Habich nach Atem ringt. Die beiden lachen sich glücklich an und beginnen, sich gegenseitig ständig unterbrechend, mit großem Tempo zu erzählen. Fischer geht aufs Klo. Diese wiedergefundene Freundschaft schlägt ihm ein bisschen auf den Magen. Als er zurückkommt, lacht Kaspar brüllend.

»Du bist wirklich ein Kulturbeutel geworden, Habich. Ich fasse es nicht. Seit neuestem Literaturchef bei der einzigen Basler Qualitätszeitung. Unsicherer

Job in unsicheren Zeiten, ja, ja! Da kannst du meinen kleinen Bruder in deinem Saftblatt mal einen schmissigen Artikel schreiben lassen. Hast du gewusst, dass er vor Jahren mit seinem Erstling literarisch für enormes Aufsehen gesorgt hat? Mit seinem Roman, Dings, wie hieß er noch, Melk, irgendwas mit Terror und so, oder?«

Habichs Frisur ist nun gänzlich außer Form geraten. Er haut Kaspar unvermutet auf die Schulter und kreischt, dass der sich nicht ins Hemd machen solle, weil er, Habich, soeben aus reiner Eingebung heraus seinen Bruder Melchior Fischer als Kolumnist unter Vertrag genommen habe.

Dann ist das sozusagen schriftlich! Fischer sieht Zahlen an sich vorbeiziehen. Mittlere, in seiner Situation nicht unbeträchtliche Frankenbeträge, die auf seiner Habenseite auftauchen. Honigsanfte Stimmung überkommt ihn. Schließlich muss der Feuilletonist gehen, er und Kaspar tauschen Telefonnummern, beschwören ein baldiges Wiedersehen und Kaspar übernimmt Habichs Platz.

»Der Mann ist tatsächlich ein Kulturbeutel geworden, ich glaub es nicht! Habich war früher der totale Desperado! Wir haben uns über Wissenschaft und Kultur und Karriere doch nur lustig gemacht die ganze Zeit. Kulturgüterschutz haben wir auf unsere Art betrieben. Als Assistent an der Uni bist du damals völlig verblödet, wenn du nicht irgendwelche Scherze getrieben und Scheiß gebaut hast. Wir waren noch jung. Und beknackt. Also Kulturgüterschutz! Wir haben im Schweiße unserer Besäufnisse Langspielplatten und Bücher vergraben, falls der atomare Erstschlag kommt oder Außerirdische landen und unsere Kultur vernichten sollten. Oder wenn sich die Maschinen gegen die Menschen erheben. Wir haben Schätze gut verpackt und verbuddelt für allfällige Nachfahren des menschlichen Geschlechts, die Tausende von Jahren später bei Ausgrabungen auf Preziosen wie die Autobiografie von Franz Jung oder ein Blue Orchids-Album stoßen würden. So war das damals, Melk! Der Staatssozialismus war so verrottet, dass selbst seine Alternativentwürfe bei der Jugend nicht mehr ankamen. Plötzlich waren alle Anarchisten, weil das so einfach war. Sinnkrise, auch an den Universitäten. Der Hedonismus erhob sein hässliches Haupt. Als deine Generation gemerkt hat, dass euch die Felle an allen Fronten davonschwimmen, egal, ob bei Punk, Kunst oder Politik, da sind wir schon völlig verblödet gewesen! Aber kommen wir lieber gleich mal zu den ernsten Sachen. Ich packe mal meine Geheimakten aus!« Kaspar wühlt in seiner Umhängetasche und holt ein Plastikmäppchen heraus. Er klatscht es vor seinen Bruder hin. Da sind ein Bündel Blätter drin.

Fischer holt sie heraus. Es sind offensichtlich aus einem Buch oder Heft herausgerissene Seiten. Liniert, Format A5, mit schwarzem Filzstift bekritzelt. Und was da steht, ist ziemlich spektakulär. Die Notizen beginnen Mitte Mai 1977. Es handelt sich ganz offensichtlich um die fehlenden Seiten aus dem Tagebuch von Balz.

»Ich bring diese Drecksau um!« liest Fischer gleich auf dem ersten Blatt laut. »Ich schlag diese Sackratte tot! Ich bring diese Drecksau um! Ich kille das Schwein! Ich gebe ihm seine eigenen Eier zum Fressen!« Mein lieber Mann, was ist denn da los? Fischer kratzt sich am Hinterkopf und sieht seinen Bruder fragend an.

»Tja, Melk, mein Kleiner! Unser Bruder Balz hat offensichtlich Mordgelüste gehabt. Weißt du denn, wen er da im Auge gehabt hat? Du bist doch in der Kommune, wo er und seine Lisa wohnten, ein- und ausgegangen. Balz hat einen Nebenbuhler killen wollen, ich glaub es nicht! Einen politischen Gegenspieler hätte er sicher nicht umbringen, sondern mit weisen Worten und Taten überzeugen wollen.« Kaspar atmet schwer, hustet und bellt schließlich über seine Schulter in Richtung Theke, dass er sofort einen Grüntee, aber chinesisch, haben müsse.

Zwei Grüntee, präzisiert Fischer und schiebt das übelriechende Bierglas von Habich zur Seite. Wenn es sich um einen Rivalen handle, wüsste er nicht, wen Balz da auf dem Kieker gehabt habe. Lisalisalisa habe ihre schönen Augen auf vielen Typen ruhen lassen! Deswegen habe sie immer so einen Kreis, einen Harem von männlichen Figuren, von Scharwenzlern um sich herum gehabt. Wichser, alles Wichser, wie dieser Theo …

»Verdammt!« Fischer schlägt sich die Hand vor die Stirn, »dieser Theo Ruhländer, erst letzthin bin ich auf den gestoßen. Da war so ein Typ, der hat immer an Lisa gehangen, und sie hat sich das wohl gefallen lassen. Das war wirklich auffällig. Der Schleimbeutel, der!« Fischer senkt seine Stimme: »Theo Ruhländer hat dann den Löffel abgegeben. Das war der Typ, den die Lokomotive der Schweizerischen Bundesbahnen damals bei der Besetzung des Atomkraftwerks überrollt hat. Da hat Balz sozusagen Schwein gehabt, dass der Typ umgekommen ist.«

»Wenn ihn Balz nicht … Du weißt schon, Melk! Ich bringe diese Drecksau um! Wenn Balz den Typen nicht gestoßen, geschoben, getreten, auf die Gleise …« Kaspar flüstert, ergreift mit seiner Pratze die Hand seines Bruders und drückt sie fest. Die Gebrüder Fischer sitzen sich wie ein Liebespaar gegenüber und starren einander ungläubig an.

»Balz hat den Typen abgemurkst!« Fischer sagt es fast tonlos. Dennoch klingt im leeren Literaturhauscafé sein Echo aus allen Ecken hervor. »Gemurkst … murkst … urkst!«

In der Küche hinter der Theke fällt etwas mit allerhand Geklirr zu Boden. Kaspar brummt wie ein gereizter Bär. Fischer entzieht seine schmerzende Hand dem Griff seines großen, starken Bruders.

»Hör mal, Kaspar, du wirst es nicht glauben, aber ich kenne Lisas Tochter, diese Hera. Hera Veraguth heißt sie jetzt, wahrscheinlich verheiratet. Jedenfalls, diese Hera, die ist Althistorikerin, ich hab sie zufällig getroffen. Da hat sie mir gesagt, dass Balz nicht ihr Vater sei. Ihre Mutter habe ihr das stets eingetrichtert. Vielleicht ist dieser Theo der Vater und der arme Balz hat dann erst recht einen Grund gehabt, völlig durchzudrehen.«

Kaspars Gebrumme nimmt hektische Ausmaße an, wenn ein Brummen das überhaupt kann. Es bricht sich im Raume prismatisch vielfältig, eckig. In der kleinen Küche hinter der Theke des Literaturhauscafés ›Proust

Mahlzeit‹ klirrt wieder etwas zu Boden. Fremdländische Laute begleiten diesmal das Ausklingen des metallenen Fallgeräusches. Wahrscheinlich der Koch, der in seiner unverständlichen Heimatsprache flucht, denkt Fischer, während Kaspars Brummen wieder zu einem verständlichen Idiom wird.

»Melk, ich glaube, *ich* dreh gleich durch. Ich will diese Leichen nicht ausgraben. Vergessen wir den ganzen Scheiß!«

»Jemand muss zu Lisa!« Fischer ist sich gar nicht bewusst, dass er das sagt.

Kaspar jedenfalls will ihm nicht zuhören: »Hör mal, Melk, du warst doch auch bei dieser verunglückten Besetzung des Atomkraftwerks Gösgen dabei. Hast du denn da nichts mitbekommen? Wie das passiert ist oder so?« Fischer erinnert sich an damals, aber er kann nur an Thekla denken, an ihre weiche Haut, an diesen angstgetriebenen sexuellen Akt, der trotzdem so wunderbar war. Danach, als Balz und Lisa heimkamen, herrschte nur noch Totenstille. Blanke Verzweiflung. Gut möglich, dass ein Toter zwischen ihnen stand. Fischer schüttelt den Kopf. Die Erinnerung tut ihm weh. Thekla vor allem, die kurz darauf in einem Opel GT an ihm vorbeigefahren war und sich an den Fahrer geschmiegt hatte. Ein Automechaniker hat das Rennen gemacht. Fischer ballt die Faust und drückt sie sich an die Backe, bis es weh tut. Er kann nur eines sagen: »Jemand muss zu Lisa!«

Kaspars Stimme grummelt los und wird immer lauter. Ob es in diesem Scheißlokal eigentlich keine Bedienung gebe? Wo der Grüntee, der chinesische, zum Teufelsarsch denn bleibe. Außerdem habe er Hunger. Ob es eine Speisekarte gebe in diesem Etablissement? Er schlägt mit der flachen Hand auf das Tischchen vor sich. Der Knall hallt durch den Raum und legt sich schmerzlich in Fischers Ohren. In der Küche klirrt es erneut, dann erklingt ein feines Stimmchen, dass der Grüntee gleich komme. Zusammen mit der Speisekarte!

Fischer sitzt erstarrt. Aber in seinem Schädel ist allerhand los. Das Gegenteil von einer Party! Er muss wieder los. Er kann wieder alles ausbaden. Plötzlich denkt er an sein Familienleben, an Katharina, an seine Kinder. Genau so war es immer schon. Er ist der Mann aus Eisen, der seinen Quadratschädel für alles hinhält. In Wirklichkeit ist er der Vollkoffer, der Pausenclown. Und wehe, er braucht mal jemanden zur Unterstützung, der ihm hilft, der ihn vorbehaltlos unterstützt. Der seinen armen alten Schädel liebevoll streichelt. Nie ist jemand bei ihm, wenn er Hilfe benötigt. Auch Maria Casaramone nicht. All die Hauptdarstellerinnen seiner verkorksten Liebesgeschichten glänzen durch Abwesenheit. Er ist ganz allein. Fischer wiederholt automatisch den Text, den er in seinem Hirn noch findet: »Jemand muss zu Lisa!«

»Wenn ich nicht gleich etwas zu essen kriege, dann mach ich aus dieser Kneipe hier Kleinholz!« Kaspars Stimme ist wie ein Vulkan, dessen Flugasche gleich den gesamten menschlichen Luftverkehr lahmlegen wird.

Fischer weiß nicht einmal mehr, was das Wort Hunger bedeutet. Er ist nur unendlich müde. Mit Mühe kriegt er noch den Mund auf: »Hör mal, Kaspar, vielleicht ist Balz deswegen gegen den Baum gefahren. Vielleicht hat er sich umgebracht, weil ihm Lisa gesagt hat, dass er nicht der Vater … Oder er hat es aus Schuldgefühl heraus gemacht, weil er diesen Theo vor den Zug gestoßen hat … Oder was auch immer.«

»Ich denke, dass unser Bruder gegen den Baum gefahren ist, weil ihm seine Alte über Jahre ständig die Hölle heiß gemacht hat, ganz klar!«, grollt Kaspar. Oder ist es Fischers Magen?

Fischer sitzt plötzlich neben Balz im Auto. Aus dem Radio schnulzt es *Emma Emmeline*. Sie fahren schnell, viel zu schnell. Balz stiert regungslos durch die Windschutzscheibe. Fischer weiß, was er da sieht. Balz starrt in sein Unglück. Er ist hypnotisiert davon. Er sieht eine Tochter, die nicht seine ist. Er sieht einen Toten. Gespenster. Balz reißt das Lenkrad rechts herum. Der Wagen bricht aus.

Fischer sitzt Kaspar gegenüber und weiß jetzt überhaupt nicht mehr, was er sagen soll. Nur: »Jemand muss zu Lisa!«

23

Ratlos stehen Fischer und sein ältester Bruder vor dem Literaturhauscafé im Regen. Vielleicht sollten sie sich jetzt umarmen und ein bisschen dazu weinen. Einige Tränen vergießen, wegen Balz, wegen des Lebens, dieses gemeinen Miststücks, das so große Stücke aus einem herausbeißt. Sowie wegen der Glücksabwesenheit im Allgemeinen. Und auch wegen des grauenhaften Grüntees, der ihnen im Literaturhauscafé serviert worden ist. Aber die Augen der Gebrüder Fischer weinen trockne Tränen. Sie halten sich weiter umschlungen und Kaspar brummt aus seinen tiefsten Tiefen herauf. Er ist wieder der Bär, der jeden Moment im Winterschlaf versinken kann.

Fischer hingegen summt völlig hirntot eine einfache Melodie, irgendein Kinderlied. Nein, es ist ein Song aus den Achtzigerjahren des letzten Jahrhunderts. Sein Bruder hat ihn darauf gebracht mit seinem Kulturgüterschutz. Das Lied ist von den Blue Orchids, ›Bad Education‹. Die Vergangenheit lässt einen nicht in Ruhe. Und über diesem einfachen Song kommt Fischer nun doch fast das Augenwasser. Auch das ist Geschichte. The Blue Orchids und Katharina. Love and History. Vergangen, fertig aus! Die Geschichte ist an allem schuld. *Vergangenheit, die der Gegenwart etwas bedeutet, ist Geschichte.* Das hatte Fischer irgendwo mal gelesen.

Ein prima Spruch. Und nur allzu wahr. Kaum hat er sein Beziehungsdrama mit Katharina endlich gelöst, da stürzt der Rest seiner Geschichte auf ihn ein, längst vergangene Liebschaften, unerledigte Verluste. Wobei: So ganz gelöst ist das mit Katharina eben nicht. Geschieden sind sie schon und sie gehen seither befreit und locker miteinander um. Betont locker! Aber Fischer fürchtet den Moment, an dem an Katharinas Seite ein anderer Mann auftaucht. Ein anderer Mann als er, einer, der von nun an neben seiner Exfrau stehen darf. Das bedeutet den totalen Horror für ihn!

Fischer badet in seinem momentanen Schrecken. »Ich bring diese Drecksau um! Ich kille das Schwein! Ich gebe ihm seine eigenen Eier zum Fressen!« So denkt er kurz. Dann reißt er sich zusammen. Er kann jetzt nicht darüber nachdenken, was sein wird. Jetzt muss er sich der Vergangenheit stellen. Was tun? Jemand muss zu Lisa. Das scheint Fischer völlig klar, während Kaspar sich taub stellt.

»Hör mal, Melk, mit mir kannst du nicht mehr rechnen, was Balz und Lisa betrifft. Das ist vorbei, vergangen und begraben, verjährt und was weiß ich nicht noch alles. Das ist extrem schwachsinnig, das bringt überhaupt nichts, so wie dieser Kulturgüterschutz damals mit Habich. Wir wissen nicht mehr, wo wir das Zeug verbuddelt haben, weil wir so hoch dabei flogen. Aber jetzt wohne ich unten auf der Erde. Tut mir leid, ich fahre zurück nach Aarau und warte, bis meine Frauen aus den Ferien zurückkommen. Ich helfe unserer alten Mutter ein bisschen im täglichen Leben und gehe ab sofort brav ins Fitnessstudio, um nicht noch fetter zu werden. Dazu höre ich mir das Elend von unzähligen Studenten an, die mich mit ihren wissenschaftlichen Arbeiten überzeugen müssen, ich bin also sozusagen wissenschaftlicher Sozialarbeiter. Mehr kann ich echt nicht bringen. Lass du doch auch die Leiche im Keller ruhen!«

Fischer hat schon gewusst, dass Kaspar kneifen und er das Gespräch mit Lisa und die Aufklärung höchstpersönlich übernehmen müssen wird. Er muss sich opfern. Aber nicht heute, er muss zuerst noch eine Portion Glück generieren. Vorher muss er für sich noch ein bisschen Licht in diesen regenverhangenen Tag bringen. Mit Maria Casaramone zum Beispiel. Er sucht in seiner Regenjackentasche nach dem Handy. Er findet zwei Pillen, Xyzal wahrscheinlich, das Mittel gegen die Pollenallergie. Er schluckt eine und findet auch sein Telefon. Er wählt Marias Nummer, aber erreicht sie wieder nicht. Diese Frau hat verdammt nochmal allzu viel zu tun. Deutsch für Ausländer! Ein ehrenwerter Auftrag. Er, Fischer, müsste wohl mehr Interesse für dieses Tun aufbringen, um bei der hübschen Maria im Gespräch zu bleiben. Sie wollte ihn praktisch schon engagieren. Er muss seinen Respekt zeigen. Fischer tippt eine hastige SMS, dass er nur zu gerne bereit sei, diesbezüglich tätig zu werden. Etwas Gutes tun ist nie verkehrt. Mit einer großen Geste muss man aus seiner Welt des passiven Leidens direkt zum Positiven durchbrechen. Denn was erträgt Fischer nicht alles: Dieses Wetter! Das Leben! Appetitlosigkeit! Pollenallergien! Fahrraddiebe! Leichen im Familienkeller! Heimtückische alte Nachbarinnen! Verbrecherische Polizisten! Fischer spürt wieder einen Nebelfetzen in seinem Gehirn. Er geht auf und ab und atmet sorgfältig. Gutes tun! Der Gedanke macht sich in ihm breit. Warm und verführerisch.

Gutes tun! Was für ein Spitzenprojekt! Was für ein trostreiches Unternehmen! Vielleicht ist Korporal Bärtschi Erwin die richtige Adresse für Fischer, unverzüglich Gutes zu tun. Ihm, diesem unglückseligen *bad cop* von Angesicht zu Angesicht zu vergeben, großzügig zu sein. Bärtschi wird sicher auf der orthopädischen Abteilung des Universitätsspitals liegen. Plötzlich findet Fischer die Idee bestechend, den dicken Bullen auf seinem selbst verschuldeten Siechenlager zu besuchen, ihn zwar zu beschämen, aber ihm auch zu verzeihen.

Kaspar reißt ihn noch einmal aus seinen halben Träumen. Fischer begleitet seinen Bruder zum Hauptbahnhof, von wo aus dieser irgendwohin ins ländliche Gestrüpp zu einem Bekannten fahren will, dorthin, wo die Mieten für Einfamilienhäuschen nicht so exorbitant hoch sind wie in dieser Stadt. Kaspar hat ein schlechtes Gewissen, Fischer merkt es genau. Sein großer Bruder reibt sich die Hände und setzt ein paar Mal an, bis er endlich zu reden beginnt. Er hat noch allerhand auf der Seele. Er fängt an von ihrer beider Mutter, die sich immer so in sein Eheleben einmische. Weil sie eben enttäuscht sei von ihren anderen Söhnen. Fischer lacht Kaspar ins Gesicht. Der kann nicht mehr aufhören mit intimen Einzelheiten aus seinem Leben. Er gesteht, dass ihn die Liebe zu Verena in die Politik getrieben habe.

Alles, was Männer so anrichten, daran seien eigentlich nur die Frauen schuld!

»Weißt du, Melk, die Politik ist so eine Sache. Ein wohlfeiles Ding, sozusagen. Eine scheinbar glänzende Perspektive! Du bestimmst mit. Du hast Macht. Ein bisschen wenigstens. Die Frauen mögen das. Sie sehen dich mit glänzenden Augen an. Du bist in die Falle getappt. Denn das ist alles nur Simulation! Wenn du in der Demokratie an politisch verantwortlicher Stelle mitmachen willst, musst du davon überzeugt sein, dass das Volk nicht dumm wie Brot, sondern der eigenverantwortliche Souverän ist, der weiß, worum es geht und was politisch und wirtschaftlich möglich ist. Das heißt also, dass du als Politiker entweder ebenso dumm bist wie das Volk oder ein verdammter Heuchler. Ich hab das nicht mehr ausgehalten in diesem Provinzparlament aus Dummbeuteln, Halsabschneidern und ernstlich besorgten Gutmenschen, die sich dabei so gut geben, dass sie noch satanischer sind als die offensichtlichsten Profiteure und Bösewichte.« Kaspar dampft, rudert und wirft die Hände hoch beim Gehen. Er knickt gestikulierend zweimal über den Bordstein des Fußgängerstreifens ab und jedes Mal kriegt Fischer ihn noch am Trenchcoat zu fassen und kann die hundert Kilo gerade noch halten.

Kaspar redet sich in Rage: »Ich vertrage die Schweiz langsam nicht mehr, zumindest eine gewisse Mehrheit ihrer Bevölkerung. Diese misstrauische Selbstzufriedenheit und zugleich dieses aggressive schlechte Gewissen, die kleingeistige Entrüstung gegenüber dem Fremden und doch so eine verkrampfte Servilität, obwohl man am liebsten ganz allein in einem mit Jasskarten und dem Schweizerkreuz abgesteckten Territorium leben würde.«

Die beiden stiefeln gerade an einem Ladenlokal vorbei, an dessen Schaufenster groß geschrieben steht: ›Indish Menu mit Getreank CHF 12.-‹

Fischer wird es nur beim Lesen schon etwas flau im Magen, nicht wegen der Rechtschreibung, mehr wegen der streng gewürzten Nahrung, die hinter dieser Tür wartet. Aber Kaspar steuert ganz automatisch den Eingang zum Imbiss an. Doch kurz davor hält er an, dreht sich um, begibt sich wieder an Fischers Seite und fährt fort mit seiner Suada: »Im Volk will man nichts mit den Fremden zu tun haben, die Grenze soll wieder dicht gemacht werden. Stell dir das mal vor, Bruderherz. Wer weiß, was uns deswegen an kulinarischen Genüssen entgehen wird. Und was dich betrifft, du bist geliefert, als Kunstproduzent, als Schreiberling. Weil nur noch in Schweizer Heimat gemacht wird, will die hehre Kultur hierzulande nichts mehr mit der inländischen Produktion zu tun haben. Schau dir deine Literatur an, Melk, wo ist die Schweizer Literatur in den Medien? Ein paar Leuchttürme, die Gesichter, die man eh schon kennt. Dafür übernimmt man dankbar irgendwelchen Quatsch aus Deutschland oder Österreich und jubelt das hoch. Das ist dieser lebenslang anerzogene und erfahrene Drang zur Dienstbarkeit. Ob es dabei um Kultur und Kunst, um den Tourismus oder um das Bankgeheimnis geht, die Schweiz dient. Stets zu Diensten. A votre Service bis zum Service publique. Diese Servilität schlägt dann nach Feierabend oder in der Freizeit in eine latente Aggressivität um. Deswegen ist der Service in den Restaurants der Schweiz auch so schlecht.«

Fischer hört schon länger nicht mehr hin. Sein Bruder ist ein alter, unglücklicher, zynischer, böser Mann. Genau so wie er, Melchior Fischer! Aber er wird jetzt über seinen Schatten springen. Er lässt Kaspar vor dem Hauptbahnhof stehen und schiebt das Fahrrad zur nächsten Bushaltestelle. Einmal Umsteigen und schon hat er das Hospital erreicht. Er verspürt einen schnellen Durchzug von Unbehagen im Magen, als er durch das Café im Eingangsbereich des Krankenhauses geht. Er steigt die Treppe hoch und muss sich bald am Geländer festhalten und verschnaufen. Er ist total außer Form, er ist schwach. Vielleicht muss er sich demnächst an diesem Ort künstlich ernähren lassen, wer weiß? Kalt ist es hier. Regen tobt hinter den großflächigen Fensterscheiben. Fischer irrt durch die klinisch reinen Gänge des Spitals.

Korporal Bärtschi liegt tatsächlich hier, sechste Etage, ganz oben im Gebäude und hoch über der Stadt Basel. Fischer kommt plötzlich die Absurdität seines Tuns in den Sinn. Der Täter, den er zum Opfer macht. Egal! Er sucht das Zimmer und will schon anklopfen, als er ein erregtes Zetern hört. Diese Stimme, die da kreischt und tobt, die kennt er. Der alte Faller ist das, der nun auch raketengleich aus einem gegenüberliegenden Behandlungszimmer schießt und seinen Rollstuhl direkt vor Fischers Füße steuert. »Orthopäden des Satans!« So zischt es aus Fallers zornig verrissenem Mund, bis er

Fischer erkennt, der sich erschrocken aus der unmittelbaren Reichweite des fahrenden Monstrums katapultiert hat.

»Ha, ha, Sie hier, Fischer? Ich wusste, dass ich mich auf Sie verlassen kann. Dass Sie dort sind, wo mir Unrecht geschieht! Dass Sie mich heraushauen aus den Fängen der Schulmedizin! Gehen Sie ruhig zu diesem Halbtrottel in Weiß ins Behandlungszimmer und setzen Sie körperlich um, was ich diesem Doktor in Worten angedroht habe.«

Fischer schüttelt den Kopf, während der Alte schon weitschweifig erzählt, dass der Arzt ihn noch eine Woche länger im Rollstuhl schmoren lassen wolle, weil die alten Bänder und Knochen und …

Er müsse hier jemanden besuchen, unterbricht Fischer Fallers Kampfmonolog. Der Alte will gleich wissen, wen und warum, und als er hört, dass es sich um einen Polizisten handelt, ist er begeistert.

»Wenn der Mann wieder auf dem Damm ist bis Mai oder Juni, dann, Fischer, könnten wir ihn als Leibwächter für die Reise nach Cosenza engagieren. Jeder Kerl im guten Muskelfleisch ist willkommen, vor allem, wenn er in der Kunst der handfesten Auseinandersetzung geschult ist. Das sind diese Supercops heutzutage doch wohl«, meint Faller ganz Feuer und Flamme.

Das fehlt Fischer gerade noch, dass er mit Korporal Bärtschi Erwin und dessen Hund im Schlepptau nach Süditalien gondelt. Resolut greift er an Fallers Rollstuhlschubvorrichtung, um diesen aus allen Territorien der unsinnigen Versuchung zu bringen, nach Hause, zu seinen dunkelgrünen Flaschen. Da spürt Fischer eine Berührung, eine zarte, doch bestimmte Hand hält ihn auf, eine Krankenschwester, schöner als der Mond. Sie räuspert sich und meint, dass der Herr Professor Doktor Sarasin den Herrn Professor Doktor Faller noch einmal sehen müsse, auch wenn es dem werten Patienten nicht gefalle. Fischer ist diesem Engel sofort zu Willen und will den empört schnaubenden Faller zurück Richtung Behandlungszimmer schieben. Der hält dagegen. Fischer ist ganz schwach und hinfällig, er weiß nicht mehr, was er tun soll. Korporal Bärtschi hat er längst vergessen. Er möchte jetzt einfach auf der Stelle zusammenbrechen und spüren, wie sich die zarte, weiße Hand dieser Krankenschwester sorgenvoll auf seine Stirn legt, wie sie erschrocken irgendwas an ihm abtastet, um noch ein bisschen Leben zu erwischen. Das bisschen Leben, das er, Fischer, möglicherweise noch hat. Er möchte sich ganz in diese zarten Hände geben, ganz in Weiß mit einem Blumenstrauß.

Fischer hört nicht Fallers drängende Stimme, die ihm befiehlt, ihn ja nicht mehr zurück in diese orthopädische Mörderhöhle zu schieben, zu diesem Saladin, diesem Sultan Sarasin, mit dem er, Faller, notabene die Matura gemacht habe am Humanistischen Gymnasium. Ein Kurpfuscher sondergleichen, der ihm, Faller, die Reise zu Aladins Schatz, zu Alarichs Schatz verbieten wolle aus lauter Missgunst und Abenteuerverweigerung. Und aus Rache, weil er, Faller, dem Sarasin einmal das Schulschätzchen ausgespannt habe. Fischer bleibt einfach stehen, gefangen in Verzauberung und gelähmt durch die ätherische Krankenschwester, gefesselt durch das eigene Elend und den Widerstand des Althistorikers, der in seinem Rollstuhl herumjankelt.

»Was ist jetzt mit euch zwei alten Deppen, kommt ihr freiwillig ins Behandlungszimmer oder soll ich ein paar kräftige Pfleger holen?« Die Stimme der weißgekleideten Fee ist auf einmal fest und befehlsgewohnt, ja fast etwas ordinär. Fischer prallt auf dem Boden der Realität auf. Das ist ihm nun aber alles viel zu viel. Er hält sich die Hand vor den Mund, weil es ihm sauer aufstösst, entschuldigt sich bei allen Anwesenden und retiriert in die Etagentoilette.

Als er wieder herauskommt, ist alles ruhig. Kein Faller, keine Engelsschwester, das Zimmer von Korporal Bärtschi Erwin ist geschlossen und so soll es auch bleiben. Fischer ist es völlig egal, den Althistoriker in den Fängen des Orthopäden zurückzulassen, ebenso sind seine Anwandlungen zum alles verzeihenden Gutmenschen verschwunden. Er nimmt den Lift, rauscht sechs Stockwerke hinunter, quert tapfer den aufdringlichen Kaffee- und Kuchendampf und tritt durch die Glastür ins Freie. Aufatmend lässt er sich aus grauem Himmel beregnen. Die Bushaltestelle ist nicht weit und halbfeucht setzt er sich ins Glashäuschen. Eine alte Dame neben ihm beginnt auf ihn einzureden. Fischer versteht immer weniger von dem, was sie sagt. Schreckliche Krankheitsgeschichte, horrende Beiträge für die Krankenkassen, unverschuldete Massenerblassungen.

Fischer schreckt auf, weiß ein paar Sekunden nicht, wo er ist. Er muss kurz eingeschlafen sein. Er sieht die

Hecklichter des wegfahrenden Busses durch den dichten Regen. Ihn friert plötzlich ganz abscheulich. Es ist ein eigentlicher Kälteschock. Fischer versucht mit verkrampftem Kiefer zu singen, um nicht so mit den Zähnen zu klappern, eine ganz einfache Melodie: »Think I've read too many books, seen too much TV, paid too much attention to a bad education.« Er steht auf und hüpft herum, um sich aufzuwärmen. Schaut nach, wann der nächste Bus fährt. Singt lauter. »I'm sorry to bother you, I'm suffering from a bad education.« Die guten alten Blue Orchids. Schon geht es Fischer besser. Er setzt sich wieder hin, bald wird der nächste Bus kommen. Was für eine Schwachsinnsidee hat ihn nur in dieses Krankenhaus getrieben? Er ist ganz einfach von allen guten Geistern verlassen.

Doch als ob ihm das Schicksal diesen raren Augenblick der Selbsterkenntnis nicht gönnen möchte, sieht er den alten Faller daherkommen. Er ist nicht mehr im Rollstuhl, sondern bewegt sich etwas ungelenk auf zwei Krücken fort. Und er kommt unweigerlich auf die Busstation zu. Nur das nicht! Fischer springt auf, stolpert über einen Randstein, fängt sich wieder und hetzt die Straße entlang, Richtung Stadt. Es ist ihm, als hörte er noch ein Rufen nach ihm, doch er singt ganz laut »I'm suffering from a bad education« und läuft und läuft.

Er atmet noch schwer, als er schon bei sich zu Hause am Schreibtisch sitzt und sämtliche Notizen für diesen Atomkraftwerk-Artikel zerfetzt oder in die Papiersammlungskiste legt. Er hat andere Probleme. Sein Bruder ist vielleicht ein Mörder? Aber das darf kein Mensch je erfahren. Nur er, Melchior Fischer, möchte es wissen, er ganz allein darf es auch wissen. Muss es sogar wissen. Deswegen wird er diese Lisa besuchen.

24

Theo Ruhländers Vermächtnis

Der Sonderbeauftragte für Staatsschutzakten
12. März 1993, 3003 Bern, Taubenstrasse 16
U/REF 47865

Behandlung der bei den Kantonen eingereichten Gesuche um Einsicht in Staatsschutzakten des Bundes
Kanton Aargau

Verfügung

Sehr geehrter Herr …,

der obgenannte Kanton, bei welchem Sie ein Einsichtsgesuch gestellt haben, hat Ihr Begehren unter Beilage einer Registerkarte zu Ihrer Person gestützt auf Art. 11 Abs. 1 der Verordnung über die Behandlung von Staatsschutzakten des Bundes vom 5. März 1990 (VBS) an uns weitergeleitet.

Zu Ihrer Person besteht eine Bundesfiche.

In Anwendung der Artikel 5, 8, 11 und 12 Abs 3 VBS erlassen wir folgende Verfügung:

Mit der beiliegenden Fotokopie der Bundesfiche wird

Ihnen Einsicht in die vom Polizeidienst der Bundesanwaltschaft zu Ihrer Person angelegte Karteikarte gewährt.

Ruhländer Theodor Lukas
geboren 8.6.1952 in Aarau
Beruf Student
Wohnort Aarau, Asylstrasse 15

Akten (0)380.8

4.4.1977

Liste neu erkannter Linksextremisten im Kanton Aargau. Betrifft vorwiegend Sympathisanten der LMR (Ligue Marxiste Révolutionaire). Fig. auf dieser Liste.

(Rest eingeschwärzt!)

Akten (0)380.8/622

31.5.1977

Teilnahme an Pfingstmarsch und anschließende Kundgebung auf Gelände von Atomkraftwerk Gösgen.

Teilnahme am Treffen der sogenannten Bürgerinitiativen und Gründung des SAG (Schweizerisches Aktionskomitee gegen das AKW Gösgen). Fig. auf dieser Liste.

(Rest eingeschwärzt!)

Akten (0)300.8/848

8.8.1977

Bericht über Besetzung Zufahrtswege Kernkraftwerk Gösgen/Däniken SO. Initiant und Mitbeteiligter Ruh-

länder Theodor. Fig. auf dieser Liste. Bericht an Bundespolizei weitergeleitet.

(Rest eingeschwärzt!)

Akten (0)300.8/849

9.8.1977

Ruhländer Theo, Ligue Marxiste Révolutionaire, erkannt als Hingeschiedener anlässlich

Besetzung Zufahrtswege Kernkraftwerk Gösgen/Däniken SO. Aus der Liste zu streichen.

(Rest eingeschwärzt!)

Handschriftlicher Zusatz von Bärtschi Erwin, Gefreiter, Stadtpolizei Aarau:

Es geschieht alles aus Sorge um das Allgemeinwohl und für die Aufrechterhaltung von Recht und Ordnung, die obersten Güter der Gesellschaft. Ob Observanz, ob Akten, was immer zu tun ist, es muss getan werden. Wir verteidigen das Recht klaglos, Tag um Tag, immer wieder. Wir sind die Rädchen im Getriebe, das muss auch einmal gesagt werden. Weil die Arbeit von unsereinem nie etwas wert ist und verächtlich gemacht wird. Schauen Sie sich bloß das Bild in der Öffentlichkeit oder im Krimi an: der kleine Polizist, der Gefreite, oder der Korporal, der im Polizeiposten sitzt und den Publikumsverkehr hat. Der ist immer eher eine Witzfigur neben dem großen Kommissär. Unser Einsatz wird praktisch nicht bemerkt. Dabei, wer hat denn den Kontakt zum

Menschen, zum Bürger? Wir doch! Die Leute auf der Wache und die auf der Patrouille. Wir normalen Polizisten. Wenn wir geholt werden, liegen da keine Toten herum, sondern Besoffene oder Randalierer oder randalierende Besoffene. Da werden keine Milliarden im Waffenhandel gemacht, sondern nur Velos entwendet. Oder Schlafzimmerräuber treiben ihr Unwesen. Der Leichtsinn des Bürgers ist manchmal unglaublich. Da stehen Gegenstände von Wert herum, das glaubst du nicht, aber keine Sicherung. Eine Haustür, meist unzureichend zugesperrt und dementsprechend leicht zu knacken. Schon steht der Verbrecher im Ganovenparadies und kann sich aussuchen, was er an Wertgegenständen wegschleppen will. Wer will ihn daran hindern?

Der Polizist müsste also diesbezüglich viel weiterreichende Befugnisse haben. Objekt- und Güterschutz, zusätzlich zum Menschenschutz. Der Polizist müsste freien Zugang zu gefährdeten Objekten haben. Die Privatsphäre des Bürgers darf kein Heiligtum mehr sein, Sicherheit hat ihren Preis. Ich schreib das jetzt hier nur so hin, aber denken Sie an meine Worte.

25

Beglückt stapft Fischer durch die Regenpfützen. Er hat die abendliche Dosis Allergiemittel weggelassen, um nicht wieder so furchtbar müde zu werden. Leicht hat sich Maria Casaramone bei ihm eingehängt. Sie schreiten durch feuchte Schleier, schwingen den Regenschirm und singen. Nicht ›Bad Education‹, sondern ›Walking in the Rain‹, dann ›Walking on Sunshine‹ und ›Walking in my Shoes‹. Schließlich fällt Fischer noch ›Walking the Dog‹ ein, aber der Text dieses Lieds ist etwas anstößig und passt ganz und gar nicht zur Situation. Nun gut, Fischer singt, Maria jault eher und hört meist schnell wieder auf. Eine Frau, die nicht singen kann und das auch nicht will, denkt sich Fischer, endlich! Musik ist eine Macht, die eine helle und eine dunkle Seite hat. Maria versucht erst gar nicht, mitzuträllern. Ist es nicht eine Quelle des ewigen Streits zwischen Paaren, das Singenkönnen? Hier ist derlei Grund für ein Zerwürfnis schon einmal nicht vorhanden, wie tröstlich. Singen können eigentlich nur Männer, aber das ist eine wenn auch profunde, so doch heikle Erkenntnis, und Fischer ist der Letzte, der dies laut sagen wird. Singen und kochen, fügt er in Gedanken bei, richtig gut kochen können ebenfalls nur Männer. Beim Rest, also Organisation des zwischenmenschlichen Lebens, Weltwirtschaft, Vernunft, Politik, Wissenschaft und all diesem

Zeug, da sind Frauen eindeutig die Besseren. Das sollte man ihnen einfach so überlassen.

Fischer sieht bei einem Seitenblick, dass Marias schwarze Locken unter ihrer Kapuze hervorspitzen und die Regentropfen dort wie Tränen hängen. Diese Frau ist ein Kunstwerk. Fischers Euphorie ist zurück, auch wenn ihm das Telefonat mit Hera und das Treffen mit Kaspar sowie die Möglichkeit, dass ihr Bruder Balz ein Mörder sein könnte, schwer auf dem sowieso schon geschundenen Magen liegt.

Maria hat das sogleich gespürt, als sie sich umarmten, dass Fischer ein bisschen durcheinander ist und dass auf seiner Seele eine schwere Last liegt. Er hat daraufhin versucht, einigermaßen zusammenhängend und logisch zu berichten, von den Leichen im Keller, und dabei ziemlich viel ziemlich wirr zusammengeschwafelt. Maria hat ihn beruhigt und, nachdem sie die Zusammenhänge kapiert hatte, sogar darin bestärkt, dass er Lisa in Zürich besuchen müsse. Da sei es an der Zeit, Tabula rasa zu machen. Was für eine tatkräftige Frau, hat Fischer sich gedacht, und dass ihm doch endlich jemand zur Seite stehe.

Wenn ihn diese Sache so beschäftige und bedränge, ginge es gar nicht anders, hat Maria gemeint. Sie käme, wenn es genehm sei, gerne mit in die Stadt an der Limmat, wo sie sich dann später treffen könnten, um ganz chic auszugehen – nach der Fischerschen Aussprache mit der vermeintlichen Schwägerin Lisa.

Fischer, immerhin getröstet und beruhigt, ist nun etwas irritiert gewesen. Selbstverständlich war er Maria dankbar für ihren Beistand, aber musste man denn eigens nach Zürich, um ›ganz chic auszugehen‹? Wo bewegte man sich in dieser Zwinglizwingburg denn hin, um ›ganz chic auszugehen‹? Egal, Marias Wunsch war ihm schlussendlich Befehl.

Bevor sie nun ins Hafengelände einbiegen, umarmt Fischer die Hübsche in ihrer Regenpelerine erneut und mit einem tiefen Seufzer küsst er sie. Sie lässt es sich gefallen, was Fischer mit Begeisterung zur Kenntnis nimmt. Die Tropfen an Marias Locken blitzen im Scheinwerferlicht des Hafeneingangs. Ein nasser, langer Kuss. Fischer wird drängender, fordernder. Auch das stößt auf Gegenliebe. Plötzlich nimmt Fischer einen leichten Schweißgeruch wahr bei seiner Angebeteten. Seine verflucht noch mal verfeinerten Sinne! Er leckt ganz zart am Ohrläppchen der Verehrten. »Salzig!«, entfährt es dem aufgewühlten Küsser.

Maria schüttelt sich und kichert, dass sie sehr kitzlig sei, und sagt dann: »Capoeira! Ich war im Training und bin noch ein bisschen erhitzt.« Sie betreibe den brasilianischen Kampfsport. Obwohl es eigentlich ein Tanz sei. Ein schöner, zugleich recht gewalttätiger Tanz.

Fischer ist irritiert, aber begeistert. Sie ist erhitzt. Halleluja! Und Maria kann ihn notfalls problemlos weghauen, wenn er ihr blöd kommt. Deshalb kann sie möglicherweise auch jeden Typen niedermachen, der ihm, Fischer, blöd kommt. Der alte Faller wird ebenfalls begeistert sein, wenn er das erfährt. Ein tödliches Trio in Cosenza, mit einem weiblichen Hitman. Hitwoman. Mit dem attraktivsten Begleitschutz, den Fischer kennt.

Maria bricht die Liebkosungen ab, sie muss jetzt unbedingt essen. Fischer hat immer noch ein Schweigen der Lammkoteletts in seinem Magen. Da will an Nahrung nichts richtig reingehen. Keinesfalls geht er zum Thailänder. Und auch sonst nichts Fettiges, nichts zu Festes und nichts Gewürztes für ihn! Es gibt da eine Bar auf dem Gelände, die anständige Tramezzini verhökert. Unschuldiges weißes Toastbrot mit harmlosem Belag. Maria kichert lauter und zieht ihn jetzt ein bisschen mit sich. Fischer würde sie lieber noch einmal küssen. Es ist ihm fast unheimlich, welchen Stellenwert die Nahrungsaufnahme bei dieser Frau hat.

Sie kommen zur neuen Hafenüberbauung, in der mehrere kleine Handwerker ihrer Tätigkeit nachgehen. Da ist auch Werners Bike-Shop. Schicke Baracke. Es brennt noch Licht im Shop, die Schaufensterjalousien sind nicht richtig geschlossen. Der Herr der Zahnräder fingert an einem Fahrrad herum. Fischer sieht gerührt zu, wie sich einer seiner ältesten Freunde im Dienste der Allgemeinheit und der Volkswirtschaft nützlich macht. Bike-Werner alias Werner Egli ist eigentlich der einzig wirklich alte Freund, den Fischer in dieser Stadt hat. Ebenfalls Ex-Punk, Ex-Kulturleiche, einer, der alle Höhen, aber vor allem die Tiefen der letzten 30 Jahre mit Fischer durchschritten hat. Einer, der eine Karriere als wilder Eisenplastikkünstler zugunsten einer Fahrradwerkstätte aufgegeben hat, der gute Bike-Werner, ein treuer Freund in jedem Fall.

Da tritt noch einer ins Blickfeld Fischers, den er nur zu gut kennt. Es ist tatsächlich Mendota, offenbar bester Laune und vergnügt herumhampelnd. Fischer sieht, wie das kleine schwarze Männchen liebevoll den Sattel des Fahrrads streichelt, an dem Bike-Werner herumbosselt. Es ist ein Schweizer Fabrikat. Ein schönes, großes, aber dennoch elegantes Veloziped. Ein Cresta. Ein blaues Cresta. Es hat einen schwarzgelben Gummizug am Gepäckträger, genau wie Fischers Fahrrad, das ihm im Vorort geklaut worden ist.

Es ist auch tatsächlich sein Velo, denn plötzlich sieht Fischer ganz genau den Aufkleber mit dem Löwen des TSV 1860 München am vorderen Schutzblech. Was macht sein Fahrrad hier? Diese beiden Verbrecher haben ihm seinen Drahtesel geklaut. Oder nur Mendota, während Bike-Werner für ihn den Hehler macht. In Fischers Innerem erheben Enttäuschung, Wut und Verzweiflung ihre scheußlichen Häupter. Das sollen also seine Freunde sein! Was treibt sie zu derartigen Ungeheuerlichkeiten? Am liebsten würde Fischer sich ins Schaufenster stürzen, aber Maria zieht ihn kräftig in die andere Richtung.

Muss sich Mendota, dieser Fürst der Finsternis, für irgendetwas an ihm, Fischer, rächen? Warum ist Bike-Werner so ein verbrecherisches Arschloch geworden, so ein Verräter? Der weiß doch, dass dieses Fahrrad ihm, Fischer, gehört. Hat es ihm höchstselbst verkauft. Zum Schnäppchenpreis!

Jetzt steht Fischer völlig allein da. Seine alten Freunde haben ihn betrogen und verlassen. Fischers leerer Magen ballt sich zusammen. Ekel. Weltekel. Er wird nie, nie wieder essen können. Mit dieser Welt will er nichts mehr zu tun haben. Aber er muss doch der ungeduldigen Maria nachgeben. Sie hat im Gegensatz zu ihm beträchtlichen Hunger.

Fischer ist froh, aus der Nähe dieser Schurkenfreunde zu kommen. Er und seine Angebetete betreten eine neonhelle Hölle aus weißen Möbeln und schwarzen Wänden. Die Tramezzino-Bar. Das Terramoto-Etablissement. Maria holt sich zügig Thunfisch, Tomaten mit Mozzarella und einen Dreier italienischen Weißen von der Selbstbedienungstheke. Fischer befasst sich mit der Tageszeitung. Im Lokalteil liest er mit Freuden, dass sich die hiesigen politischen Behörden energisch gegen ein baufälliges Atomkraftwerk in der Nähe der Grenze wehren. Und dass sich die Landesregierung den generellen Ausstieg aus der Atomenergie überlegt. Was immer das heißt! Maria stupst ihn an und will ihm einen Bissen von ihrem Sandwich offerieren. Fischer lächelt und streichelt nur über die hingestreckte Hand der Schönen. Die nimmt ihr Angebot ungerührt zurück und beißt erfreut ins Weißbrot. In Fischers Magen reagiert der Reaktor mit einer ordentlichen Kernschmelze. Er will die Zeitung zusammenfalten und weglegen, aber Maria bedeutet ihm kauend und schmatzend, sie hole sich noch ein Tramezzino. Da sei nicht so viel dran, an dem Zeug. Ob er einen Grüntee wolle. Fischer winkt ab, die um ihn wabernde Kneipenluft reicht ihm als Nahrung. Maria kommt mit zwei Tramezzini zurück an den Tisch. Sie lächelt entzückend und gibt Fischer einen Kuss über den Tisch. Er solle ruhig seine Zeitung weiterlesen, so habe sie ihre Ruhe beim Essen, meint sie.

Auf der Seite mit den Leserbriefen beschwert sich wieder einmal ein Schreiber darüber, dass die blanke Hysterie regiere in der Energiewirtschaft. Immer noch und immer wieder drohe die Stromversorgungslücke. Man dürfe nicht nachgeben. Die notorischen Gegner der Kernenergie instrumentalisieren lediglich die Katastrophen von Harrisburg und Tschernobyl und Fukushima. Fischers Nackenhaare stellen sich auf, ihn fröstelt plötzlich. Irgendwo hat er letzthin gelesen, dass sich die heutige AKW-Industrie, die Lobby der großen Energieunternehmen, zur Durchsetzung ihrer Interessen eine amerikanische Public-Relations-Firma leisten. Eine Firma, die außerdem für die US-Streitkräfte im Irak, für die hiesige Gentech-Industrie und für ein paar Diktatoren arbeitet. Die sich damit brüstet, den perfekten propagandistischen Schild gegen Nichtregierungsorganisationen zu bieten und Industrie und Brands vor umwelt- und sozialpolitischen Forderungen zu schützen. Söldner im Dienste der alten Mächtigen. Es hat sich nichts geändert, seit Fischer mit seinem diffusen Gerechtigkeitsgefühl und Auflehnbedürfnis auf der Straße der Polizei gegenüberstand. Sein Magen zieht sich wieder zusammen, als es aus dem Weißbrotdreieck, an dem seine Geliebte herumbeißt, rot heraustropft. Er atmet tief durch. Sein Blick wird vorübergehend unscharf. Maria schwarz und rot. Vielleicht, so kommt ihm in den Sinn, ist er ja ein Breatharianist, so ein Lichtnahrungsdödel. Einer der glaubt, dass er keine feste und flüssige Nahrung mehr braucht und die für das Leben notwendige Energie aus feinstofflicher Energie wie Licht herausziehen kann. Prana, Prana, Prana! Das kann nicht sein. Das alles ist der völlige Wahnsinn. Die körperliche und geistige Bankrotterklärung!

Fischer sieht rot. Er langt über den Tisch und schnappt sich Marias Glas mit dem Roero Arneis. Auf einen Schluck schüttet er den Weißwein in sich und erwartet den sofortigen Zusammenbruch. Er spürt den Alkohol, der durch seine Blutbahnen flitzt, der ihm das Hirn erwärmt. Aber er steht wie ein Felsen! Maria sieht ihn verwundert an und klatscht ihm liebevoll spöttisch Beifall. Fischer geht es plötzlich prächtig. Ein Blick in die Augen seiner Freundin und ins leere Glas und er weiß, dass er der Mann fürs Grobe ist. Der Predator: »Wenn es blutet, können wir es töten!« Oder Tarzan: »Kreegah bundolo!«. Er muss nur stark sein. Aber er darf sich nicht gehen lassen. Er muss standhaft sein und die Probleme an sich abprallen lassen. Er muss sich nicht immer willkürlich ins Unglück stürzen. Er kann auch einmal einen Kelch an sich vorübergehen lassen. Vielleicht ist nicht alles nur eine große Prüfung für ihn, er darf nicht immer das Schlimmste annehmen. Er darf nicht immer alles persönlich nehmen. Da hat er zu große Schuhe an. Er ist nicht sein persönlicher Jesus. Er ist nicht das Problem. Die Katastrophe ist die Verschweizerung, die Helvetisierung der gesamten Welt. Alle denken, wie toll es hier ist, doch niemand ahnt etwas von den mannigfachen Anfechtungen hierzulande. Der Kälte, dem Regen, den tropfenden Tramezzini. Aber dann, auf einen Schlag, auf einen Donner und einen Regenguss, wird das alles unterwaschen und weggespült und weggeräumt. Der

Müll aus den Atomkraftwerken und aus den Köpfen rauscht zu Tale und deckt die Schweiz, das ewige Mittelland zu. Endlich ist Ruhe!

Maria hat mittlerweile ein neues Glas Weißwein geholt, trinkt und stößt zart auf. Sie läuft rot an, ganz entzückend. Fischer nimmt ihr zärtlich das Glas aus der Hand und kippt den Rest in sich rein. In seinem Kopf dreht es sich. Aber er ist noch zu allem fähig. Maria erzählt ihm, dass sie einen wahnsinnig gesunden Grüntee gekauft habe, eine chinesische Mischung, deren Blätter unbedingt aufrecht stehend ziehen müssten, sonst entfalte er nicht seine volle Wirkung. Fischer seinerseits hat eine Zahnbürste und frische Unterhosen in seiner Anoraktasche. Wohlan denn!

Sie lassen das Hafengelände mit all seinen ungelösten Rätseln hinter sich. Sie gehen eng umschlungen durch die Feuchtigkeit, die keinen Anfang und kein Ende hat. Fischer ist jäh von einem Gefühl überfallen, einem intensiven, nun ja, Drängeln, das erst zart, dann aber sehr bestimmt an sein verhärtetes Inneres klopft. Fischer ist ein bisschen überrascht und versteht nicht gleich. Maria drängt sich an ihn und küsst einen Regentropfen von seinem Hals. Jetzt endlich versteht Fischer. Das ist die Liebe! Der Regen kann noch so aufdringlich und nass sein, Fischer geht in einer Glasglocke aus Glück.

26

Fischer wird von einer samtigen Stimme geweckt. Dann hört er ein etwas schludrig gespieltes, allzu dumpf verstärktes Gitarrenriff, das er ganz besonders gut kennt. Das ist Hot Chocolate! Aus Marias Radiowecker klingt ›Every 1's a winner‹, ein Hit Ende der Siebzigerjahre. Fischer ist auf einen Schlag hellwach.

Kurz bevor er zum zeitgenössischen Punk wurde, hatte sich Fischer noch als Disco-Depp blamiert. Alles nur wegen Verena, die so auf Hot Chocolate stand. ›Every 1's a winner‹ wurde damals zum Top-Hit und Fischer hatte sich in seiner emotionalen Verzweiflung ausgerechnet, dass er auf diesem Weg vielleicht doch noch einmal den schmalen Pfad zum Herzen der verzweifelt Angebeteten finden würde. Er nahm Verena eine Kassette auf mit allen Schmachtfetzen von Hot Chocolate und lud sie in die Aarauer Discothek ›Underground‹ ein, nachdem ihm ein Kumpel versichert hatte, den dortigen Discjockey so gut zu kennen, dass er ihn dazu bringen könnte, einen Set Hot Chocolate zu spielen. Der vom Angstschweiß durchnässte Fischer und die naserümpfende Verena begaben sich aber in ein Hardrock-Gewitter von Bands wie ›Nazareth‹ und ›Uriah Heep‹, bis Fischer den Discjockey handfest bedrohte, was ihm einen Lokalverweis einbrachte. Verena kam kopfschüttelnd hinter Fischer aus dem Club und stieg in den nächsten Bus nach Hause, nicht ohne ihrem unglücklichen Lover zu verbieten, sie zu begleiten. Dennoch blieb Fischers sentimentales Kulturgedächtnis dem Sound von Hot Chocolate weiterhin im Guten verbunden. Immer wenn Errol Brown seine tragisch-hymnischen Gesänge anstimmte, verfiel Fischers Inneres in eine Art Trance, seine Beine zuckten und er überlegte sich allen Ernstes, ob er auch dermaßen kühn und schmal geschnittene Beinkleider wie der Sänger von Hot Chocolate anziehen sollte, um für Aufruhr in der Damenwelt zu sorgen.

Neben Fischer ächzt es. Dann bringt Maria mit einem kurzen Hieb den Radiowecker zum Verstummen. Fischer dehnt sich im Bett und küsst seine Angebetete auf die Schulter. Den zweiten Kuss setzt er ins Leere, denn Maria sitzt schon aufrecht auf ihrer Lagerstatt.

»Husch, husch, die Waldfee!« Sie muss arbeiten gehen. Fischer ist immer wieder überrascht, wie, nun ja, schaffensgeil Frauen sind. Maria hat Bürostunden im Quartiersekretariat. Sie hat keine Zeit fürs Frühstück, will keine Begleitung, und Fischer steht alsbald etwas verloren, aber doch immer noch sehr glücklich in der feuchten Morgenluft.

Er wird nach Hause gehen, um zu überlegen, wie er die Sache mit Lisa in Angriff nehmen soll. Seine Stimmung sinkt merklich. Er läuft die Feldbergstraße entlang. Mein lieber Mann, schon wieder eine neue Bar eröffnet. Diese gute alte Straße, die Fischer so oft ohne Sinn für die Umgebung, ohne Blick und Ohr entlanggeht, verändert sich ständig. Fischer verbringt viel zu viel Zeit im Vorort, in der grünen Hölle. Hier in der Stadt tobt das Leben, hier gibt es keine suspekten alten Damen, der Ungesetzlichkeit zugeneigte Polizisten, auch Dämmerungseinsteiger sind selten. Hier, an der Feldbergstraße, ist man nicht so vermögend. Einst hat man die Straße zu einer Art Stadtautobahn vergewaltigt, um möglichst schnell über den Rhein und durch die Stadt zu kommen. Jetzt herrscht hier zwar immer noch die motorisierte Hölle, aber dem stellt sich mittlerweile ein spezifisch urbaner Widerstand entgegen. Bars, Treffpunkte, Cafés, all das lockt den Fußgänger an und behindert den Durchgangsverkehr. Es gibt hier sogar einen Schallplattenladen. Fischer ist gerührt, dieser gute alte Tonträger ist wieder zurück. Er studiert das bunte Schaufenster des Shops. Die haben wohl kaum Material von Hot Chocolate. Das sieht eher alles nach ganz schwerer und freier Kunstmusik aus. Egal, vielleicht haben sie die Blue Orchids.

Ein Bus brummt vorbei und bespritzt Fischer aus einer tiefen Regenpfütze heraus. Er flüchtet in die Nebenstraße, in der seine kleine Wohnung liegt. Er wird weder von Hausmeister Zimmermann noch von irgendwelchen Fahrraddieben aufgehalten. Zu Hause versucht er gleich als Erstes, Hera Veraguth zu erreichen. Er lässt es zweimal läuten, dann verlässt ihn der Mut. Geistig abwesend kritzelt er in den Notizblock beim Telefon: Irgendjemand muss zu Lisa!

Er, Fischer, muss zu ihr, wer sonst? Kein anderer nimmt das auf sich. Nur er ist stark genug dazu. Kaspar, diese Dampfnudel, ist ein Feigling. Aber Fischer muss sich mit der Vergangenheitsbewältigung bei Lisa sputen, denn er hat anstehende anderweitige Verpflichtungen. Seine Kinder kommen am Wochenende zurück aus den Ferien. Vielleicht haben sie ihn vermisst, vielleicht wird er von ihnen gebraucht. Er hat Sehnsucht nach seinen Kindern, auch wenn er von ihnen gleich wieder als peinlich heruntergemacht wird. Aber das geschieht alles aus Liebe. Rebecca und Tim, was hat er für ein Glück, solche Kinder zu haben. Überhaupt Kinder zu haben. Sie zwingen ihn, sich der Welt zu stellen. Himmelarsch noch einmal!.

Fischer schüttelt den Kopf. Raus aus den Träumereien! Da ist groß und breit die Realität. Er muss sich ihr stellen. Jemand muss zu Lisa! Er versucht es wieder bei Hera Veraguth. Es klingelt lange, dann spricht Fischer seinen Wunsch nach einem Treffen mit ihrer Mutter auf den Anrufbeantworter. Mutlos recherchiert er danach im World Wide Web. Lisas Adresse oder Telefonnummer bleibt ihm auch bei allen einschlägigen Internetdiensten verborgen. Wenn es in der zeitgenössischen Spannungsliteratur bei einer Geschichte nicht mehr weitergeht, und der Held wegen Unwissenheit ratlos wie der Ochs vor dem Berg steht, so beauftragt er normalerweise seinen besten Kumpel, der per Zufall der genialischste Computerspezialist oder Hacker der Welt ist, mit der Informationsbeschaffung via Internet. Der klappert und klickert fröhlich auf seinem Keyboard herum und vergießt dabei ein paar Schweißperlen. Innert nützlicher Frist jedoch werden alle Daten beigebracht, problem- und erklärungslos.

Aber Fischer kann sich nicht ins Einwohnerregister der Stadt Zürich hacken. Und er hat auch keinen besten Kumpel mehr, er kennt da nur Diebe und Verräter. Sein Fahrrad! Fischer bricht es das Herz, so wie ihn seine beiden letzten und besten Freunde verarscht haben. Im Laufe der Jahre hat er viele Kollegen und Komplizen verloren: Politische Weggefährten haben einschlägige Karrieren gemacht, ehemalige Trinkkumpane sind so trocken geworden wie Staub, Undergroundkünstler sitzen plötzlich auf gut dotierten Kuratorenposten und wenden sich mit Schaudern von ihren ehemaligen Genossen ab. Andere haben sich final eingebunkert, in einer Familie oder mit ihrer einmaligen Sammlung von Jimi Hendrix-Raubpressungen. Auch Fischer hat über das enge Familienleben den sozialen Umgang verlernt, hat sich isoliert in seinem Wahn, dem Trugbild, nun für immer emotional versorgt zu sein. Nach der Trennung von Katharina war das Alleinsein unerträglich. Fischer ist aufs Fahrrad gestiegen und in der Stadt herumgefahren. Sein Velo als letzter Kumpel. Er hat die üblichen Plätze, Cafés, Bibliotheken, Beizen, Museen und Fumoirs angefahren, in der Hoffnung, jemanden, irgendjemanden zu treffen, mit dem er ein paar vernünftige Worte wechseln kann.

Mendota wohnt etwas außerhalb und mag keinen Besuch in seinen Privaträumen. Deshalb trifft man sich in der Stadt, um über die Kulturbourgeoisie und ihre willfährigen Lieferanten, die Künstler, zu schnöden. Oder Bike-Werner, der mit ölverschmierten Händen an Zahnrädern herumwerkelt, währenddessen man mit ihm über die städtische Bürokratie, insbesondere das Finanzamt, jammern kann. Aber Fischer verdrängt weitere Gedanken an seine untreuen Freunde. Das ist nun vorbei. Er ist allein!

Nein, halt, Moment, stimmt ja gar nicht! Da ist die wunderbare Maria. Er, Fischer, ist doch jetzt glücklich. Verliebt in Maria Casaramone. Wiedergeliebt, ganz offensichtlich! Maria und er, was ergibt das? Was wohl seine Kinder dazu sagen werden? Und Katharina? Jetzt hat er eine neue Beziehung begonnen. Da tut sich Konfliktpotenzial auf. Fischer kann sich Katharinas kritischen Blick lebhaft vorstellen. Rebeccas komisch betontes *Papà*, Tims stummen Vorwurf, dass diese Maria für seinen Vater wichtiger sein könnte als die Tore, die er in seinen Juniorenfußballspielen erzielt. Fischer sieht große Unruhe voraus. Er wird vorerst alles verschweigen. Vielleicht sollte er sich einfach flach hinlegen und über all diesen Kuddelmuddel meditieren? Nicht schlafen selbstverständlich, sondern lösungsorientiert nachsinnen, in liegender Position, die Augen leicht geschlossen.

Plötzlich schrillt das Telefon in Fischers Schlaf. Hera Veraguth ist am Apparat. Sie klingt kurz angebunden. Sie wisse nicht, ob es eine gute Idee sei, ihre Mutter zu treffen. Gerade wenn es um ihren Vater oder Stiefvater oder um Fischers Bruder gehe. Sie habe kein Problem damit, dass sie nicht wisse, wer ihr leiblicher Vater sei. Wer es auch ist, für sie sei er tot. Fischer sagt Hera nicht, dass das wohl in jedem Falle hundertprozentig stimmt, besteht aber drauf, dass er zu ihrer Mutter müsse. Er versucht, überzeugend zu klingen. Er und seine Familie seien übereingekommen, dass man Licht in diese Sache bringen müsse. Der Tod von Balz habe gerade jetzt wieder so viele Fragen aufgeworfen. Seine Mutter leide immer noch sehr an all den rätselhaften Umständen. Es läge ihm viel daran, Lisa Zurbuchen nach seinem Bruder zu befragen, selbstverständlich ganz schonend. Wenn sie nicht wolle, dann sei die Sache gestorben.

Fischer muss husten nach dem letzten Wort. Hera ist jetzt weniger kurz angebunden, sie erklärt sich sogar bereit, den Kontakt zu ihrer Mutter herzustellen. Ob er empfangen würde, das wisse sie natürlich nicht. Jedenfalls solle er, Fischer, nicht mit der Tür ins Haus fallen und sich bitte nicht zu sehr wundern über ihre Mutter. Deren Reich sei, wie gesagt, nicht mehr von dieser Welt. Fischer hört der mittlerweile aufgeregten Stimme mit einem gewissen Vergnügen zu. Er wünscht sich, dass er tatsächlich der Onkel von Hera ist.

Da bricht sie ab und schweigt. Fischer fürchtet schon, dass sie jetzt auflegt. Doch dann hat Hera Veraguth wieder den kurz angebundenen Tonfall drauf: Die Wohnadresse laute Turnerstraße 8. Zürich. Ihre Mutter gehe aber selten ans Telefon. Sie, Hera, könne Fischers Besuch ja demnächst anmelden.

Er erklärt, dass er schon morgen nach Zürich fahren wolle, um die Sache so schnell wie möglich zu erledigen. Hera wird noch kürzer angebunden. Was, morgen schon? Nun gut, sie wolle es versuchen. Es sei in jedem Falle besser, wenn sie ihre Mutter kontaktiere, als wenn Fischer selbst anriefe. Sie rufe so bald wie möglich zurück, ob sie Lisa erreicht habe. Hera Veraguth macht ein merkwürdiges Geräusch am Telefon, es könnte ein Lachen oder ein Schluchzen sein, und legt dann auf.

Fischer befällt wieder dieses verwandtschaftliche Gefühl. Fast küsst er in den Telefonhörer, aber das ist nun wirklich nicht angebracht. Er notiert sich die Adresse von Lisa. Turnerstraße, er weiß ungefähr, wo das ist. Bessere Wohngegend. Er wird auf jeden Fall morgen dorthin fahren, ob er nun empfangen wird oder nicht. Er wird mit Lisalisalisa höchstpersönlich die Konfrontation suchen. Sie muss sich erklären, sie muss rausrücken mit Wahrheiten, wie schmerzhaft die auch immer sind. Vielleicht wird das Treffen ganz anders ausfallen. Immerhin kennt man sich, hat früher zusammen gekämpft und gelebt. Vielleicht ist Lisalisalisa froh, sich an einer starken männlichen Schulter auszuweinen. Eine vage sexuelle Erregung ergreift plötzlich von ihm Besitz. Fischer hofft, dass es wegen Maria ist. Soll er sie noch schnell überraschen? Oder lieber zuerst anrufen?

Unschlüssig tigert Fischer in der Wohnung herum. Dann nimmt er seine Regenjacke und stolpert nach unten und aus dem Haus. Er wandert ziellos im Quartier herum. Es treibt ihn um. Immerhin findet er in einer der Geheimtaschen seines Anoraks sein Handy. Maria ist wieder nicht zu erreichen. Fischer geht zum Fluss. Der rauscht schwer angeschwollen daher, aufgeregt und in Rage, als hätte er noch etwas vor, das den Menschen an seinen Ufern nicht gefallen wird. Fischer sieht die braunen Wellen, die zornig dahinrollen. Was ihnen in den Weg kommt, wird weggeräumt. Auch so eine kleine

Stadt an den Ufern. Kein Problem! Es gibt keine Hindernisse für die dunkle Flut. Das ist blanke Kraft und Energie. Fischer wird ganz ohnmächtig im Angesicht dieser Naturgewalt. So wie dieser Fluss müsste er morgen sein, bei Lisa, der Nemesis von Balz. Wie der dunkle Strom des Bewusstseins. Das düstere Fließen ins Vergessen. Das Wasser zu brechen und umzuleiten. Die Wogen des Gestehens … Der waagerecht daherzischende Regen bringt Fischer wieder zur Vernunft.

Tropfnass erreicht er seinen Wohnblock. Im Briefkasten findet er eine Ansichtskarte aus Süditalien, von Rebecca und Tim. Sie würden sich freuen, ihn bald wiederzusehen, auch wenn die Ferien ganz schön schön seien. Das nächste Mal müsse er auf jeden Fall mitkommen. Diese Karte ist sicher nicht im Auftrag von Fischers Exfrau Katharina geschrieben worden. Das ist authentische Sprache seiner Kinder! Was ist er doch für ein glücklicher Vater.

Der Anrufbeantworter blinkt. Hera Veraguth war extrem kurz angebunden. Ihre Mutter erwarte ihn zwischen 16 und 16 Uhr 30. Bitte pünktlich. Na gut, Fischer ist das recht, in einer halben Stunde erfährt man allerhand, wohlan, auf geht's!

27

Maria Casaramone sitzt Fischer gegenüber im Schnellzug nach Zürich. Lebendig, leidenschaftlich und schwellend, sie sieht entzückend aus. Dieses dunkelblaue Wollkleid betont ihre Formen auf geradezu exorbitante Weise. Fischer kriegt sich gar nicht mehr ein vor Begeisterung, obwohl er im Dienste einer düsteren Sache unterwegs ist. Er muss die schwere und dunkle Passage in die Vergangenheit seines Bruders alleine befahren. Als das Servicewägelchen vorbeikommt, bestellt Fischer tollkühn einen Capuccino, den er nach dem ersten Schluck an Maria weitergibt, die ungerührt ihr Croissant darin eintunkt.

Lisa wohnt ganz zurückgezogen in einem gutbürgerlichen Quartier der Stadt, in dem die Mieten mittlerweile unerschwinglich und die Romantik lebhafter Familien vor der durchgehend identisch lifegestylten neuen Bewohnerschaft geflüchtet ist. Im Parterre der Stadtvillen und postmodernen Vierfamilienhäuser samt ausreichendem Umschwung residieren jetzt zumeist Arztpraxen, Rechtsanwaltsbüros und Software-Solutions-Klitschen. Es ist ruhig in den grüngesäumten Straßen, ganz still, kein Kindergeschrei. Das Nieseln des feinen Sprühregens ist das einzige Geräusch. Ob man in dieser Straße auch unter Dämmerungseinsteigern und Schlafzimmerräubern leidet? Arme Menschen leben hier ganz sicher nicht. Fischer zuckt zusammen, als neben ihm das Tor zu einer Tiefgarage aufschnurrt. Statt des erwarteten Porsches oder BMW X5 hoppelt eine Ente, ein klappriger, zitronengelber Citroën 2CV, mühselig die Auffahrt hoch.

Aha, man will ihn, Fischer, verarschen, ablenken, dekonzentrieren, man will ihn in falscher Sicherheit wiegen. Ihm einreden, dass hier leibhaftige Menschen wohnen. Maria hat ihm im Zug schließlich doch noch gut zugeredet, ja, sie hat ihn gewarnt. Sie habe einfach ein blödes Gefühl, was sein Treffen, sein Rencontre mit dieser Frau betreffe. Rein theoretisch, wegen der Klassenanalyse. Er, Fischer, bewege sich auf feindlichem Terrain. Besitzbürgertum, brutalste Bourgeoisie. Statt Gefühl nur Geld! Denen sei alles zuzutrauen. Vor allem in dieser Stadt. Er solle bloß vorsichtig sein, hat Maria zu Fischer gesagt, ihn geküsst und ist in Richtung Kunsthaus abgedampft. Sie will sich dort eine Ausstellung anschauen, während Fischer mit Lisa seine Leichen im Keller sortiert. Danach würden sie sich treffen, ein bisschen flanieren und in einem dieser angesagten Restaurants dinieren, um anschließend in einem der noch angesagteren Clubs abzutanzen. Oder so ähnlich. Fischer hat kurz ein kleines Grauen angefasst wegen des Clubs, aber prinzipiell würde er für Maria Casaramone alles tun, sogar tanzen.

Fischer geht ein kleines Sträßchen bergan und steht nun in der Turnerstraße. Auch hier in den Häusern meist im Parterre ein Büro und darüber eine Wohnung. Der Regen wird stärker, als wolle er Fischer davon abhalten, weiterzugehen. Ein fieser kleiner Wind zieht durch die Straße und streift Fischer. Er spielt auf seinen Rippen eine gemeine Melodie. Als er noch Fleisch dort hatte, war ihm das nie passiert. Ist er schon so nah am Zusammenbruch? Er hält an, atmet durch. Da tuckert der zitronengelbe Citroën 2CV um die Ecke, füllt die Turnerstraße aus und treibt Fischer weiter.

Schließlich steht er vor der richtigen Hausnummer. Er läutet an der Eingangstür zu einem hermetisch abgeschlossenen Vierfamilienhaus. Das Klingelschild gibt keinen Namen preis, nur Initialen. E. Z., das müsste sie sein. Elisabeth Zurbuchen. Fischer zögert mit dem Läuten, sein Zeigefinger schwebt über dem Klingelknopf. Jäh fällt ihn das Zögern an, fast eine Furcht, eine individuelle Ungereimtheit. Was macht er denn da? Doch dann drückt er tollkühn auf den Knopf. Da summt schon der Türöffner. Fischer zieht, statt dass er drückt, und muss noch einmal läuten, um die Haustür aufzukriegen. Die beiden Wohnungen unten geben sich sehr abweisend. Im ersten Stock hört er, wie ein Türschloss klickt. Fischer geht die Treppe hoch. Bei der Wohnung rechts steht die Tür ein paar Zentimeter offen. Er will anklopfen, zuckt im letzten Augenblick zurück. Sein Zeigefinger hängt in der leeren Luft. Er hat sich nicht einmal richtig überlegt, über was und wie er genau mit Lisa reden will. Der Sponti-Fischer in ihm hat sich gedacht, dass sich das schon ergeben wird, die Überraschung auf seiner Seite würde ihm sein Gegenüber sozusagen willenlos in die Arme treiben. Zu spät! Zaghaft klopft er, dann fester. Die Tür geht dabei weiter auf. Er tritt ein und bleibt unschlüssig im Gang stehen. Wie lange hat er Lisa nicht mehr gesehen? Da hört er eine leise, aber feste Stimme aus einem der Zimmer. Fischer solle geradeaus gehen und sich im Salon an den Tisch setzen. Er geht drei Schritte, schaut sich um, neben ihm steht die Tür zu einem Zimmer halb offen. Schwarze Wände. Fischer späht hinein. Niemand drin, nur schwarze Wände. An einer Wand ein großes Bild. Eine so stark vergrößerte Fotografie, dass das Bild leicht verschwommen ist. Es zeigt einen jungen Mann mit halblangen Haaren, zerzaustem Vollbart, runder Brille. Er lächelt verklemmt, doch irgendwie arrogant in die Kamera. Siegessicher schaut der Typ, denkt sich Fischer. Er trägt ein hellblau gemustertes, kragenloses Sennenhemd, ein Chutteli oder wie diese Einheitskleidung hieß, welche die alternativen Typen damals unter ihren Latzhosen trugen.

Das Foto sieht schwer nach den Siebzigerjahren aus. Auf dem Fußboden vor dem Bild stehen brennende Kerzen, ein Strauß Blumen, gelbe Zwergtulpen, das ganze Arrangement sieht fast so aus wie ein Altar. Jedenfalls ist der Abgebildete nicht Balz. Aber es könnte dieser Theo sein. Fischer kann sich nicht mehr an diesen Schleicher erinnern, in diesem Alpenhippiestil wie auf dem Bild sind damals schließlich alle dahergekommen! Das muss er sein, Theo Ruhländer, der von der Eisenbahn totgefahrene Atomkraftwerkgegner. Der Rivale von Balz!

Das ist gespenstisch. Am liebsten würde Fischer wieder kehrtmachen und abhauen. Wieso ist er hier und schweift nicht mit Maria Casaramone im Kunsthaus umher? Wieso steht er vor diesem Gruselzimmer und nicht in der Gemäldesammlung hinter Maria, um sich an sie zu schmiegen, wenn er über ein Bild etwas Interessantes berichten kann? Um Maria wie zufällig vor einem Vallotton auf den Hals zu küssen.

Fischer reißt sich zusammen und geht vorsichtig weiter geradeaus. Er räuspert sich und hustet. Wo ist diese Lisa denn? Er meint, ein leises Summen zu hören. Vielleicht ist es nur ein Kühlschrank. Der Salon besteht aus einem dunklen Ledersofa, zwei riesigen Sesseln, einem niedrigen Tischchen auf einem knalligen Teppich und einem großen Flachbildschirm vor leeren Wänden. Ein bisschen trostlos. Kein einziges Buch. Fischer fühlt sich hier nicht wohl. In einem Metallgestell neben der Tür steht allerhand Zeug. Fischer stutzt, das metallische, messingfarbene, sechseckige Ding mit einem Schraubengewinde, das da steht, kennt er. Das ist der Verschluss einer Tränengaspatrone, das Ding kennt er aus seiner eigenen Devotionaliensammlung. Da liegt auch noch einer dieser gelben Ansteckbuttons mit der lachenden roten Sonne: *Atomkraft? Nein Danke!* Und da steht eine grob getöpferte, kackbraune Tasse. Theo steht darauf, die Schrift ist mit der Keramikglasur verlaufen.

Fischer wird es erst eng in der Kehle, irgendetwas Unverdauliches steckt da in seinem Hals. Ihm wird schlecht, sauer wallt sein Magen auf und eklig stößt es ihm die Speiseröhre hoch. Spätestens jetzt müsste er sich umdrehen, zu sich sagen: Vergiss es, Fischer, vergiss diese verdammte Vergangenheit! Das ist alles over and out und finito, das ist Geschichte, vergangen, verjährt, vorbei, Asche und Erde über alle Leichen im Keller. Spätestens jetzt müsste er sich umdrehen, die paar Schritte durch den Korridor zurück machen, durch die Wohnungstür nach draußen gehen und auf Nimmerwiedersehen …

Aber nun ist es zu spät. Da steht ihm eine Frau gegenüber, die Fischer nicht mal bis zu den Schultern geht. War Lisa schon immer so klein? Sie hat kurze, graue Haare, um die Augen Falten wie Spinnennetze. Dünne Haut. Über die Knochen gespannt. Ihre Gesichtszüge sind ebenmäßig. Fischer hat kein Bild, keinen Vergleich mehr zur jungen Lisa in sich. Er weiß nicht einmal mehr, ob er sie je schön oder hübsch gefunden hat. Begehrt hat er sie nie. Einschüchternd, ja, das war sie, aber jetzt ist sie ein Gespenst aus der Vergangenheit. Fischer sieht nicht viel von ihr, sie trägt eine Art Burnus oder vielleicht auch eine Burka, einen bodenlangen, formlosen Überwurf, aus dem nur ihre Hände hervorschauen, die sie verschränkt hält. Bleiche Spinnenfinger. Lisas Blick geht an Fischer vorbei. Der zieht seine zum Gruß hingestreckte Hand wieder zurück.

»Hallo Lisa, ich bin's, der Melk, der Melchior, der Bruder von äh Balz, na ja, wir haben uns schon länger nicht mehr gesehen. Also, ich wollte mal mit dir reden, weil der Kaspar meint auch, dass wir reden müssten …« Fischer bricht sein Gestotter in die Stille ab, weil er kommunikative Störungen größeren Ausmaßes spürt.

Das verhüllte Wesen Lisa geht wortlos an ihm vorbei. Nein, sie murmelt etwas, als sie Fischer passiert. Er versteht nur nichts. Gehorsam tappt er hinter ihr her und setzt sich in den Sessel, auf den Lisa deutet. Sie holt aus dem Devotionalienschrank, den Fischer schon bewundert hat, zwei Gläser und stellt sie auf die Tischplatte. Dann holt sie aus einem Schrank eine Flasche. Fischer räuspert sich und wehrt ab: »Danke, nein, für mich nichts!« Lisa reagiert gar nicht und schenkt wortlos die beiden Gläser voll. Im fahlen Regenlicht in dieser vermaledeiten Wohnung glänzt das Getränk trübe verführerisch. Fischer hat keine Ahnung, was das in den Gläsern ist. Sieht aus wie ein schwerer Amaro, wie einer, den der alte Faller in seiner Kredenz hortet.

Lisa setzt sich ihm gegenüber aufs Sofa, den Kopf immer noch gesenkt. Wieder murmelt sie etwas, das Fischer nicht versteht. Er wird von einer Adrenalinwelle in seinem Kopf überrascht. So, Schluss jetzt mit diesem Firlefanz und den Fisimatenten, mit diesem mysteriösen Getue, jetzt wird Tacheles geredet, jetzt wird ausgepackt, Leichen werden ausgegraben, auf den Seziertisch zur finalen verbalen Sectio legalis. Schluss mit allen Rücksichten! Er, Fischer, will jetzt endlich wissen, was da eigentlich passiert ist. Die furchtbaren Geschichten vom toten Balz und vom toten Theo müssen hier auf dieses niedrige Tischchen. Und vor allem will Fischer wissen, wessen Tochter Hera eigentlich ist.

Er steht auf, schlägt sich dabei das linke Knie an der Tischplatte an, sodass die gefüllten Gläser tanzen. Ein hoher Ton zittert durch den Raum. Dann ist es noch stiller als zuvor. Fischer steht da und kriegt kein Wort heraus. Lisa schaut auf einmal zu ihm hoch. Sie starrt ihn an. Ihre Augen blitzen aus einem alten Gesicht. Ein verschleierter und doch stechender Blick, dem Fischer nicht standhalten kann. Er senkt den Kopf, schaut vor sich auf den Tisch, sieht das Glas mit dem Getränk, setzt sich, nimmt das Glas aus reiner Verlegenheit in die Hand.

Lisa starrt ihn immer noch an. Hatte sie schon immer diese großen, braunen Augen, die durch einen hindurchschauen? Fischer bringt ein Krächzen zustande, das er selbst nicht versteht. Dann hört er, wie Lisa laut und gut verständlich sagt: »Du bist Balz! Ich dachte, du bist tot. Ich dachte, ich hätte das erledigt. Dass du dich zu Tode gefahren hast. Was machst du immer noch hier? Du bist Balz. Du bist Schuld an allem!«

Fischer bemerkt, dass das Glas, das er in der Hand hält, leer ist. Er schaut automatisch auf das andere Glas, auf das von Lisa, das immer noch unberührt auf dem Stubentisch steht. Sein Glas jedenfalls ist leer.

»Du bist Balz! Als ich dir gesagt habe, dass ich dich verlasse, wolltest du dich umbringen. Was machst du jetzt noch hier?«, hört er sie noch einmal klagen. Eine Stimme wie ein Automat. Eine Maschine. Dann spürt Fischer, dass es in seinem Magen tobt. Das sind keine Folgen seiner Nervosität mehr oder die der verdammten Fasterei. Das ist dieses Getränk. Hat er diesen Dreck getrunken? Er hat nichts geschmeckt, nichts gespürt, er merkt jetzt nur, dass er selbst vom Sessel rutscht und sich ansonsten nicht mehr bewegen kann.

28

Maria Casaramone erklärt so ziemlich alles:

Das war vielleicht ein Ding mit Fischer. Ja, komisch, ich nenne ihn Fischer, stimmt schon! Hat er überhaupt einen Vornamen? Gut, ich mag ihn, auch ohne Vornamen. Normalerweise stehe ich nicht auf so problematische Typen! Normalerweise. Er hingegen geht mir ans Herz. Er steckt immer so tief in irgendwelchen Problemen und ist doch so stark und unzerstörbar in seinem seltsamen Verhältnis zur Welt. Er braucht sozusagen das Komplizierte, aber dann ist er einer, an dem man sich halten kann, wenn wirklich alles unter einem wegbricht, erodiert. Fischer hat einen Halt in dieser Welt, wenn nicht am Boden, dann in den Wolken. Lachen Sie mich aus, das glaube ich jedenfalls.

Also, ich bin im Zürcher Kunsthaus und sehe mir die Sammlung von irgendeinem Großindustriellen an, der mit dem Blutgeld, das er seinen Arbeitern abgepresst hat, so vor hundert Jahren all diese impressionistischen Schwarten gekauft hat. Plötzlich kriege ich ein ganz schlechtes Gefühl. Nicht nur wegen der starren, toten Bilder, die wie Mahnmale der Ausbeutung an den Wänden hängen. Sondern wegen Fischer. Plötzlich denke ich, dass es gefährlich ist, was er macht. Ich weiß auch nicht wieso, einfach ein Gefühl. Mir ist plötzlich ganz dringend so, als bräuchte Fischer sofortige Hilfe.

Ich mache also einen Abgang aus dem Kunstschuppen, steige in die Trambahn und suche die Wohnung von dieser Lisa. Fischer hat mir die Adresse gesagt. Und nur die Initialen E. Z. kommen infrage, erster Stock, rechts. Da kommt gerade so eine hochnäsige Schabracke aus der Eingangstür und ich drücke mich kommentarlos an ihr vorbei ins Haus. Ich hetze die Treppe hoch, ohne zu überlegen, ich drücke auf die Klinke, die Tür ist offen. Ich geh vorsichtig rein und hör plötzlich hinter mir ein angestrengtes Schnaufen. Ja, ganz automatisch hab ich ihr einen Tritt verpasst. Die stand schon hinter mir und hatte eine Stahlrute in der Hand. Eine Stahlrute, die gute alte proletarische Waffe, man glaubt es kaum! Ich habe ihr halt eine Armada, einen Drehtritt verpasst. Super hingekriegt, mein Capoeiralehrer wäre stolz auf mich gewesen, wenn er das hätte sehen können.

Dann hab ich Fischer gefunden. Der lag platt auf dem Teppich im Wohnzimmer und hat nur noch geröchelt. Ich hab die Ambulanz angerufen und die Polizei informiert. Das war's. Jetzt liegt Fischer im Hospital und kuriert die Folgen einer Vergiftung aus. Was er da geschluckt hat, ist noch nicht bekannt. Übles Zeug jedenfalls. Der Doktor hat gemeint, dass Fischer ziemliches Glück gehabt hat, vor allem weil er so abgemagert und ausgezehrt war von seiner blöden Fasterei. Er habe eigentlich keine Abwehr mehr gehabt gegen das Gift, aber jetzt gehe es ihm schon viel besser. Ich hab ihn schon besucht im Krankenhaus, es besteht keine Lebensgefahr mehr.

Ein anderer Krankenwagen hat dann diese Lisa mitgenommen. Ich hab sie nur ein bisschen ausgeknockt, Notwehr. Diese Frau hat sie eindeutig nicht mehr alle beisammen gehabt. In ihrer Wohnung jedenfalls, das war die reinste Geisterbahn. Ein Mausoleum. Vergangenheit pur! Diese Lisa muss meinen armen Fischer voll verwechselt haben mit seinem Bruder Balz. Völlig irre! Wahrscheinlich hat sie gedacht, dass ihr Lover Balz damals ihren Nebenliebhaber, diesen Theo, umgebracht hat. Vielleicht war der auch der wirkliche Vater von dieser Hera.

Apropos irre: Jetzt fällt zum Glück die Reise nach Süditalien mit Fischer und seinem durchgeknallten Professor ins Wasser. Wenn ich schon in meine Heimatstadt Cosenza reise, dann doch lieber mit Fischer allein und nicht zusammen mit einem halb verrückten Schatzsucher.

Ach ja, noch etwas, das es zu erklären gilt, betrifft Fischers Fahrrad. Das hat dieser komische Mendota lediglich geholt, um es aufzurüsten. »Pimp my Bike« heißt das in dieser Klitsche von Fischers altem Kumpel Werner. Weil Fischer bald Geburtstag hat, wollte dieser Mendota das Fahrrad tunen, Elektromotor, was weiß ich, das Ding halt cooler und bequemer machen. Als Überraschung, deswegen hat er den Drahtesel auch einfach mitgenommen, ohne Fischer ein Wort zu sagen. Ein ziemlich verquerer Typ, dieser Mendota, wenn Sie mich fragen. Wahrscheinlich ein paar Zentimeter zu hoch über dem Erdboden, genau wie Fischer. Nur nicht der Wirklichkeit anheimfallen. Männer sind ja, wenn sie ein bisschen Grips im Kopf haben und keine miesen Schweinehunde sind, alle schwere Romantiker. Fischer ist jedenfalls einer. Hirngespinste noch und noch. Resistent gegen Realität. Dagegen kann man sagen, was man will, aber mit so einem Mann wird es einem nie langweilig.

EPILOG

Schwer atmend steht sie da, endlich haben sie Abstand zwischen sich und die Bullen in ihren Kampfanzügen gebracht. Aber das Tränengas reicht weit. Da sind Bahngeleise. Sie bleiben stehen. Eine Hand liebkost ihren Hinterkopf. Sie kann nicht sagen, wer von den beiden es ist. Von hinten drängen andere. Links und rechts hasten Schemen vorbei. Sie kriegt einen Stoß in den Rücken. Stopp! Sie weiß nicht, ob sie das geschrien hat oder einer der beiden. Sie taumelt kurz, dann steht sie auf einmal fest auf Betonboden. Das ist der Bahnhof. Ein sausendes Geräusch. Das ist keine Gaspetarde. Das Geräusch wird lauter und lauter. Kommt näher. Der Schnellzug? Plötzlich bemerkt sie, dass sie die Hände frei hat.

Wo sind die beiden hin? Angst überflutet sie wie eine große Welle. Wegen des Tränengases hält sie die Augen immer noch geschlossen. Sie kriegt die Augen einfach nicht auf. Sie sieht nicht, wie Theo um sie herum geht und versucht, Balz vom Bahnsteig auf das Gleis zu schubsen. Wenn sie die Augen öffnen könnte, würde sie inmitten der Gasschwaden undeutlich sehen, dass Balz gerade noch das Gleichgewicht wahren kann und zurückspringt, den Mund aufgerissen zu einem Schrei, den sie nicht hört. Wie Theo versucht, dem Schlag von Balz auszuweichen und dabei in die falsche Richtung taumelt, gefährlich nahe an die Kante des Bahnsteigs.

Wie er dabei einen Schritt zu viel und ins Leere macht. Da ist der Lärm des daherrasenden Schnellzugs auf dem Höhepunkt und Theo ist plötzlich weg. Aber das sieht sie alles nicht, weil sie ihre Augen nicht aufkriegt. Nicht aufmachen will. Es geht furchtbar schnell. Sie hört nur ein schreckliches Kreischen. Die Bremsen des Zugs schlagen, Metalle jaulen, ein brandiger Geruch stiehlt sich ins Tränengas.

Sie hört Schreie. Er ist plötzlich da und umarmt sie. Wenigstens er ist noch da. Sie lässt sich von ihm eine Treppe hinunterführen, weg vom Lärm, weg vom Tränengas, weg, nur weg. Er hält ihre linke Hand. Ihr rechter Arm. Niemand da, um diese Hand zu halten. Es kommt ihr so vor, als wäre ihr der rechte Arm amputiert worden. Phantomschmerz. Der andere fehlt. Der andere ist verschwunden.

ENDE

PAUL OTT (HRSG.)
Zürich, Ausfahrt Mord

978-3-8392-1137-3 (Paperback)

»Hochkarätige und preisgekrönte Krimiautoren entführen den Leser in die grauenvollen Abgründe der Alpenrepublik.«

Alle zwei Jahre trifft sich die Schweizer Krimiszene zu den »Mordstagen«. 2011 feiert das renommierte Krimifestival sein 10-jähriges Bestehen. Die passenden Geschenke zu diesem wahrhaft »mörderischen« Jubiläum liefert der vorliegende Band: Kriminalgeschichten altbekannter und neuer Krimiautorinnen und -autoren aus dem In- und Ausland. Sie alle haben die sonst so friedvolle Schweiz zum Schauplatz ihrer ebenso spannenden wie abwechslungsreichen Kurzkrimis gemacht.

Das Neueste aus der Gmeiner-Bibliothek

Unsere Lesermagazine

Bestellen Sie das kostenlose KrimiJournal in Ihrer Buchhandlung oder unter www.gmeiner-verlag.de

Informieren Sie sich ...

www ... auf unserer Homepage:
www.gmeiner-verlag.de

@ ... über unseren Newsletter:
Melden Sie sich für unseren Newsletter an unter www.gmeiner-verlag.de/newsletter

f ... werden Sie Fan auf Facebook:
www.facebook.com/gmeiner.verlag

Mitmachen und gewinnen!

Schicken Sie uns Ihre Meinung zu unseren Büchern per Mail an gewinnspiel@gmeiner-verlag.de und nehmen Sie automatisch an unserem Jahresgewinnspiel mit »mörderisch guten« Preisen teil!

WWW.GMEINER-VERLAG.
Wir machen's spanne